OLIVER VON SCHAEWEN

Glockenstille

SCHAURIG Ausgebrannt tritt Kommissar Peter Struve seine Pilgerreise an. In Marbach lässt ihn der katholische Pfarrer Hans-Peter Roloff vom Messwein kosten. Tags darauf kann sich Struve an nichts mehr erinnern, denn er liegt gelähmt im Krankenhaus, während Roloff erdrosselt an der Schillerglocke im Kirchturm baumelt. Der stocksteife Polizeipräsident Kottsieper übernimmt mit Struves Kollegin Melanie Förster den Fall, tappt aber auf der Stelle. Nach einer Verletzung Kottsiepers springt der immer noch benommene Struve ein, zumal ihn der nächtliche Besuch eines dilettantischen Killers auf Trab gebracht hat. In seinen Fokus rücken zunächst die Christuskriegerinnen, ein fanatischer Frauenorden. In Verdacht gerät aber auch der sich weltoffen gebende Bischof Arnold Grosinius, der den Jahre zurückliegenden sexuellen Missbrauch durch den ermordeten Pfarrer vertuscht. Im Zuge der Ermittlungen wird Peter Struve immer deutlicher: Die Lösung des Falles führt nur über die Schillerglocke!

Oliver von Schaewen wurde im westfälischen Kreuztal (bei Siegen) geboren und lebt in Marbach, der Geburtsstadt Friedrich Schillers. Seine Krimis widmet von Schaewen zentralen Werken des Dichters, was in der Wilhelm-Tell-Adaption Schillerhöhe *(2009) und dem Räuber-Remake* Räuberblut *(2010) zum Ausdruck kam. In seinen Kriminalromanen thematisiert der Autor das Problem unverarbeiteter Geschichte, die zuweilen mörderische Blüten treiben kann. In seinem dritten Roman* Glockenstille *lässt von Schaewen Kenntnisse katholischer Strukturen einfließen, die er während seines Theologiestudiums in Münster in den Jahren 1985 bis 1992 und in der anschließenden Ausbildung in der Kirchenpresse in Osnabrück gewonnen hat. Von Schaewen arbeitet seit 1997 als Redakteur der Marbacher Lokalausgabe der* Stuttgarter Nachrichten *und der* Stuttgarter Zeitung.

Bisherige Veröffentlichungen im Gmeiner-Verlag:
Räuberblut (2010)
Schillerhöhe (2009)

OLIVER VON SCHAEWEN

Glockenstille

Peter Struves dritter Fall

GMEINER *Original*

*Personen und Handlung sind frei erfunden.
Ähnlichkeiten mit lebenden oder toten Personen
sind rein zufällig und nicht beabsichtigt.*

Besuchen Sie uns im Internet:
www.gmeiner-verlag.de

Im Ehnried 5, 88605 Meßkirch
Telefon 07575/2095-0
info@gmeiner-verlag.de

1. Auflage 2014

Lektorat: Claudia Senghaas, Kirchardt
Herstellung: Julia Franze
Umschlaggestaltung: U.O.R.G. Lutz Eberle, Stuttgart
unter Verwendung eines Fotos von: © Markus Pantle
Druck: GGP Media GmbH, Pößneck
Printed in Germany
ISBN 978-3-8392-1611-8

Für meinen Vater

Hört ihr's wimmern hoch vom Turm?
Das ist Sturm!
Rot wie Blut
Ist der Himmel,
Das ist nicht des Tages Glut!
(Friedrich Schiller, Das Lied von der Glocke)

KAPITEL 1: EINE SCHOCKIERENDE ENTDECKUNG

Immer wurde gemordet. Empört legte Gudrun Schlipf das Buch zur Seite. Die Mesnerin mochte keine Krimis – und doch hatte Sohn Gerold ihr zum Geburtstag ein noch dazu besonders blutrünstiges Machwerk untergejubelt. Angewidert quälte sie sich an diesem Abend durch die ersten 100 Seiten. Drei Leichen hatte der amerikanische Bestseller-Autor bereits platziert. In schillernden Farben beschrieb er die bestialische Vorgehensweise des Serientäters. Wenn sie den Roman nicht von ihrem Sohn geschenkt bekommen hätte, er läge längst im Kellerregal, der Vorstufe zum Exitus in der Mülltonne. Aber noch hieß es Durchhalten, schließlich hoffte die 59-Jährige, ihrem verhätschelten Filius mit einigen wohl gewählten Zitaten aus seinem, wie sie fand, etwas selbstbezogenen Geschenk beim nächsten Familientreffen ein gutes Gefühl zu geben. Gudrun Schlipf, ganz in der Tradition des schwäbischen Pietismus aufgewachsen und vor zehn Jahren zum katholischen Glauben konvertiert, wählte ihre Worte sorgfältig, mochte ihr der Alltag auch noch so viel abverlangen. Sie wusste um die zerstörerische Kraft unbedachter Äußerungen und gebot sich Einhalt, wo sie konnte. Damit war sie bisher gut gefahren. Jedenfalls konnte ihr in der Kirchengemeinde niemand nachsagen, sie sei eine Schwatzliese. Und früh ins Bett stieg sie auch. Die Mesnerin zog die Decke höher, um sich zu wärmen, und blickte auf die rote LED-Anzeige ihres Radioweckers, der seit 30 Jahren tadellos seinen Dienst erfüllte. Er zeigte 22 Uhr an. Höchste Zeit, das Abendgebet zu sprechen und das Licht zu löschen. Der morgige Tag würde ihr einiges abverlangen. Seit einem Jahr durfte die katholische Kirchengemeinde in Marbach die evangelische Alexanderkirche mitnutzen. Simultankirche nannte sich das im Kirchenbeamtendeutsch, wenn sich zwei konfessionell verschiedene Pfarrgemeinden ein Gotteshaus teilten. Aber die Fusion brachte Gudrun Schlipf keine Erleichterung. Sich für zwei Kirchengemeinden um das Gotteshaus zu kümmern, zehrte an ihren Kräften. Ein Unbehagen beschlich sie nicht nur heute, wenn sie daran dachte, wie die Grenzen zwischen katholischem und evangelischem Glauben immer mehr verwischt wurden.

»Am Ende feiern wir alle nur noch Ringelpietz mit Anfassen«, murmelte sie und erinnerte sich mit Grausen an den Familiengottesdienst des Vikars am vergangenen Sonntag. Da hatte der junge Mann doch allen Ernstes Yoga-Übungen in den Kirchenbänken machen lassen. Diese komischen Verrenkungen – der Vikar stand in Talar und Schlabberhose im Altarraum – kannte Gudrun Schlipf nur vom Krankengymnasten am Bahnhof und da gehörten sie auch hin.

»Wir müssen Buße tun«, brummte sie und dachte an den Pfarrer, der im Ruf stand, mit seiner Haushälterin unzüchtig zusammenzuleben. »Eine wahre Schande«, befand Gudrun Schlipf voller Verachtung, nicht ohne ihren Schöpfer für solche Schmähworte dreimal um Verzeihung zu bitten. Sie betete ihren Rosenkranz zu Ende, löschte das Licht und schlummerte bald darauf ein, mit sich und dem lieben Gott im Reinen.

Die Mesnerin schlief jedoch schlecht. Sie träumte, Gerold würde im mittelalterlichen Paris als Ketzer auf einem baumhoch lodernden Scheiterhaufen verbrannt. Die gellenden Schreie ihres Sohnes vermischten sich mit ihren eigenen Rufen zu einem windsäuselnden, schaurigen Choral der Verlorenen. Dazu läuteten die Glocken von Notre Dame Sturm. In dem immer bedrohlicher werdenden infernalischen Spektakel riss sie schließlich ein letzter dumpfer Glockenschlag aus dem Schlaf. Jäh schlug sie die Augen auf. Nur langsam realisierte sie, dass in ihrer Schlafkammer keine Hinrichtung stattfand und ihr Bett kein Pariser Balkon war. Erleichtert atmete sie auf. Sie knipste das Licht an und griff zum Wasserglas, das sie in Reichweite gestellt hatte. Es war 3.50 Uhr, der Wind rüttelte heftig an den Fensterläden des kleinen Hauses im Wilhelm-Schenk-Weg. Im Wetterbericht war von einem Sturm die Rede gewesen. Wieder hörte sie das mechanisch schlagende Geräusch. Es drang direkt aus dem Glockenturm. Etwas stimmte nicht. Sie öffnete das Fenster und hielt die Luft an, um die ungewöhnliche Klangkulisse besser aufnehmen zu können. Und sie hatte richtig gehört: Eine einzelne Glocke schlug.

Ungewöhnlich, dachte die Mesnerin. Hatten sich doch die Kirchengemeinden schon vor langer Zeit darauf geeinigt, den nächtlichen Glockenschlag zur Zeitansage abzustellen. Ein Geläut, wie es jetzt erklang, passte nicht zu dieser Absprache. Gudrun Schlipf ging davon aus, dass sich nicht nur sie in ihrer Nachtruhe gestört fühlte.

Nach einer kurzen Pause schlug die Glocke wieder, dong, dong, dong, es war ein seltsamer, unregelmäßiger Schlag, der sich anhörte wie der von der Schillerglocke. Ungläubig und zugleich müde rieb sich die Mesnerin die Augen. Die Concordia erklang sonst nur zweimal im Jahr, zum Geburtstag Schillers am 10. November und zum Todestag am 9. Mai, was am Dichterkult lag. Schiller-Verehrer aus Moskau hatten die Glocke zum 100. Geburtstag des Dichters im Jahre 1859 gestiftet. Offenbar drang starker Wind in den Glockenturm. Aber dieser Klang – wie auf einem Geisterschiff! Eine Gänsehaut überlief sie. War heute nicht der 30. April, Walpurgisnacht? Ach, sie war doch nicht abergläubisch! Von solchem heidnischen Kram hielt sie überhaupt nichts. Schlimm genug, dass ihr Gerold am Tag vor Allerheiligen in seinem lächerlichen Latex-Spinnenkostüm immer zu diesen affigen Halloween-Partys ging.

Die Glocke schlug lauter. In einigen Häusern gingen bereits Lichter an. Gudrun Schlipfs Herz begann merklich schneller zu klopfen. Eine Anzeige wegen Ruhestörung fehlte ihr noch. Sie musste nach dem Rechten sehen, ob sie wollte oder nicht. Die Mesnerin zog sich an, nahm die Taschenlampe und keine zwei Minuten später öffnete sie das schwere schmiedeeiserne Kirchenportal. Ein eisiger Schauer durchfuhr sie, als der Strahl ihrer Lampe eine Fledermaus erfasste, die aus dem Glockenturm flog. Dong, dong, dong – immer schneller und lauter schallten die Schläge von oben herab. In ihrer Aufregung vergaß die nächtliche Besucherin, den Schalter zu betätigen, der das Kirchenschiff in ein beruhigendes Licht getaucht hätte. Sie näherte sich dem Glockenturm und öffnete die Türe. Plötzlich erschien über ihr ein Schatten.

Der schrille Schrei der Mesnerin durchdrang den Turm. Eine Eule breitete ihre mächtigen Schwingen aus. Kalter Schweiß stand auf der Stirn der pflichtbewussten Frau. Noch nie hatte sie um diese Uhrzeit ihre geliebte Alexanderkirche betreten. Es kostete sie Überwindung, die engen Stiegen der steilen Treppe emporzusteigen. Die Hoffnung, es würde ihr gelingen, die vorlaute Glocke rasch zum Schweigen zu bringen, trieb sie voran. »Ist da jemand?«, fragte sie mit zittriger Stimme in die Dunkelheit. Nichts regte sich. Heftig schlug der Klöppel auf die Glocke ein, deren Klang seltsam gedämpft wirkte. Endlich hatte es Gudrun Schlipf geschafft. Oben angekommen, inspizierte sie die Glocken. Fünf waren es, die der Verein für die Erhaltung der Alexanderkirche im Jahr 1997 hatte anbringen lassen. Als die Mesnerin nach oben schaute, erschrak sie fast zu Tode.

»Großer Gott!«, keuchte sie mit weit aufgerissenen Augen.

Keine fünf Meter über ihr baumelte ein menschlicher Körper leblos an einem Seil an der Schillerglocke. Der Erhängte starrte sie mit ausdruckslosen Augen an. Ein entferntes Scheppern erinnerte sie daran, dass ihr die Taschenlampe vor Sekundenbruchteilen aus der Hand geglitten war. Gudrun Schlipf wankte, suchte am Geländer Halt. War das nicht Pfarrer Roloff? Unfassbar! Er mochte ja ein Zölibatsbrecher sein, aber ein solches Ende hatte er nie und nimmer verdient, fand die völlig verängstigte Kirchenangestellte. Schritt für Schritt tastete sie sich nach unten. Sie musste jetzt endlich Licht machen. Aufgewühlt lief sie durch das Kirchenschiff auf die Sakristei zu. Als sie im Sicherungskasten alle Schalter umgelegt hatte, machte sie eine zweite schockierende Entdeckung: Ein Mann lag leblos auf dem Boden.

DER AUFSEHER

Verzeihung, geschätzter Leser. Ich bin mir bewusst, ich störe Ihren Lesefluss. Aber ich tauche an dieser Stelle des Krimis nicht ganz freiwillig auf. Einzig mein Erschaffer, der Autor dieses Buches, verlangt von mir diesen Auftritt. Er ist davon beseelt, etwas Neues in einem Krimi zu erfinden: das Gespräch des Verbrechers mit dem Leser. Interaktiv sozusagen. Das Genre sprengen, wie es in den Kritiken im Feuilleton immer so schön heißt. Dabei bin ich mir sicher, dass irgendeiner dieser Krimi-Schreiberlinge nach dem zweiten Glas Wein schon einmal den Trick versucht hat, um originell zu wirken. Jedenfalls scheut der Verfasser dieser Zeilen sich nicht, mich direkt auf Sie zu hetzen. Mich, den Verantwortlichen, den geheimen Grund dieses Buches. Den, dessen Identität Sie erst durch aufmerksames Lesen und intelligentes Schlussfolgern, noch lange, bevor es der Kommissar schafft, herausfinden sollen. Dieser Regelbrecher macht das, was man auf keinen Fall tun sollte: Er lässt mich aus der Geschichte heraustreten. Stellen Sie sich einen Theaterschauspieler vor, der dem Publikum zwischendurch erklärt, wie er es findet, in dem Stück mitzuspielen. Grausam! Sie wissen, Krimischreiber haben die verrücktesten Ideen. Lassen Schweine ermitteln. Oder erfinden einen Mord, der in einem Eisenbahn-Abteil von allen Verdächtigen begangen worden ist. Greifen aktuelle Themen wie Fußball-Weltmeisterschaften oder Bahnhofsumbauten auf. Geschickt sind sie ja schon, diese Taschenbuchvollkleckser, sie heischen nach Aufmerksamkeit, wollen ihre Auflage erhöhen. Fast könnte man sie für Journalisten halten. Mein Erfinder zum Beispiel möchte mit Schiller punkten. Was für ein lächerlicher Versuch, in einer Welt, in der Facebook und Twitter längst viel mehr interessieren als schwer verständliche Dichter und langatmige Schwarten aus vergangenen Jahrhunderten. Vielleicht will er ja einen Gegentrend einleiten. Aber lassen wir das. Mich beschäftigt viel mehr, wie ich jetzt mit Ihnen umgehen soll, wenn ich das tue, was mein Kreator von mir verlangt: Sie ein bisschen am Nerv zu kitzeln, ohne zu viel zu verraten. Nun ja. Man kann mir ja alles vorwerfen, aber ein Spielverderber bin ich nicht. Um diesen Schiller zu bemühen: Der Mensch ist vor allem da Mensch, wo er spielt. Na, so ähnlich hat er es doch gesagt, oder? Sie werden das schon googeln!

Natürlich fragen Sie sich, wer ich bin. Aber das verrate ich nicht. Schon gar nicht am Anfang des Krimis. Ich werde auf keinen Fall ein Geständnis ablegen. Nicht hier und auch nicht später. Ich werde alles geben, damit man mich nicht lebend ergreift. Denn meine Tat, das haben Sie schon bemerkt, ist ein solcher Frevel, dass Gott selbst mich zum Vogelfreien erklärt hat. Aber fangen wird mich niemand und schon gar nicht wird mich ein Polizist in eine dieser stickigen Zellen mit schmalem Waschbecken und Klo stecken. Eher …

Jetzt sind Sie überrascht, nicht wahr? Der Akteur identifiziert sich also doch mit seiner Rolle, werden Sie denken. Aber um ehrlich zu sein: Ich wäre viel lieber der Kommissar. Seine Chancen, heil aus dieser Handlung herauszukommen, stehen um ein Vielfaches höher als meine. Halten Sie sich vor Augen: Kommissare werden selten aus Fortsetzungsserien geballert. Täter dagegen finden ihr gerechtes Ende. Natürlich liegt das an uns. Wir sind nicht einfach nur böse, sondern dazu noch richtig fiese Gestalten. Das liegt aber auch an den Schreiberlingen. Ich weiß, dass ich viel netter sein könnte als auf diesen Papierseiten. Ich bekomme aber keine Chance. Bin ein Verbrecher aus verlorener Ehre, um wieder diesen Schiller zu bemühen, der damals in Leipzig, als er blank war, mit Krimischreiben über die Runden kommen wollte. Dann hat er das aber sein lassen und sich auf Theaterstücke konzentriert. War wohl die richtige Entscheidung, jedenfalls hat er es zu Ehren gebracht.

Falls Sie mein Bildungslevel hinterfragen: Ich bin wirklich belesen und intelligent. Das sollten Sie sich merken, wenn Sie in diesem Buch mit mir mithalten wollen. Und auch wenn Sie mich am Ende kriegen werden, weil Krimi-Autoren nicht anders können, als dem Gesetz und der Ordnung zum Happy End zu verhelfen – ich werde dem entgegenwirken. Sie wollen mich erraten? Versuchen Sie's doch!

KAPITEL 2: WAS EIN KOMMISSAR AM PILGERN FINDET

So also fühlte es sich an, wenn man pilgerte. Mit schmerzverzerrtem Gesicht betastete Peter Struve seine rechte Ferse. Die neuen Wanderschuhe hatten sich seit einer Stunde unangenehm in Erinnerung gerufen. Erschöpft setzte sich der schmale Endvierziger mit den vollen, grau melierten Haaren auf eine Bank und betrachtete den Hautfetzen, unter dem eine nasse, dunkelrote Wunde klaffte. Er rieb etwas Rasierwasser auf die Stelle – was höllisch brannte und ihm ein gepresstes »Herrgottsakramentofixhalleluja« entlockte. Aber alle Ablenkung half nichts: Auch mit dem schnell aufgedrückten Heftpflaster würde er die Tour an diesem Tag kaum fortsetzen können. Er schaute auf die Karte. Nur noch wenige Kilomenen trennten ihn vom Ziel seiner ersten Etappe, sein grünes Flanellhemd war schon ziemlich durchgeschwitzt. Er bedauerte, nicht auf den Rat der Kollegen gehört zu haben, die ihm Funktionsunterwäsche empfohlen hatten. Der Westfale war mal wieder dickköpfig geblieben, hatte sein altes Angorahemd genommen – und brauchte jetzt bald eine Dusche.

Voller Erwartungen war er am Morgen vom Ludwigsburger Bahnhof aufgebrochen und in Marbach in den Bus nach Beilstein gestiegen. Er wollte über Marbach und Winnenden auf den Hauptweg der Jakobspilger von Rothenburg ob der Tauber nach Rottenburg gelangen.

Er hatte gehört, dass der Wein-Lese-Weg durchs Bottwartal ein alter Jakobsweg gewesen sein könnte. Kürzlich war an der Marbacher Stadtkirche auch ein Jakobus als Außenfigur angebracht worden – den wollte er sich auf jeden Fall anschauen.

Auf der Wandertour den Kopf freibekommen, das war sein Ziel. Nach der Trennung von Marie hatte er die Wohnung im 17. Stock des Marstall-Centers behalten. Jetzt war er froh, die Frühlingslandschaft in diesem April durchstreifen zu können, zumal ihm die Abwesenheit seiner Frau mehr zu schaffen machte, als er geglaubt hätte. Vielleicht war er auch deshalb zurückgekehrt, hier in sein Einsatzgebiet im nördlichen Landkreis Ludwigsburg, wo er schon lange keinen Fall mehr hatte bearbeiten müssen. Marbach hatte er seit Monaten auch privat gemieden. Marie lebte dort, er war an diesem Morgen mit einem unguten Gefühl gestartet und nicht so recht in Tritt gekommen. Während er grübelte, lief er müde vor sich hin und ließ sich nach einem ausgiebigen zweiten Frühstück in einer Bäckerei in Oberstenfeld mit dem Taxi zum Großbottwarer Harzberg chauffieren. »Ein guter Start ziert alles«, beruhigte er sein Gewissen und legte mit dem theologischen Spruch der Marke Eigenbau ›Liebe dich selbst wie deinen Nächsten‹ in seinem Pilgertagebuch nach.

Eigentlich wäre er am liebsten auf dem spanischen Jakobsweg gewandert. Aber er fürchtete überfüllte Pilgerherbergen und deren schnarchende Nutzer. Und wo blieb, bitte schön, noch der eigene Weg, wenn Millionen vor ihm die gleiche Strecke gelaufen waren? Er schätzte sich nicht als elitär ein, aber mit der Menge zu marschieren, behagte ihm überhaupt nicht. Dazu kam, dass er sich nicht für religiös hielt. Aus der Kirche war er schon mit Anfang 20 ausgetreten. Damals hielt er jeglichen Glaubenskram für eine Massenverdummung, gemacht für verklemmte Neurotiker und Weicheier. Er hatte gelernt, sich auf sich selbst zu verlassen. Inzwischen sah er die Sache anders. Vielleicht, weil es mehr geben musste, als seine vier Wände abzubezahlen und auf die Rente zuzusteuern. Struve war sich in diesen Fragen nicht sicher, aber er spürte, es war der richtige Zeitpunkt, sich neu auf den Weg zu machen.

Der Kommissar schaute auf sein Handy. Schon bald 16 Uhr. Es lagen noch einige Kilometer vor ihm. Er würde nach Marbach hineinlaufen, sich ein Zimmer nehmen und einen Happen essen gehen. Das Summen seines auf lautlos gestellten Mobiltelefons riss ihn aus seinen Gedanken. Der Nummer nach zu urteilen, musste es sein Kollege Littmann sein.

»Na, mein lieber Struve, wie läuft's denn so auf den ersten Kilometern?«

»Danke, ganz gut. Aber hatten wir nicht vereinbart, nur in absoluten Notfällen miteinander zu telefonieren?«

»Sorry. Ich wollte Ihnen nur mitteilen, dass wir in zwei Wochen zu Kottsiepers 60. ein kleines Ständchen bringen.«

Ausgerechnet Kottsieper. Die Arroganz des Polizeipräsidenten hatte Struve schon viele Male zur Weißglut gebracht. Und jetzt sollte er seinen Urlaub auch noch dafür verwenden, sich ein Liedchen für den wenig geliebten Chef auszudenken? Der Kommissar hätte sein Handy am liebsten sonst wohin geworfen.

»Na schön, dann machen Sie mal, Littmann«, schnarrte er ins Telefon.

»Freut mich, dass Sie die Idee gut finden«, flötete der Kollege. »Weil's ein runder Geburtstag ist, haben wir uns etwas Besonderes einfallen lassen.«

»Moment mal«, versuchte Struve einzuhaken.

»Lassen Sie es mich kurz erklären«, bat der andere und seine Stimme überschlug sich fast. Struve hielt inne, er gestand sich ein, doch ein wenig neugierig zu sein.

»Der Alte hat doch neulich von diesem Schiller-Musical so geschwärmt, das er sich im Ludwigsburger Forum angeschaut hat.«

»Ja, und?« Struve fand, dass Kottsieper und Kultur nicht wirklich zusammenpassten. Umso mehr hatte es ihn überrascht, dass der Polizeipräsident das Musical nach dem Besuch in den höchsten Tönen lobte. Wie sich später herausstellte, hatte Kottsiepers Schwester in dem Stück als Statistin mitgewirkt.

»Na, erinnern Sie sich nicht?«, half Littmann nach, weil er glaubte, Struve auf dem falschen Fuß erwischt zu haben. »*Das Lied von der Glocke*, eine der bekanntesten Balladen vom Schiller.«

»Schön und gut, aber was habe *ich* damit zu schaffen, Littmann?«

»Ganz einfach: Sie und ich, wir werden unseren Chef damit überraschen.«

»Vergessen Sie's!« Struve legte auf.

Wenige Sekunden später war Littmann wieder am Apparat.

»Sie müssen ja nicht viele Strophen auswendig lernen. Die anderen machen auch mit.«

Struve schwieg. Ihm schien es unwahrscheinlich, dass der Schleimer Littmann die hartgesottenen Kollegen der Mordkommission mobilisieren konnte. Er selbst lehnte solche Geburtstagsaktionen nicht grundsätzlich ab, aber bei Kottsieper, dem erklärten Gegner jeder polizeigewerkschaftlichen Perspektive, war er nicht bereit, den Claqueur zu mimen.

»Ich überleg's mir noch bis nach dem Urlaub«, erklärte er, um Littmann hinzuhalten.

»Schön«, antwortete der Kollege, »ich habe Ihnen übrigens in einer Marbacher Buchhandlung eine Ausgabe der Balladen bestellt. Sie brauchen sie nur noch abzuholen, es ist in der Marktstraße. Schlagen Sie dann einfach Seite 5 auf. Diese Strophe habe ich für Sie reserviert.«

Nach dem Anruf Littmanns wusste er: Es war ein Fehler, nicht das Weite gesucht zu haben. Die Schlinge des Gewohnten zog sich zu, wollte ihn festhalten. Und war er nicht auch im bisherigen Arbeitsleben viel zu nachgiebig? In seinen Ermittlungen trat er nicht selten auf der Stelle und oft kam es ihm vor, als ob ihn die Tatverdächtigen an der Nase herumführten. Struve fragte sich allen Ernstes, ob die Arbeit, die er leistete – oft waren es Bagatellfälle –, überhaupt irgendjemandem nutzte. Längst hatten im Team andere das Lösen komplexer Fälle übernommen. Kottsieper, der ihn noch nie gemocht hatte, ließ sich noch seltener als zuvor in seinem Büro blicken, das im abgelegenen Teil des Stockwerks lag, gleich neben den Toiletten. Was den Vorteil hatte, dass sich wenigstens ab und an Kollegen zu einem kleinen Plausch einfanden und dies auch noch in einem erleichterten Zustand.

Der letzte Mordfall, mit dem Struve betraut worden war, datierte aus dem Jahr 2010. Seitdem kümmerte er sich um Körperverletzungen, Kneipenschlägereien und andere Rohheitsdelikte, die sie ihm übertragen hatten. Nicht, dass er darunter litt, zu wenig zu tun zu haben. Sein Schreibtisch war immer voll. Aber er spürte, dass er älter wurde und nach Dienstschluss auf der Couch versumpfte, den dumpfen Betäubungen des Fernsehprogramms willig erliegend. Natürlich hatten die Kollegen bemerkt, dass er sich nach der Trennung von Marie verändert hatte und sich zurückzog. Oft luden ihn seine Teampartnerin Melanie und ihre Freundin Bianca ein, und sie verbrachten in dem alten Winzerhäuser Bauernhaus, das die WG renoviert hatte, lange Abende bei Ciabatta, Bio-Käse und Bottwartaler Wein. Diese Begegnungen waren Balsam für den einsamen Wolf, wie sich Struve seitdem selbst gerne ironisch nannte. Ob er sich nicht gerne eine Freundin suchen wolle, fragte ihn die Kollegin bei einem der Treffen. Das wäre heutzutage überhaupt nicht schwierig. Die Partnervermittlungen im Internet boomten. Kochkurse, Speeddatings und Gemeinschaftsreisen lägen im Trend. Man müsse die Nase nur mal rausstecken und sich auf den Weg machen. Von solchen gut gemeinten Ratschlägen hielt Struve jedoch überhaupt nichts. Liebe ließ sich nicht mit der Masse an Begegnungen erzwingen, davon war er mehr denn je überzeugt. Außerdem fühlte er sich allein durchaus wohl. Eine Feststellung, die ihm seine Umgebung zwar nicht abnahm, aber vom Urteil anderer ließ er sich schon lange nicht mehr leiten. Nur – wie entkam er der Routine? Dem Abstellgleis, der Bedeutungslosigkeit, die in ihm mehr Raum einnahm, als er wahrhaben wollte. Er musste etwas tun. Aufbrechen. Genau deshalb pilgerte er ja. Aber ob Littmann und das Auswendiglernen einer Glocken-Strophe von Schiller die richtige Medizin für ihn waren, wagte er zu bezweifeln.

KAPITEL 3: BÖSES ERWACHEN IM KRANKENHAUS

Blinzelnd öffnete Peter Struve die Augen. Ein milchiger Schleier vernebelte seinen Blick. Wenig später registrierte er, dass er in einem Bett lag. Um ihn herum weißes Bettzeug, weiße Schränke und weiße Wände, sogar sein Nachthemd war weiß. Sie hatten ihn also in ein Krankenhaus gesteckt. Wieder trübte sich sein Blick. In seinem Kopf hämmerte es, als ob ein Buntspecht einen Baum abklopfte. Eine bleierne Schwere verhinderte, dass der Schmerz vollends durchdrang und zwang ihn in den

Schlaf. Als er wieder aufwachte, wusste er nicht, wie viel Zeit vergangen war. Vor seinem Bett stand jemand. Es war ihm, als ob Stimmen leise durch das Zimmer hallten. Er verstand nur Wortfetzen.

»… wird es wohl schaffen …«

»… relativ robust …«

»… aber auch nicht mehr der Allerjüngste …«

Es waren Männerstimmen, die zu den weißen Kitteln gehörten, die vor seinem Bett eine textile Wand bildeten. Er konnte seine Augen nicht heben, sodass er die Gesichter nicht sah. Gelähmt, ich bin gelähmt, durchfuhr es ihn. Auch Arme und Beine gehorchten ihm nicht. Sogar seine Mimik war zum Erliegen gekommen. So mussten sich Menschen fühlen, die einen Schlaganfall erlitten hatten. Nur seine Gedanken funktionierten noch, wenngleich sie lediglich auf den Augenblick fixiert waren. Und er konnte minimal hören. Das Piepsen eines Gerätes etwa, an das sie ihn angeschlossen hatten. Schmale Plastikkabel mit Sensoren aus dünnem Stahl drückten unangenehm auf seine linke Armbeuge. Rechts hatten sie ihm eine Infusion gelegt. Die Tropfen lösten sich wie in Zeitlupe.

Struve versuchte, aus dem Stimmenmischmasch Informationen zu filtern.

»… Identität geklärt … Polizist.«

Aha, immerhin das hatten sie herausgefunden. An seinen Namen erinnerte er sich wenigstens noch selbst, es hätte schlimmer kommen können, dachte er. Wieder zuckte er unter einem jähen Kopfschmerz zusammen.

»Herr Struve, können Sie mich hören?« Ein Arzt, er musste um die 40 sein, braun gebrannt und glatt rasiert, beugte sich zu ihm herunter. Ein moderat riechendes Aftershave verbreitete seine Duftnote. Der Mediziner blickte ihn erwartungsvoll an, Struve hätte ihm gerne geantwortet, aber mehr als ein schwacher Lidschlag war nicht drin. Vermutlich starrte er ihn an wie der Frosch eine Schlange. Sekundenbruchteile später war das freundliche Gesicht aus seinem Blickfeld verschwunden.

Die Wortfetzen »minimale Reaktionen« und »braucht jetzt Ruhe« drangen zu ihm, bevor der medizinische Tross weiterzog. Er fiel wieder in einen tiefen Schlaf und träumte, er wäre ein Engel. Ganz leicht fühlte es sich an, als er über die Dächer seines Wohnortes Ludwigsburg flog. Und dann trieb ihn der Wind zum Marstall-Center. Hoch oben, im 17. Stock, schaute er durch ein Fenster und erkannte seine vertraute Umgebung. Er sah seine CD-Sammlung, in der sich im Laufe der Zeit vermehrt Tonträger mit Bluesstücken angesammelt hatten. Eine Musik, die so gar nicht in seine schwäbische Umgebung passte, in der Fleiß und Sparsamkeit ein Leben in Eigenheim und Wohlstand versprachen. Grundsätze, die ins allgemeine Bewusstsein eingemeißelt schienen und den Schwaben als geborenen Angstsparern Immunkräfte gegen den proletarisierenden Sog von Finanzkrise und Euro-Schwäche versprachen. Der Wucht solcher Werte hatte Struve nur die Flucht ins musikalische Offroadgebiet schwarzer Musik entgegenzusetzen.

Der Kommissar wunderte sich, dass er in seinem Traum schon wieder zu solchen Gedanken fähig war. Sollte sich sein Zustand entscheidend bessern, würde er versuchen, das Gleitschirmfliegen zu erlernen. Das hatte er schon lange vor, und er deutete das erhebende Fluggefühl im Traum als Einladung, sich den Erdkräften des Alltags zu widersetzen.

An Entgrenzung war freilich jetzt überhaupt nicht zu denken. Er fühlte sich wie ein Klumpen Fleisch, unbeweglich und fast taub, ein Pflegefall. Die Tür öffnete sich. In Struves Blickfeld tauchten sein Chef, Polizeipräsident Hans Kottsieper, und seine Kollegin Melanie Förster auf. Mit von der Partie war auch Karl Littmann, der neuerdings in der Stuttgarter Zentrale nur noch Innendienst schob, weil er seiner nicht ganz ernstzunehmenden chronischen Sonnenallergie mit einem ärztlichen Attest Nachdruck verliehen hatte. Es gab Tage, da beneidete Struve seinen Kollegen um dieses Privileg, aber er wusste, sein Spürsinn brauchte den Staub der Straße und das damit verbundene Berufsrisiko, auch einmal im Staub zu landen. Er war froh, dass sein Langzeitgedächtnis funktionierte. Warum aber war er hier? Und wie war es dazu gekommen? Er hätte sich am liebsten mit der Faust gegen den Kopf geschlagen. Die Wut über seine Ohnmacht wich der Erkenntnis, sich besser nicht aufzuregen und sich damit zu schwächen. Er begann, sich mit aufbauenden Gedanken zu trösten: Du hast Glück gehabt, lebst noch. Du hast durch deinen Schlaf eine Verbesserung erzielt und erkennst deine Umgebung deutlicher. Du wirst kämpfen, durchhalten, dann kommst du wieder auf die Beine und zeigst es ihnen. Autosuggestion, eine Technik, die er vor vielen Jahren im Kolleg der Jesuiten kennengelernt hatte. Tja, dachte Struve, wenn einen niemand lobte, was im Schwabenland ja durchaus vorkam, musste man es eben selbst tun. Und zwar möglichst, ohne dass man von anderen dabei gehört wurde.

Keiner der Besucher verstand seine mit dünner Stimme ausgestoßenen und kaum hörbaren Elaborate, mit denen er wie ein Fisch auf dem Trockenen nach Lebensluft schnappte. Der alte Haudegen Kottsieper, ein dank permanenten Lauftrainings immer noch drahtiger Zwei-Meter-Mann mit grauen kurzen Haaren und ebenso grauem oversized Anzug von der Stange, musterte ihn mit unbewegter Mimik. Als kerniger Oberbergischer aus Wuppertal galt er im Kollegenkreis als nicht gerade zartbesaitet. Und offenbar wähnte er seinen Mitarbeiter schon halb im Jenseits, er nahm jedenfalls kein Blatt vor den Mund.

»Um Gottes willen, schauen Sie sich den Struve an, der schaut ja völlig wirr aus der Wäsche.«

Vermutlich stimmt das sogar, dachte der Kommissar.

»Jetzt mal langsam, Herr Präsident, wir besuchen einen Kranken, da sollten Sie vielleicht besser auf ihn eingehen, statt so negativ über ihn zu reden.« Melanie Förster ergriff also Partei. Die Kollegin, etwa 30 Jahre alt und mit ihren dunkelblonden Haaren, blauen Augen und einem modischen weißen Pullover mit dem aufgenähten Großbottwarer Wappentier, einem Storchen, sowie eng sitzender dunkler Jeans nett anzuschauen, blickte sorgenvoll auf ihn herab. Struve gefiel ihre direkte, impulsive Art, mit der sie bei Vorgesetzten zuweilen aneckte.

»Meinen Sie wirklich, der versteht uns?«, fragte Kottsieper unverblümt zurück. »Nach dem, was uns dieser Chefarzt erzählt hat, kann es im schlechtesten Fall sein, dass er plemplem wird.«

»Ja, prima, nur weiter so!«, regte sich die junge Kommissarin auf. »Wenn Sie hier am Krankenbett so schwätzen, als ob Peter als Mensch nicht existiert, können wir gleich das Bestattungsinstitut anrufen.«

»Herr Kottsieper, erlauben Sie mir eine Bemerkung«, schaltete sich der 55-jährige Littmann, ein korrekt gescheitelter Hornbrillenträger mit gemütlich hervortretendem Hängebauch und Neigung zu trachtenartigen Anzügen, ein. »Mit Kranken sollte man tatsächlich sehr rücksichtsvoll umgehen, das hat mir schon meine Großmutter – Gott habe sie selig – eingebläut.«

»Also gut, kommen wir zum Punkt«, bestimmte Kottsieper forsch. »An eine Vernehmung des Kollegen ist wohl nicht zu denken, da er laut Arzt nicht ansprechbar ist. Oder, Herr Struve?« Mit einem leichten Blick streifte er den Bettlägrigen, dessen Augenlider wie zur Bestätigung genau in diesem Moment kraftlos nach unten fielen. Kottsieper sah sich in seinem Urteil bestärkt und wandte sich mit einem selbstzufriedenen Lächeln seinen Untergebenen zu. »Wie weit sind Sie, Frau Förster?«

»So weit, wie man am Morgen nach einer Mordnacht eben sein kann: am Anfang.«

»Was wissen Sie über den Toten?«

»Hans-Peter Roloff, 45 Jahre, der katholische Pfarrer der Stadt.«

»Hmm …, alles keine Gründe, um jemanden im Kirchturm aufzuhängen.« Kottsieper zupfte sich einen Streifen Kaugummi aus der Innentasche seines Jacketts, packte ihn aus und schob ihn sich in den Mund, wie er es immer bei Besprechungen machte. Für alle Beteiligten war das stets ein Signal, sich durch kluge Gedanken in der rituell eingeleiteten Konzentrationsphase Anerkennung zu verschaffen.

»Noch dazu am Seil der Schillerglocke«, ergänzte Littmann mit gespielter Empörung, um auf die Besonderheit des Mordwerkzeugs aufmerksam zu machen.

Struve starrte ihn mit regungslosem Gesicht an. Langsam dämmerte ihm, in was er da reingeraten war. Er hatte den Pfarrer an dem Abend unmittelbar vor der Messe angesprochen und sich, beseelt von seiner Aufbruchstimmung, als Pilger zu erkennen gegeben. Der Geistliche schien ihm aufgeschlossen und sie hatten sich gleich angeregt über den Sinn des Pilgerns unterhalten. Und hatten sie sich nicht verabredet? Gleich nach dem Gottesdienst wollten sie sich in Schillers Café gegenüber vom Geburtshaus des Dichters zusammensetzen. Dazu war es offenbar nicht mehr gekommen. Jedenfalls erinnerte sich Struve nicht mehr daran. Das, was Kottsieper von sich gegeben hatte, beseitigte alle Restzweifel. Ein furchtbares Verbrechen hatte sich ereignet.

»Jemand muss den Mord von langer Hand geplant haben«, meinte Melanie Förster. Sie hielt das Arrangement im Glockenturm für eine regelrechte Hinrichtung. »Da war lang schwelender Hass im Spiel, warum sollte sich sonst jemand die Mühe machen, einen 70 Kilo schweren Leib nach oben zu tragen und ihn dann noch an einer Glocke demonstrativ zur Schau zu stellen?«

»Das mit dem Seil und dem Aufwand kann ich nur unterstreichen, Frau Förster.« Littmann hatte den Zeigefinger gehoben, um das Ergebnis einer seiner Telefonrecherchen zu verkünden. »Ich habe mit dem Vorsitzenden des Vereins zur Erhaltung der Alexanderkirche gesprochen: Da oben gibt es sonst kein Glockenseil, da läuft alles automatisch ab. Der Täter hat das Seil oben an der Glocke befestigt – zu diesem Ergebnis ist übrigens auch die Spurensicherung gekommen.«

»Aha – stellt sich die Frage nach dem Motiv. Der Mann hat sicher nicht nur Freunde gehabt«, bemerkte Kottsieper.

»Wir sind dabei, das zu klären«, antwortete die Kommissarin. »Hat Besold schon die Leiche obduziert?«

»Noch nicht«, antwortete Littmann. »Er ist sich bis jetzt noch nicht sicher, ob Roloff erst am Strang oder schon vorher ums Leben kam.« Der Kriminaltechniker werde aber im Lauf des Tages einen Bericht liefern.

»Peter war offenbar zur falschen Zeit an der falschen Stelle.« Melanie Förster blickte besorgt auf den regungslosen Kollegen. »Peter, kannst du uns hören?« Sie fuhr ihm mit der Hand behutsam über die Wangen, ihr standen die Tränen in den Augen. Struve wollte etwas sagen, schaffte es aber nicht.

»Also gut, halten wir fest«, hob Kottsieper an. »Kollege Struve pilgert nach Marbach, er besucht am Abend den Gottesdienst und bricht anschließend in der Sakristei zusammen.«

Ja, so war's, dachte Struve. Dieser Pfarrer hatte ihm angeboten, eine Lesung vorne, am Ambo, zu übernehmen. Eine Bibelstelle aus dem ersten Petrus-Brief, es ging darum, in Gottesfurcht zu pilgern und sich nicht von seinen Begierden leiten zu lassen. Tja, das hätte er sich besser gleich hinter die Ohren geschrieben.

»Nach Auskunft der Mesnerin hat Struve da vorne im Chorraum eine Aufgabe übernommen«, erzählte Littmann richtigerweise, »er war ja früher bei den Jesuiten in Münster so was wie der Obermessdiener.« Der Kollege konnte sich ein Lachen nicht verkneifen. Als ihn der vernichtende Blick Melanie Försters traf, schob er ein halbherzig klingendes »Oh, sorry, mein lieber Struve« nach.

Melanie Förster ignorierte den Fauxpas und versuchte, den Faden weiterzuspinnen. »Dann ist Peter in der Sakristei zusammengebrochen, seltsam! Gut, dass man ihn wenigstens noch rechtzeitig gefunden hat. Er lag völlig unterkühlt stundenlang da rum.« Sie streichelte ihrem Teampartner erneut über die immer noch tauben Wangen. Struve, dessen Pupillen kaum reagierten, hätte heulen können. Würde er jemals wieder der Alte werden?

»Ja, und die Mesnerin – die hat Pfarrer und Lektor gefunden, sie aber nach der Messe allein gelassen? Das ist doch ungewöhnlich, oder nicht? Kennt sich denn niemand in Kirchensachen aus, verflucht noch mal?« Kottsieper blickte Melanie Förster an.

»Seltsam ist das schon, dass die Schlipf nicht da war, als die beiden zusammenbrachen«, antwortete die Kommissarin und strich sich mit der Hand durch ihr langes, dunkelblondes Haar.

»Zumal wir davon ausgehen müssen, dass sie Zugriff auf den Messwein hatte.« Littmann, selbst erbaut von seinem weiterführenden Gedanken, zwinkerte seiner Kollegin mindestens eine Spur zu selbstsicher zu.

»Sie ist uns auf jeden Fall eine Erklärung schuldig«, bestätigte Kottsieper.

Das Handy von Melanie Förster dröhnte mit der AC/DC-Melodie *Hells Bells* los.

»Himmel und Hölle!«, entfuhr es dem Polizeipräsidenten, der einen Schritt zurückwich.

»Es ist Besold!«, rief die Kommissarin, als sie die Nummer auf dem Display erblickte. Sie nahm ab und stellte den Lautsprecher an.

»Wir haben ein wichtiges Ergebnis«, gab der Kriminaltechniker durch. »Die Leiche hing nicht nur an dem Seil dieser Schillerglocke, sondern vorher offenbar auch an einem Seilzug, der ebenfalls im Turm angebracht worden war. Wir haben Hanfspuren an der Kleidung des Toten gefunden, während das Seil, das der Täter an der Glocke befestigt hatte, ein Bergseil aus beschichteten Nylonfasern war.«

»Er ist mit einem Seilzug da hochgehievt worden?«, hakte die Förster nach.

»Ja, Bauarbeiter haben den dort wegen Sanierungsarbeiten angebracht, Hanf ist eine sehr starke Naturfaser mit hoher Traglast. Es wird bevorzugt in dunkler und trockener Umgebung verwendet. Es ist sehr witterungsanfällig. Sonnenlicht oder Nässe würden dem Material schaden. Aber bei der Sanierung des Kirchturms bewährt es sich natürlich. Neulich stand ja was über das Projekt im Marbacher Kurier und der Ludwigsburger Gazette.«

»Und was ist mit dem Bergseil?«, fragte die Kommissarin.

»Stinknormales Zwillingsseil, wie es beim Bergsteigen verwendet wird. Es hat einen Doppelstrang und eine Belastungsgrenze von zwölf Stürzen à 80 Kilogramm.«

»Da hat jemand ganze Arbeit geleistet«, staunte Kottsieper.

»Ja«, meinte Besold, »vor allem ist diese Seilart so verbreitet, dass wir praktisch keine Chance haben, die Stecknadel im Heuhaufen zu finden.«

»Lassen Sie vom Landeskriminalamt trotzdem im Internet alle Bestellungen der letzten beiden Wochen checken«, wies ihn der Polizeichef an. »Wenn der Täter durch die Zeitungsartikel auf den Seilzug aufmerksam wurde, könnte er sich das Bergseil kurzfristig bestellt haben.«

»Oder einfach in ein Geschäft gegangen sein«, hielt Littmann dagegen, der prompt die Aufgabe zugeteilt bekam, entsprechende Läden abzuklappern. Mit der Rolle des Erfüllungsgehilfen gab sich der Innendienstler aber nicht zufrieden. »Wenn wir eins und eins zusammenzählen, haben wir eine Tatverdächtige.«

»Sie meinen die Mesnerin?« Kottsieper hob die Augenbrauen.

Littmann nickte. »Da ist der Wein mit irgendeinem Zeug drin, dann wird der Pfarrer umgebracht. Schließlich ermöglicht ein Seilzug, den etwa 70 Kilo schweren Gottesmann ohne Probleme in den Himmel, Pardon, in den Glockenturm zu befördern.«

»Gewagte These, mein lieber Littmann – aber eine Frau als Täterin ist nicht auszuschließen«, kommentierte Kottsieper. »Was sagen Sie dazu, Besold?«

»Ist machbar – der Seilzug im Glockenturm funktioniert ja meines Wissens hydraulisch und noch dazu per Knopfdruck.«

»Macht das keinen Lärm?«, wollte Melanie Förster wissen.

»Kaum, die neuen Hebemaschinen sind alle stark gedämmt, die Arbeitsschutzrichtlinien werden immer strenger.«

»Braucht man für so etwas nicht einen Schlüssel wie für ein Auto?«

»Streng genommen schon, aber viele Bauarbeiter machen sich auf einer gesicherten Baustelle im Innern eines Raumes nicht die Mühe, solch eine Maschine abzuschließen.«

Genussvoll beobachtete Littmann, wie die Bedenken seiner Kollegin ausgeräumt wurden. Schweigen machte sich breit. Melanie Förster wiederum schüttelte den Kopf und zog damit die Blicke der anderen auf sich.

»Das Motiv der Mesnerin ist nicht klar, außerdem hat sie die Leiche gefunden.«

»Sie wäre nicht die Erste, die damit versucht, sich aus dem Kreis der Verdächtigen zu stehlen«, entgegnete Littmann trocken.

»Es ist noch zu früh für Verdächtigungen«, widersprach die Förster. »Was ich nicht verstehe, ist dieser enorme Aufwand, jemanden nach da oben zu bugsieren, wenn man einen Mord auch viel einfacher haben kann.«

»Dieser Frage können wir immer noch nachgehen, wenn wir die genaue Todesursache haben – für solche metaphysischen Fragestellungen wie die Ihre ist es noch zu früh«, schickte Littmann mit süßlichem Lächeln nach.

»Gut, werter Herr Kollege«, hob Kottsieper an, »wenn Sie so scharf auf eine Tatverdächtige sind, klären Sie das Umfeld. Besorgen Sie sich Informationen, welche Stellung die Mesnerin in der Kirchengemeinde einnimmt. Insbesondere, wie sie zum Pfarrer stand, und so weiter und so fort. Frau Förster, wir knöpfen uns die Frau jetzt erst einmal vor und hören uns ihre Variante an.«

DER AUFSEHER

Also gut, ich korrigiere mich. Auch Kommissare leben gefährlich. Was muss er sich auch in der Kirche herumtreiben, dieser Struve! Ich kann mich ja gut in den Autor hineinversetzen. Holt den Ermittler mitten hinein ins Geschehen. Gab's zwar schon mal bei der Tatort-Lady Lena Odenthal, als sie in einen Banküberfall hineingeriet, aber hier nimmt der Kommissar als zweites Opferlamm eine viel passivere Rolle ein. Um ehrlich zu sein: Ich habe nicht vorhersehen können, dass da vorne ein Polizist am Altar mitmischt. Es ist mir entgangen. Was aber trotzdem nichts daran ändert, dass der Mord funktioniert hat. Vermutlich kommt Ihnen das Arrangement etwas umständlich vor, mit der Leiche im Glockenturm. Gerade darauf kam es mir an. Ich töte nämlich mit Stil. Sie finden einen Mord an sich geschmacklos? Dann sind Sie voreingenommen. Ich gebe zu, ich habe schon öfter mit solchen Straftaten zu tun gehabt. Manche Mörder tun sich ja schwer und werden von Gewissensbissen geplagt. Ich kann dagegen nur sagen: Es ist interessant, sich selbst in der Verarbeitungsphase zu beobachten. Glauben Sie mir, auch ich bin ein Mensch aus Fleisch und Blut und deshalb melden sich die Toten bei mir sogar in den Träumen zu Wort, was ich als ausgesprochen lästig empfinde. Sind natürlich alles biochemische Reaktionen, die nichts zu sagen haben. Wie auch immer: Es hat für Sie, lieber Leser, keinen Sinn, wenn Sie die Mesnerin verdächtigen, die jetzt unter die Lupe genommen wird. Ein armes Ding, das der Autor bewusst am Anfang als kleine, unbedeutende Randfigur eingesetzt hat, ohne die nötige Ausstrahlung, um wirklich ernst genommen zu werden. Tut mir leid, wenn ich das so sagen muss, aber es ist, wie es ist. Sie wollen ja schließlich keinen Gärtner als Mörder. Außerdem wäre der Krimi im Nu vorbei und Sie müssten auf den restlichen Seiten zwar hochinformative, aber letztlich langweilige Ergüsse über Schillers Leben lesen. Dann doch lieber eine heiße Spur, die sich erst im weiteren Verlauf des Krimis herauskristallisiert und dann aber auch zum Ziel führt. Oder glauben Sie etwa, der Autor lässt mich das jetzt hier erzählen, damit ich Sie auf die völlig falsche Fährte führe? Was für ein unerhörter Verdacht! Erlauben Sie mir zu bemerken: Sie haben es zwar mit einem Mörder zu tun, aber ein Lügner bin ich deshalb noch lange nicht.

Religiöse Bedenken, meinen Mord in einer Kirche zu verüben, habe ich übrigens nicht. Das liegt daran, dass ich die geschützte Sphäre der freien, öffentlichen Religionsausübung eigentlich achten möchte. Das ist daran zu erkennen, dass ich mein Opfer nachts, als niemand in der Kirche war, umgebracht habe. Trotzdem fragen Sie sich, was auch Gretchen von Faust wissen wollte, wie ich's also mit der christlichen Religion halte. Mein Erschaffer ist ja Theologe und auch ich gewinne diesem jüdisch-christlichen Menschenbild einiges ab. Gab's nicht seit Christi Tod jede Menge kirchliche Barmherzigkeit: Hospizbewegungen, Krankenhäuser, Armenhilfe – nun gut, ich möchte Sie nicht langweilen. Sie verlangen schließlich Hinweise zu meiner Identität. Damit Sie nicht im Dunkeln tappen, muss ich Ihnen eingestehen, dass ich trotzdem starke Ressentiments gegen kirchliches Gutmenschentum hege. Warum, verrate ich Ihnen später.

Einen kleinen Tipp gebe ich Ihnen noch: Ich bin zwar ein ausgesprochener Weinkenner, aber das war nicht einmal erforderlich, um mein tödliches Handwerk zu verrichten. Es reichte, dem Messwein die richtigen Substanzen beizumischen. Wissen Sie: Ein Wein für den katholischen Gottesdienst muss sehr rein sein. Ein allzu billiger Tafelwein? Nicht vorgesehen! Zuckerbeigaben und andere Panschereien? Verboten! Aus kirchenrechtlicher Sicht habe ich das Abendmahl mit meinen kleinen Beruhigungstropfen also ungültig gemacht. Aber wen stört das schon? Ich muss sagen, die Narkose meines Opfers wäre für mich einfacher gewesen, wenn, wie noch im 15. Jahrhundert Pflicht, Rotwein verwendet worden wäre. Heute nehmen sie fast nur noch Weißwein, diese Banausen. Soll auch praktische Gründe haben. Das Tuch, mit dem sie den Kelch abwischen, wird dann nicht so fleckig. Jedenfalls hätte ein trockener Rotwein meine K.-o.-Tropfen besser aufgenommen. Aber die heutigen Betäubungsmittel schmeckt man kaum raus. Probieren Sie es doch selbst mal aus!

KAPITEL 4: EIN KILLER SCHIEBT ÜBERSTUNDEN

Der Killer hatte die Nacht in seinem Wagen verbracht. Oder besser: was von der Nacht übrig geblieben war. Noch müde rieb er sich die Augen. Seine Haare wirkten ungeordnet, er schaute in den Rückspiegel und modellierte seine nur noch in Ansätzen vorhandene Frisur. Die Aktion in der Kirche hatte wie am Schnürchen geklappt. Und dann noch der Spaß oben, im Glockenturm. Er war zufrieden mit der Performance. So nannte er die Begleitumstände seiner Hinrichtungen. Sollten sie nur rätseln, warum der Pfarrer dort oben hing. Das würde sie eine Weile beschäftigen. Er schaute auf das Display seines Smartphones. Es war neun Uhr, er stand mit seinem Auto in der Nähe des Ebnisees, weit genug vom Tatort entfernt, damit er nicht von irgendwelchen Polizeistreifen kontrolliert werden konnte. Der Wald diente ihm als Schutz und wenn ihm hier jemand krumm kam, gab es ja schließlich noch die Wumme. Er öffnete das Handschuhfach und nahm beruhigt zur Kenntnis, dass der blanke Lauf seiner Ceska immer noch aus der Öffnung eines umgewickelten Handtuchs hervorlugte. Die Geldübergabe war für zehn Uhr geplant. Er fühlte sich unterkühlt und brauchte dringend eine Tasse Kaffee. Der Kiosk am See hatte geschlossen. Vielleicht sollte er in einen Bäckerladen im nahe gelegenen Ort fahren, aber er wollte nicht unnötig auffallen. Er zog die Waffe aus dem Handschuhfach und kontrollierte ihre Mechanik. Alles gut gewartet, geladen war sie auch. Er legte sie zurück und versuchte sich vorzustellen, wie die Übergabe am See ablaufen würde. Vereinbart war, dass er um zehn Uhr den Rundweg beobachtete und dass jemand einen Beutel in den Papierkorb in der Nähe des Kiosks ablegte. Er würde folgen, auch etwas reinwerfen und dann so tun, als ob er das, was er entsorgt hatte, wieder an sich nehmen wollte.

Plötzlich klingelte sein Handy.

»Ja?«

»Du hast deinen Job nicht erledigt«, krächzte jemand mit einer dünnen, und wie der Killer sofort erkannte, verstellten Männerstimme.

»Wieso? Lief doch prima.«

»Du hast den Falschen genommen, der Richtige liegt im Krankenhaus Marbach, Zimmer 221.«

»Gibt's doch gar nicht. Den Pfaffen sollte ich umhauen. Jetzt erzählt mir keinen Scheiß!«

»Kümmere dich um die Sache, dann sehen wir uns morgen um zehn Uhr am See, selbe Stelle.«

»Hey, ihr wollt mich doch verarschen.«

Ein Klicken war die einzige Antwort, die er erhielt.

Er hatte keine Erklärung für das, was er gerade erfahren hatte. Der Auftrag lautete, den Pfarrer umzubringen. Genau das war geschehen. Zweifel beschlichen ihn. Eine Falle? Aber er wollte die Kohle haben, deshalb blieb ihm nichts anderes übrig, als das zu tun, was man von ihm verlangte.

Zu dumm auch, dass er nur 20 Prozent Vorkasse gemacht hatte. Im Normalfall würde er schnell das

Weite suchen. Was verlangten die von ihm? Dass er in das Krankenhaus ging und den Überlebenden kaltmachte. Gewiss, da war noch einer gewesen, der hatte betäubt in der Sakristei gelegen. Wie ein Pfarrer hatte der nicht ausgesehen. Aber beide hatten keine Priesterkleidung an, insofern war es möglich, dass er die beiden verwechselt hatte. Entweder jemand wollte ihn so richtig reinreiten oder aber er hatte tatsächlich einen schlechten Job gemacht. Er würde das nicht auf sich sitzen lassen.

Minutenlang überlegte er, was er tun sollte. In Marbach war er schnell. Er würde sich einen Pflegerkittel besorgen und in das Zimmer schleichen. Er nahm die Ceska aus dem Handschuhfach und prüfte, ob er den Schalldämpfer aufsetzen konnte. Das funktionierte. Wenigstens etwas, dachte er, legte die Pistole zurück und drehte den Zündschlüssel herum.

Eine Stunde später stand der Killer mit einem Strauß gelber Tulpen im Foyer des Krankenhauses. Niemand beachtete ihn. Draußen, an der benachbarten Alexanderkirche, wuselten sie herum, die Bullen. Absperrbänder, herumstehende Schupos, Einsatzfahrzeuge, Weißkittel, eben das volle Programm. Er hätte sich ja zu den Schaulustigen gesellen können, aber er durfte keine Zeit verlieren. Aufmerksam studierte er die Hinweisschilder. Er hoffte, dass das Zimmer, in dem der Pfarrer lag, nicht bewacht würde.

Plötzlich tippte ihn jemand von hinten an.

»Sie da, entschuldigen Sie mal.«

Erschreckt fuhr er zusammen. Die etwas zittrige Stimme gehörte einer alten Frau, die im Rollstuhl saß.

»Ja, was kann ich für Sie tun?«

»Mein Enkel holt mich gleich ab. Könnten Sie mich nach draußen fahren? Er wird bestimmt bald kommen und so könnte ich noch ein bisschen frische Luft schnappen.« Die Rollstuhlfahrerin machte einen hilflosen Eindruck.

»Kein Problem, mach ich doch gerne.«

»Vielen Dank.«

Er rollte sie zum Eingang, dort zündete sie sich hastig eine Zigarette an.

»Mögen Sie auch eine?«

»Nein, danke. Bin Nichtraucher.« Er wollte sich schon abwenden, da trat ein junger Mann an sie heran.

»Ah, da bist du ja, Guido!«, rief die alte Frau. »Schau mal, dieser Herr war so freundlich, mich hierher zu bringen. Ist das nicht nett?«

»Ja, ganz toll, Oma.« Guido, ein korpulenter Mann Mitte 30, mit getönter Brille, lichtem rötlichen Haar und Vollbart, wirkte abgehetzt, er trug die Uniform des Deutschen Roten Kreuzes und arbeitete dort offenbar als Rettungssanitäter. »Danke, dass Sie ihr geholfen haben.«

»Aber gerne doch.« Der Killer versuchte, sich so normal wie möglich zu benehmen, und wollte schon gehen. Auf einmal piepste es aus der Jackentasche von Guido.

»Oh Mist, ein Einsatz!«

»Was hast du denn, mein Engel?«, fragte die alte Dame besorgt.

»Du, es tut mir leid, ich hab' eigentlich Dienst und

kann dich nur ins Seniorenstift bringen, wenn wir den Wagen nicht brauchen, aber das war ein Alarm und wir rücken jetzt aus. Ich muss los, dauert vielleicht nicht so lange. Geh lieber noch mal rein.«

»Die jungen Leute, immer auf dem Sprung.« Die Alte schüttelte den Kopf und nahm einen langen Zug von ihrer Zigarette. »Und ich sitz nun da und kann nicht vom Fleck.«

Er überlegte, ob er sich entfernen sollte, aber das war schon ein Gedanke zu viel.

»Bringen Sie mich doch bitte ins Krankenhaus zurück, junger Mann.«

»Okay, wie Sie wünschen, gnädige Frau.«

Er bat sie, den Blumenstrauß zu halten und schob sie ins Foyer zurück. Es war höchste Zeit, sie loszuwerden.

»Ach, junger Mann, dürfte ich Sie noch um einen Gefallen bitten?«

Die Alte lächelte ihn mit ihrem nahezu zahnlosen Mund an.

»Ja?«

»Ich wollte Guido bitten, mir beim Packen meiner Sachen zur Hand zu gehen. Aber er hatte es ja eilig. Wenn Sie etwas mehr Zeit hätten, könnten Sie mir dann helfen, meine Sachen im Krankenzimmer zusammenzuräumen? Es ist das Zimmer 220.«

Das musste das Nebenzimmer des Pfarrers sein, dachte er. Diese Chance würde er sich nicht entgehen lassen. Die Rolle des Helfers war die perfekte Tarnung.

»Oh, das ist mir aber eine Ehre! Klar gehe ich Ihnen zur Hand.«

Er schob sie in den Aufzug. Ein Arzt und eine Krankenschwester standen schon im Lift und lächelten ihnen freundlich zu. Der Arzt trug einen frisch gebügelten Kittel über seinem Unterarm. Als sie auf der Station ankamen, verschwand der Mediziner in einem kleinen Nebenraum, der als Umkleidezimmer diente. Der Eindringling beobachtete das aus den Augenwinkeln, während sie auf das vorletzte Zimmer im Gang zusteuerten. Niemand war zu sehen, ein Wagen mit Akten stand in der Mitte des Flures. Die Ärzte klapperten zur Visite Raum für Raum ab. Ihm fiel auf, dass das letzte Zimmer im Gang das mit der Nummer 221 war. Er schob die Frau in ihren Raum. Dabei bemerkte er, dass die beiden letzten Krankenzimmer einen gemeinsamen Balkon hatten.

»Könnten Sie bitte mein Zahnputzzeug in den Kulturbeutel packen?«

»Ja, klar.« Er nahm das Wasserglas, in dem eine Prothese steckte, und stopfte es angewidert in den braunen ledernen Beutel.

»Ich lass mal ein bisschen frische Luft rein!«, rief er der Frau zu, nahm den Blumenstrauß, legte ihn ins Waschbecken und öffnete die Balkontür.

»Ja, da sagen Sie aber auch was.«

Er vergewisserte sich, dass seine Gastgeberin mit ihren Hemden beschäftigt war, dann schlich er auf dem Balkon vorsichtig zum Fenster des Nachbarzimmers. In dem Raum lag nur ein Patient. Er war an einige Apparate angeschlossen, was die Sicht auf ihn verdeckte. Er musste sich vergewissern, ob es der Mann von gestern

Abend war. Oder hetzte ihn der Auftraggeber am Ende auf eine zweite Person, die er loswerden wollte? Die werden mich nicht verarschen, dachte er.

»Wo bleiben Sie denn?« Die alte Frau war mit ihrem Rollstuhl an die Balkontüre gekommen.

»Oh ja, entschuldigen Sie.« Er nahm ihr die Tasche ab und packte den Kulturbeutel hinein.

»Was darf ich noch für Sie tun?«, fragte er im Stile eines Gentleman.

»Also, wenn Sie mich so fragen: Ich würde gerne eine Zigarette auf dem Balkon rauchen.«

Er überlegte. Sicherlich erwartete sie, dass er ihr dabei Gesellschaft leistete. Aber unten, an der Kirche, wimmelte es von Polizei. Es wäre besser, unerkannt zu bleiben. Außerdem befürchtete er, von der Alten ausgefragt zu werden.

»Es tut mir leid, ich muss jetzt meinen Besuch abstatten.« Er schaute demonstrativ auf seine Armbanduhr.

»Na, Sie sind mir ja einer. Erst gackern und dann kein Ei legen«, beschwerte sich die Alte, die sich mit ihrem Rollstuhl beleidigt abwendete.

»Tja, dann geh' ich mal«, rief er ihr hinterher und nahm seinen Blumenstrauß.

»Leben Sie wohl.« Er erhielt keine Antwort.

Beim Hinausgehen überrannte er fast eine Streifenpolizistin, die, wie sich herausstellte, auf dem Weg zum Nachbarzimmer war.

»Nur immer schön langsam«, murmelte sie streng, ohne mit ihm Blickkontakt aufzunehmen. Dann postierte sie sich vor dem Zimmer, in das er zuvor hineingeblickt hatte. Sie schoben also Wache. Gut zu wissen, er musste sich etwas einfallen lassen.

KAPITEL 5: EIN JOURNALIST UNDERCOVER IM FRAUENKLOSTER

Ungeduldig stierte Luca Santos auf den Bildschirm seines Smartphones, der sich nur langsam aufbaute. Julia hatte sich seit Tagen nicht mehr gemeldet. Das beunruhigte den 30-jährigen Jungredakteur mehr, als er sich eingestehen wollte. Ihre Partnerschaft lebte vom Vertrauen und vertrug auch längere Schweigephasen. Es freute ihn, wenn mal eine SMS oder ein Anruf durchdrang, es war jedoch kein Muss. Aber tagelang keine Nachricht von seiner Lebensgefährtin, das kam Luca, der für den Marbacher Kurier arbeitete, suspekt vor. Der schwarzhaarige, feingliedrig gebaute junge Mann, dessen Mutter aus Spanien stammte, führte seine Ungeduld auf seine andalusischen Wurzeln zurück – aber er spürte, dass es nicht nur die Veranlagung war, die ihn unruhig werden ließ.

Die 28-jährige Julia strebte nach ihrem Freisemester in Bologna ihrem Studienabschluss entgegen. Sie wirkte in Lucas Augen etwas ziellos. Statt zu büffeln, schaute sie mal hier, mal dort hinein, absolvierte einige Praktika, etwa in der Uni-Bibliothek, trieb sich in überflüssigen Seminaren herum und nahm Gelegenheitsjobs im Call-Center von Daimler an. Sicher, sie genoss noch ihre Freiheit und scheute ein festes Beschäftigungsverhältnis. Mit ihrer rotblonden Löwenmähne und einem topmodischen Outfit würde sie keine Probleme haben, eine Stelle zu finden. Dennoch: Aus Sicht von Luca war es ein nervöses Umherirren zwischen vagen Chancen, das er selbst in der Endphase seines Studiums ähnlich durchlebt hatte, sodass es ihn keinesfalls befremden musste. Eigentlich schien sie auf einem normalen Weg, dennoch war irgendetwas im Busch. Das Letzte, was er von seiner Freundin gehört hatte, war eine SMS:

Bin jetzt im Kloster gelandet. Grußkuss, dein Engelchen.

Das war drei Tage her und er fragte sich, was da los war. Hatten sie ihr etwa das Handy abgenommen? Darbte Julia, in Ketten gelegt, zwischen fauligen Kartoffeln in einem feuchten Kellerloch – bis sie endlich demütig ihre Sünden bekannte und sich zu einer Wiedergeborenen erklärte? In Lucas Anflüge von Ironie mischte sich zunehmend eine nicht weiter verdrängbare Sorge. Ein schlechtes Gewissen, das daher rührte, dass er erst nach Julias Abreise den Sektenbeauftragten der evangelischen Landeskirche kontaktiert hatte. Der berichtete ihm dann ziemlich unverblümt von den Hintergründen der Christuskriegerinnen. Luca machte sich Vorwürfe, dass er sich in einer Art journalistischer Scheinsicherheit auf seine oberflächlichen Internetrecherchen verlassen hatte. Jetzt erfuhr er, diesen religiösen Verein gab es erst seit etwa einem halben Jahr, er hieß vorher Frauenkreuzer. Der kirchliche Beauftragte erzählte ihm von häufig wechselnden Namen solcher Emanzen-Orden. Eine Strategie der Spurenverwischung, da sich geschasste Sektenmitglieder in Internetforen oft über deren ausbeuterische Praktiken mokierten. Spätestens seit dieser Entdeckung stand für Luca fest, dass er der Sache auf den Grund gehen musste. Drei Tage gab ihm der Redaktionsleiter Gustav Zorn dafür. »Und hinterher liefern Sie mir eine ganzseitige Reportage über diesen Sauladen!«, hatte ihm der Alte hinterhergerufen. In die Anfangseuphorie des Jungredakteurs mischte sich Skepsis. Ihm ging es doch vor allem um Julia. Musste er ihre Privatangelegenheiten unbedingt in der Zeitung breittreten? Das ständige Ausschlachten seiner Existenz ging ihm auf die Nerven. Zum Glück endete dieser Abschnitt seines Berufslebens bald. Er sehnte sich nach politischen Analysen der Mantelredaktionen. Er hatte bereits eine Zusage des Badischen Kuriers – und freute sich auf diese Veränderung.

Mit seinem dunkelblauen VW Golf fuhr er nach Ludwigsburg zu seiner in der Nähe der Friedenskirche gelegenen Wohnung. Mit dem Smartphone checkte er seine Mails. Wieder hatte sich Julia nicht gemeldet. Er zog den Plastikbeutel hervor, den er gestern mit nützlichen Utensilien gefüllt hatte. Perücke, Büstenhalter, Lippenstift und relativ anspruchsvoller Ethno-Kunstschmuck fielen ihm in die Hände. All das, was er vor einiger Zeit bei einem Spezialhändler im Internet bestellt hatte. Dieser Plunder diente ihm als Requisite. Ein Konzept, das sich schon bei seiner preisgekrönten Undercover-Reportage über Prostituierte am Kornwestheimer Güterbahnhof bewährt hatte. Das Ganze hatte damals so gut geklappt, dass einige Freier ihn sogar abschleppen wollten. Für beschämende 35 Euro, aber er führte das Preisdumping nicht auf sein, wie er selbst fand, suboptimales Äußeres zurück, sondern auf die miserable Wirtschaftslage. Nicht zuletzt wegen der schlechten Zahlungsmoral der Kunden hatte er gleich im Anschluss den Menschenhandel mit Flatrates in Bordellen unter die Lupe genommen.

Wieder griff Luca in die Tüte. Seine Finger blieben an dünnen, anschmiegsamen Funktionsslips und an glibberigen Gummielementen hängen. Er zog seinen Pullover und sein Unterhemd aus, um den cremefarbenen BH anzulegen. Es dauerte etwas, bis er mit dem filigranen Häkchenverschluss klarkam, den er schließlich, leicht verärgert über seine eigene Ungeschicklichkeit, vor seiner behaarten Brust schloss. Er legte die Gummielemente in den BH und sah seine Vermutung bestätigt, dass sie in Körbchengröße B hineinpassten. Straff füllten die Einlagen die Hohlräume des Büstenhalters. Das etwas wackelige Konstrukt mit Push-up-Effekt näherte sich bedrohlich seiner Kinnlade. Aber so ging das natürlich nicht. Er musste seinen künstlichen Busen absenken. Umständlich zupfte er an den Querverstrebungen der Unterwäsche, bis er auf die Idee kam, den Schulterträgern mehr Spielraum zu geben. Julia hatte ihm diese Zusammenhänge vor seinem ersten Einsatz erklärt. Nur gut, dass sie den großen BH nicht weggeworfen hatten, was nahelag, denn Julias

Büstenhalter waren kleiner und obendrein nicht verstellbar. Sollte er später einmal ein Seminar über investigativen Journalismus geben, würde er dieses sehenswerte Exemplar auf jeden Fall mitbringen und detailliert vorführen.

Machte er sich zu viele Sorgen um Julia? Sie schien ihm in manchen Dingen vernünftiger als er selbst. In anderen wirkte sie leichtsinnig. Etwa als sie vor einigen Jahren mit diesem Musiker – Ralf hieß er – poussiert hatte und dann im Freisemester ausgerechnet nach Bologna ging. Zum Glück stellte sich heraus, dass dort Ralfs Firma, in der angeblich Eisschirmchen hergestellt wurden, dem Reich der Fabel entstammte. Das Techtelmechtel war vorbei, wenngleich das Ganze ihn doch einige Nerven gekostet hatte. Julias Ausflug in die Welt der Religiosität beunruhigte ihn ungleich mehr. Sie stand seit einigen Monaten in Kontakt mit den Christuskriegerinnen. Anfangs traf sie sich mit einzelnen Mitgliedern. Alles Frauen, worüber Luca, immer etwas eifersüchtig, zunächst erleichtert war. Auch Julias Besuche der abendlichen Gebete hatte er anfangs noch mit Wohlwollen begleitet. Schließlich musste er als Journalist selbst immer wieder Abendtermine für die Zeitung wahrnehmen. Er kam zu dem Schluss, Julia habe einen religiös interessierten Freundeskreis. Es gab Schlimmeres, redete sich Luca damals ein. Er erinnerte sich zwar mit Entsetzen an die Monotonie der unzähligen Rosenkränze, die seine andalusische Großmutter herunterbetete. Damals, er war gerade sieben Jahre alt, besuchte er sie mit seiner Mutter in Murcia. Eigentlich tendierten seine Interessen in Richtung Bolzplatz, doch schleppte sie ihn immer wieder in eine Kirche am Rande des westlichen Stadtzentrums. Was man sich als Kind doch alles gefallen lassen musste!

Er hätte reagieren müssen, als Julia sich ihm zunehmend entzog. Aber er scheute sich, das Problem anzusprechen, auch weil er viel zu tun hatte und keinen Streit vom Zaun brechen wollte. Sie begann, in dem kleinen Kloster zwischen Freiberg und Bietigheim zu übernachten. Ihre Gespräche, so sie zustande kamen, drehten sich um Spiritualität. Julia beschwerte sich über die Oberflächlichkeit derer, die in den täglichen Werkprozessen steckten. Luca fühlte sich indes bei ihren Diskursen nie direkt angesprochen. Sie redeten über Meditation als Weg zur Bewusstseinserweiterung, über körperbetonte Therapien, Schamanismus und sogar Teufelsaustreibung. Luca fand sich in einem Gruselkabinett des New Age wieder. Als es ihm klar wurde, war es bereits zu spät: Julia hatte begonnen, ihn für einen der »Anderen« zu halten. Zwar ordnete sie ihn noch nicht in die Reihe der »Konsumschweine« ein, wie sie es in seinem Beisein so gerne mit einigen ihrer gemeinsamen Bekannten tat. Er war sich aber sicher, dass sie ihn mit anderen Augen betrachtete. Prüfend, erwartungsvoll und einem bestimmten Zweck untergeordnet. Dass sie sich nach ihrer Ankündigung, »die nächste Zeit in Klausur zu gehen«, inzwischen gar nicht mehr bei ihm meldete, nicht mehr ans Handy ging und auf Short Messages und Mails nicht reagierte, wirkte auf ihn wie ein Urteilsspruch. Er war wild entschlossen, sie da jetzt rauszuholen. Er betrachtete seine Verkleidung mit wachsender Skepsis. Julia kannte seinen Recherchetrick, ein nicht zu unterschätzendes Risiko. Bereits vor einigen Tagen hatte er sich per Fernleihe des Deutschen Literaturarchivs in Marbach Fachliteratur besorgt: Denzelmayers *Kompendium zur Kunst der kriminalistischen Kostümierung*, ein schon etwas angestaubter Klassiker aus den 1980er-Jahren. Dazu einige aktuelle Frauenzeitschriften, um schminktechnisch und modemäßig up to date zu sein. Sie durfte ihn nicht erkennen. Freilich musste er ihr Spiel mitspielen, wenn er an sie herankommen wollte. Was ihn in diesem Kloster erwartete, wusste er selbst nicht genau. Sein eigenes Interesse am Wochenendkurs *Persönliches Karma und kosmische Energie* hatte er ganz allgemein als »ein religiöses Bedürfnis« definiert. Von diesem Seminar hatte Julia öfter geschwärmt. Irgendwann hatte sie ihm davon erzählt, dass sie selbst einen solchen Kurs mitleiten könnte. Das tat sie mit einem gewissen Stolz, zumal nur Fortgeschrittene in der Ordenshierarchie eine solche Verantwortung übertragen bekämen. Von morgen an würde sie also an ihm ihre Fertigkeiten anwenden können. Er kontrollierte vor dem Badezimmerspiegel die Perücke mit den langen, glatten, schwarzen Haaren, sie saß tadellos. Die Operation *Klostersturm* konnte beginnen.

Mit einigem Herzklopfen fuhr Luca Santos mit einem geliehenen Wagen auf den Parkplatz des Klosters. Von einem stattlichen Konvent wie in Benediktbeuren oder Maria Laach konnte keine Rede sein. Aber das hatte er auch nicht erwartet. Das schlichte, geräumige Haus ähnelte einem Aussiedlerhof. Misthaufen, Ställe und Traktoren fehlten, was den Stadtmenschen beruhigte, andererseits den kahlen Ausdruck des Hauses verstärkte. Es überraschte ihn, in der Nähe des Einkaufszentrums Tammerfeld an der Autobahnabfahrt Ludwigsburg-Nord ein derartiges Idyll zu finden. Der Weiler nannte sich Wilhelmshof und lag praktisch im toten Winkel zwischen Freiberg, Bietigheim-Buch und der blechverseuchten Bundesstraße 27.

Auf dem unbefestigten Parkplatz vor dem Haus standen bereits einige Wagen. Kleinwagen, wie sie Frauen fuhren, die wenig Wert auf Statements in Stahl legten und möglicherweise eher darauf aus waren, die nächste Parklücke mit Anstand zu bewältigen.

Luca stellte den Wagen ab und musterte sich im Rückspiegel. Die Perücke saß, aber sie klebte bereits jetzt auf seiner Kopfhaut. Es war mit 29 Grad zu heiß für diese Jahreszeit, das konnte auch sein völlig kahl rasierter Schädel nicht kompensieren. Er musste verhindern, dass die Tropfen unter seiner Latex-Gesichtsmaske verräterische Blasen bildeten. Auch roch der getrocknete Schweiß mit der Zeit muffig, wodurch die Kautschukaromen deutlich zutage traten. Luca nahm sich vor, seine Tarnung nach jeder Stunde zu überprüfen, auch wenn dies Misstrauen erregen konnte.

»Dass du dich auch schön gewählt ausdrückst, meine kleine, süße spanische Dame von Welt«, ermahnte er sich. Der weiche Klang seiner Stimme überzeugte ihn selbst. Die Hammer-Hormone, von denen er schon beim vorigen Undercover-Einsatz einige genommen hatte, verfehlten auch diesmal ihre Wirkung nicht. Die Östrogenmischung galt bei den Investigativreportern des Daily

Mirror als letzter Schrei. Luca hatte in seinem Volontariat beim Marbacher Kurier an einem einmonatigen Austauschprogramm mit den Kollegen in London teilgenommen und er war überrascht gewesen, mit welchen Tricks sie arbeiteten. Er war sich natürlich darüber im Klaren, dass das bloße Wissen um Techniken nicht reichte. Man musste sie schon auch effektiv einsetzen. Er hatte deshalb seine alte Freundin Jaqueline, die beim Staatstheater in der Maske arbeitete, in einer Nacht- und Nebelaktion angeheuert. Bis in die frühen Morgenstunden hatte sie an ihm herumgefingert. Zum Glück betrieb sie ihren Beruf genauso fanatisch wie er seinen. Das Ergebnis konnte sich sehen lassen.

Mit einer bewusst umständlichen und einer an Hilflosigkeit grenzenden Art bugsierte Luca den Trolley aus dem Kofferraum seines Seat Ibiza. Sollten erste Zuschauer nur sehen, wie die Psychotherapeutin Maria Espina Fuentes aus Tübingen mit ihrer zwar relativ kräftigen Statur, aber umso ungeschickteren Vorgehensweise den Widrigkeiten einer Anreise ausgesetzt war. Was seine Identität anging, fühlte sich Luca sicher, denn da seine Mutter Spanierin war und er in Tübingen studiert hatte, würde er sich bei Gesprächen über diese Themen bestimmt keine Blöße geben. Ob Julia Lunte riechen würde? Er musste seinen spanischen Akzent vom Andalusischen befreien, damit sie keinen Verdacht schöpfte. Viel von sich preisgeben würde Maria Espina sowieso nicht. Sie betreute vorwiegend spanischsprachige Studenten aus Lateinamerika, die sich in Deutschland fremd fühlten und psychische Probleme bekamen. Eine perfekte Tarnung, zumal sie als Beraterin unter Schweigepflicht stand.

»Schön, dass Sie da sind, Frau Fuentes. Ich hoffe, Sie hatten eine angenehme Anreise.«

Julia stand an der Haustür vor ihm. Sein Puls raste. Jetzt nur die Ruhe bewahren, sagte er sich und wedelte sich mit einem schwarzen Fächer affektiert Luft zu.

»Si, si – no problemas, meine Liebe«, versicherte die falsche Spanierin mit einem aufgesetzten Lächeln. »Sie haben hier an der Autobahn ganz schön, ah, wie heißt es, trafico?«

»Verkehr«, half Julia. Sie hatte ihn immer vokabeltechnisch anzapfen dürfen.

»Si. Entschuldigen Sie bitte, mein Deutsch ist malisimo, superschlecht, haha …«

»Aber das finde ich überhaupt nicht«, widersprach Julia. »Ich verstehe Sie sehr gut. Und jetzt kommen Sie nur, ich zeige Ihnen Ihr Zimmer.«

Na, das ließ sich ja alles ganz gut an, dachte Luca. Er beschloss, sich weiter bescheiden zu geben und als Ausländerin hilfebedürftig zu wirken. Julia schien ihre Aufgabe als fürsorgliche Begleiterin zu gefallen.

»Ich hoffe, dass wir alle ein schönes Zimmer haben, damit uns möglichst viel energía cosmica durchströmen kann«, gab Luca im Treppenhaus von sich, um damit gleich das Seminarthema anklingen zu lassen. Er und sein Wahl-Ego Maria Fuentes erwischten allerdings eine kleine Kammer im Dachgeschoss des Hauses. Offenbar legten die Christuskriegerinnen Wert auf eine strikte Trennung von Seminar- und Gastbetrieb. Sie selbst schliefen in einem Altbau mit separatem Eingang. Auch Julia hatte dort ein Zimmer. Ihm wurde ganz schlecht bei dem Gedanken, seine Freundin könnte für immer hinter diesen primitiven Mauern verschwinden. Von reumütig in die Gesellschaft zurückgekehrten Sektenopfern hörte man, wie undurchschaubar die Gehirnwäschen für sie waren, nachdem ihre psychischen Schwachstellen aufs Korn genommen worden waren. Na, sollten sie es nur bei ihm versuchen. Das war ja das Schöne an seiner Tarnung: Sie schützte ihn davor, dass diese Seelenfänger ihm wirklich nahekommen konnten. Zumindest konnte er seine Angriffsflächen selbst gestalten – und damit die zu erwartenden Attacken steuern. Etwa nach dem Schema, die erfahrene Psychologin schleppt selbst ein Trauma mit sich herum: religiöse Erniedrigung in jungen Jahren. Luca schnalzte mit der Zunge. Er hatte sich das Zerrbild einer liebeshungrigen Mittvierzigerin ausgedacht. Frei von allen familiären Bindungen, aber auch genauso isoliert. So einsam, dass die Angst, im Prozess äußerlichen Verwelkens auch innerlich wie ein trockenes Eichenblatt zu verkommen, seltsame Blüten trieb. Luca brauchte bei der Erinnerung an die Wechseljahre seiner Mutter nicht viel Fantasie. Oft hatten sie über das Los der Frauen gesprochen, die von ihren Männern wegen irgendeiner Affäre verlassen wurden. War es da noch ein Wunder, dass die Frauen religiös wurden oder ihre Zuflucht dort suchten, wo Mannsbilder wenig verloren hatten? Luca hielt solche Ersatzwelten für eine Mogelpackung. Viel vorzuwerfen hatte er den Suchenden aber nicht. Auch er fühlte sich oft leer und am Rande des

Burnouts, nur selten entkam er den Fängen der Redaktion, die sich wie Krakenarme um ihn legten, sobald er im Rhythmus des Tageszeitungsbetriebs steckte. Ein Takt, der ihn weit aus seinem eigenen Pulsschlag riss, den er um drei Frequenzen niedriger einstufte, als das, was sich täglich um ihn herum abspielte. Ihm war, als ob ein eisernes Stauwehr um ihn gebogen wäre, das ihn von einem spielerisch dahin sprudelnden Bächlein zu einem geradlinig im Halbrohrkanal dahinschießenden Druckwasserstrahl verwandelt hatte. Dieses Wissen um seine Fremdbestimmung hatte sich in den Jahren nach seinem Volontariat beim Marbacher Kurier verstärkt. Dem konnte er nur durch Fernreisen in möglichst abgelegene Winkel dieser Welt beikommen. Wie Medizin wirkten diese Expeditionen in die Ödnis. Am freiesten hatte er sich auf der Harley Davidson gefühlt, als er auf eigene Faust im Tal des Todes den Wüstenstaub schmeckte – und die nächste Tankstelle zu weit weg schien, um es noch zu schaffen. In diesem Moment hatte er sich zum ersten Mal seit Langem unabhängig gefühlt, obwohl er faktisch nicht abhängiger sein konnte. Aber er dachte damals in der Wüste nichts mehr. Er hatte abgeschlossen. Wie ein Drahtseiltänzer, dessen Gefühl für die Balance im Moment des Sturzes abhandengekommen war und der einfach nur fiel.

Er stand vor dem Spiegel und betrachtete sich: Maria Espina Fuentes. Eine spanische alte Jungfer, mit schwerem, aufdringlichem Opium-Parfüm, einer überakzentuierenden Halskette mit einer haarsträubenden Mischung aus optisch wild wuchernden Ethno-Elementen. Maria, sein Alter Ego auf weiblich, der personifizierte Ausbruchsversuch aus der beruflich verordneten Mittelmäßigkeit. Er war jetzt 32. Und er versuchte, seine Freundin aus einer Sekte zu holen. Das Seminar über kosmische Energien konnte beginnen.

Ein dezentes Klopfen an der Zimmertüre unterbrach Lucas Selbstreflexion.

»Ja, bitte – wer ist denn da?«, radebrechte Luca in künstlich aufgehellter Tonlage.

»Ich bin es, Señora.«

Es war Julia. Luca korrigierte den Sitz der Perücke geringfügig. Wenig später öffnete er die Türe mit einem strahlenden Lächeln, das schon bald einem fragenden Blick wich.

»Was haben Sie denn da, meine Liebe?«

Julia hielt ihm eine graue, sorgsam aufgefaltete Textilie entgegen. »Bitte seien Sie uns nicht böse, Señora, aber wir haben uns entschlossen, in unseren Seminaren unsere Gleichheit im Geiste auch äußerlich auszudrücken. Ich hoffe, Sie finden Gefallen an unseren Kleidungsstücken. Es ist ja auch wissenschaftlich erwiesen, dass solche Kurse viel effektiver sind, wenn wir uns ohne Ablenkungen begegnen.«

Was für eine hässliche Gefangenenkluft – aber nützlich! Luca registrierte schnell, dass die mönchsartige Kutte ihm bei seiner Maskerade eher hilfreich war. Sie war so geräumig, dass er die Gummielemente, die als Brüste dienten, unauffällig darin verstauen konnte.

»Ich bin ganz Ihrer Meinung«, flötete Luca, »wir dürfen uns nicht mit Äußerlichkeiten aufhalten, wenn wir ins Zentrum unserer kosmischen Energien vorstoßen wollen.«

Eine halbe Stunde später sah sich Luca zwei weiteren Kursteilnehmerinnen gegenüber, die ebenfalls religiöse Erfahrungen sammeln wollten. Wie sich herausstellte, hatten die beiden Frauen bereits einige Seminare am Wilhelmshof belegt. Luca vermutete, dass sie keinesfalls so unerfahren waren, wie sie taten.

»Ich bin auf der Suche nach einer wirklich tiefen Begegnung mit Christus, aber in dieser männlich dominierten Volkskirche, in der wir Frauen den Mund halten und schuften sollen, komme ich einfach nicht klar«, sagte die Ältere der beiden, eine etwa 55-jährige kräftig gebaute Frau, die sich als Sabine Mowes vorstellte und mit ihrer ganzen Erscheinung im dunkelbraunen Faltenrock und ornamentierter beiger Bluse so etwas wie den Bauernaufstand gegen das katholische Feudalsystem verkörperte. Wenig später trug auch sie eine der grauen Kutten.

Nicht weniger eindringlich wirkte auf Luca die andere Kursteilnehmerin durch ihren wohl chronisch gewordenen stechenden Blick. Luca fühlte sich an einen Kühlschrank erinnert, als er die Hand von Marita Stöhr schüttelte, die sich dann auch wie zur Bestätigung eiskalt anfühlte. Ein Händedruck wie ein Schraubstock, registrierte er, der sich nicht daran erinnern konnte, dass ihm bei der Begrüßung einer Frau schon einmal Ähnliches widerfahren wäre.

»Ich teile Ihre Bedenken, Frau Mowes«, knüpfte die drahtig wirkende Stöhr an. »Es ist doch seit Jahrhunderten das Gleiche in der katholischen Kirche: Seit den

Hexenprozessen hat sich kaum etwas an der Stellung der Frau geändert. Und dass dann noch in den Kirchen sexuelle Übergriffe an der Tagesordnung sind, muss einen nicht wundern. Da sollte man doch am besten …« Marita Stöhr hatte sich in Rage geredet. Sie führte den Satz nicht zu Ende. Stattdessen formte sie mit Zeige- und Mittelfinger eine Schere, die zuschnappte und dabei das gesamte Übel patriarchalischer Machtausübung an der Wurzel packte.

Ob sie ihn auch so behandeln würden, wenn sein kleiner Schwindel aufflog?, fragte sich Luca besorgt. Er musste sofort eine Art gemeinsamer Basis herstellen, damit er in der Gruppendynamik nicht außen vor blieb.

»Oh, welch Schande hat der Klerus auch bei uns in Spanien über die Kirche gebracht«, seufzte Maria Espina Fuentes. »Ich darf nur an die Qualen der Inquisition erinnern und an die unzähligen Opfer der Konquistadoren in Südamerika. Dios mio, von den Kreuzzügen des Mittelalters gar nicht erst zu reden – das hätte es nicht gegeben, wenn besonnene Priesterinnen das Sagen gehabt hätten.«

»Sie sprechen mir aus tiefster Seele, Señora Fuentes«, mischte sich Julia ein, die offenbar auf ein solches Stichwort nur gewartet hatte. Denn sie spulte auf einmal ein etwa 20-minütiges Impulsreferat ab, das sie gründlich vorbereitet hatte. Der mit zahlreichen Jahreszahlen gespickte Abriss über die Kriminalgeschichte des Christentums als männlich pervertierter historischer Prozess nahm bei A wie Adam seinen Anfang und endete bei den Gräueltaten islamistischer Fanatiker am Ground Zero.

Keine Frage: Was Julia an Referaten anpackte, hatte

Hand und Fuß. Das war schon immer so. Luca hätte ihr für die rhetorische Leistung eine glatte Eins gegeben. Aber das natürlich nicht nur, weil sie viel wusste und gut reden konnte.

»Wir hegen die Hoffnung auf eine matriarchalische Erneuerung der Kirche, ja der Gesellschaft und ihrer maskulin verirrten Kultur«, schloss seine Freundin in einem feierlichen Ton, den Luca nicht von ihr kannte und der ihn unangenehm an die antiphallischen Scherenschnitte Marita Stöhrs erinnerte.

KAPITEL 6: EIN KOMMISSAR WILL ES WISSEN

Struve spürte, er war nicht allein. Jemand hielt seine linke Hand, die von Wärme durchströmt wurde. Seine rechte fühlte sich dagegen kalt an wie eine unbenutzte Herdplatte. Aber von links, da erfüllte ihn diese Wärme wie ein nicht enden wollender Strom von Gütigkeit. Er öffnete die Augen und sah – Marie! Man hatte also seine Frau informiert. Kottsieper, Littmann, Melanie? Allen dreien würde er es zutrauen. Kottsieper, um der lieben Ordnung willen. Littmann, um ihn zu ärgern. Und Melanie, um seine Überlebenschancen zu erhöhen. Warum konnte man ihn nicht einfach in Ruhe lassen?

»Wie hast du …?« Ungläubig hörte er sich sprechen. Es kam ihm vor, als ob es das erste Mal seit einem halben Jahr wäre.

»Deine Kollegin Melanie. Sie hat mich in Schillers Geburtshaus erreicht. Aber du darfst jetzt nicht viel reden.« Maries Stimme strahlte eine wohltuende Ruhe aus. Sie legte den Zeigefinger auf den Mund. Er nickte. »Erzähl mir, was los ist«, presste Struve mit einiger Mühe hervor. Seine Gesichtsmuskeln fühlten sich an, als ob ihm ein Zahnarzt zwei Betäubungsspritzen zu viel gegeben hätte.

Marie überlegte kurz, dann fingerte sie in ihrer Handtasche herum und zog ein Programmheft der Schiller-Volkshochschule hervor. »Ich habe einen Kurs belegt:

Kartoffeln in allen Variationen.« Sie lächelte ihm zu. »Wenn du wieder auf den Beinen bist, bekommst du eine erste Kostprobe.«

Struve versuchte, ihr Lächeln zu erwidern. »Keine Spätzle mit Soße?«

»Nein, keine Spätzle. Ehrenwort!«

»Und auch keine Herrgottsbescheißerle?«

»Auch die nicht.«

»Eigentlich wollte ich wissen, wie weit die Ermittlungen sind.«

Maries heiterer Gesichtsausdruck wich einem kritischen Blick. »Da fragst du besser deine Kollegen.«

»Komm schon, was weißt du?«

Sie zuckte mit den Achseln. »Ich habe nur erfahren, dass du Riesenglück hattest. Ein paar Tropfen mehr von diesem Zeug in dem Wein und du würdest jetzt mit den Engelchen *Halleluja* singen.«

»Dann doch lieber Kartoffelsalat auf Schwäbisch. Ouhhh …« Eine Schüttelfrostattacke durchfuhr ihn. Er bäumte sich auf und zitterte am ganzen Körper wie ein Epileptiker im Akutstadium.

Marie beugte sich über ihn und hielt ihn fest, so gut es eben ging.

»Kann das nicht langsam mal aufhören?«, fluchte der Kranke, der noch tiefer in sein Kissen sank.

»Das Gift baut sich mit jedem Tag schneller ab, sagen sie. Es gibt aber noch Rückfallschübe. Du musst dir das wie eine mathematische Kurve vorstellen. Kann sein, dass du übermorgen schon wieder rauskannst.«

Die gute Nachricht verfehlte ihre Wirkung nicht.

Struve spürte, wie der Kampfeswille in ihm erwachte. Wer auch immer ihn in diese Lage gebracht hatte, er würde keine Ruhe mehr finden.

»Na bestens«, brachte er mit dünner Stimme hervor. »Mein Pilgerweg führt schnurstracks zum Täter.«

»Ich dachte, du wolltest in Richtung Santiago.«

»Mir käme kein Vaterunser über die Lippen, wenn der Mistkerl noch frei herumliefe.«

Marie kannte die Sturheit ihres Ex-Mannes. Es hatte keinen Zweck, ihn an der Ausübung seiner Polizeiarbeit hindern zu wollen.

»Wenn du unbedingt das schaffen willst, was dieser Gestörte nicht fertiggebracht hat, stürze dich in die Ermittlungen«, sagte sie sarkastisch.

»Ich muss wissen, was passiert ist. Sag Melanie, sie soll mich anrufen.«

»Keine Sorge, sie wird dich sicher gerne ausquetschen, um in dem Fall voranzukommen. Hoffentlich reden sie dir dann diese Clint-Eastwood-Fantasien aus, du gehörst nämlich noch ins Bett. Wenn du möchtest, nehme ich mir ein paar Tage frei, um dich wieder aufzupäppeln – mit Kartoffelpüree, Kartoffelröstis und in Gottes Namen auch Kartoffelchips. Ich sag's dir aber gleich, es gibt nur die biologisch-dynamischen.«

Er, der Killer, war zurückgegangen und hatte sich für sein Verhalten entschuldigt. Die Alte und er rauchten gemeinsam auf dem Balkon. Er gewann damit Zeit. Sie würde erst später abgeholt werden. Er könnte zwischendurch über den Balkon in das Zimmer sehen und prüfen, wer da lag.

»Wen wollen Sie hier eigentlich besuchen?«, fragte die Alte und zog gierig das Nikotin ihrer Marlboro ein.

»Einen Geschäftspartner, er hat's im Kreuz«, log er.

»Wusste gar nicht, dass die hier solche Operationen machen, da ist doch eher Markgröningen das richtige Krankenhaus.«

»Weiß auch nicht, er ist jedenfalls erst mal hier gelandet.« Er hoffte, sie würde ihn nicht weiter löchern.

»Versteh ich nicht. Das machen die hier in Marbach doch gar nicht. Das hier ist vor allem ein altersmedizinisches Zentrum.«

»Er ist schon etwas älter«, log der Killer. »Er soll bald weitergeleitet werden, hat er am Telefon gesagt. Kann sich kaum rühren, musste erst mal ruhiggestellt werden.«

Sie schwiegen einen Moment lang.

»Wie geht es denn bei Ihnen weiter?«, lenkte der Killer ab.

»Wenn Guido mich abholt, werde ich wieder im Seniorenstift oben auf der Schillerhöhe sein.«

»Und, gefällt es Ihnen da?«

»Ja, das Haus ist lebendig. Aber auch ruhig. Ich weiß nicht, ob Sie wissen, was ich meine.«

»Klar. Die Älteren sind nicht so sehr anders als die Jungen. Wir brauchen alle eine gute Mischung.«

Die Alte nickte. Sie fühlte sich verstanden. »Lebt Ihre Mutter noch?«

Er überlegte. Wieder diese Ausfragerei, die er abblocken musste. Manchmal wäre es einfacher, ein stinknormales Leben zu führen.

»Nein, die ist bei einem Brand ums Leben gekommen.« Das stimmte sogar, er hatte das Haus selbst angezündet. Er konnte den Alkoholismus seiner Eltern nicht mehr ertragen. Und dann immer diese Streiterei und die Schläge. Zum Glück dachten alle, eine Zigarettenkippe im Schlafzimmer wäre an dem Feuer schuld gewesen.

»Aber das ist doch sehr tragisch.«

»Ja, bin aber drüber hinweg, hat ein bisschen gedauert«, schwindelte er.

Er schaute auf die Uhr.

»So langsam müsste Guido von seinem Einsatz zurückkommen.«

In diesem Moment klopfte es, und ihr Enkel trat ein. Die beiden verließen den Raum, er gab vor, die Blumen noch beschneiden zu wollen. Dann war er allein im Zimmer. Er befühlte die Ceska, die er in seiner Jackentasche trug. Ihn beruhigte der gerade Lauf aus Stahl, der stets für klare Verhältnisse sorgte. Er prüfte den Schalldämpfer, der fest aufsaß. Behutsam öffnete er die Balkontüre und tastete sich zum Fenster des Nachbarzimmers vor. In geduckter Haltung blickte er in den Raum. Der Patient war nicht mehr allein. Eine Frau saß dort und redete mit ihm. Der Killer fluchte lautlos und bewegte sich zum anderen Zimmer zurück. Als er wieder hineingehen wollte, sah er zwei Uniformierte. Mist, wo sollte er jetzt hin? Er presste sich gegen die Wand und machte sich ganz klein. Er hoffte, dass jetzt niemand heraustrat. Dann bliebe ihm keine andere Wahl.

KAPITEL 7: WAS WEISS DIE MESNERIN?

Weit brauchten Melanie Förster und Hans Kottsieper nicht zu gehen. Vom Marbacher Krankenhaus bis zur Wohnung der Mesnerin an der Alexanderkirche waren es nur wenige Minuten. In der kärglich eingerichteten Wohnung herrschte penible Ordnung. Sogar vom allgegenwärtigen gelben Blütenstaub, der in diesen Tagen alle Fensterflächen und Motorhauben befallen hatte, war nichts zu sehen. Auf Melanie Förster wirkten steril gehaltene Wohnungen eher unheimlich. Sie war froh, dass sich in ihrer WG in Winzerhausen schöpferisches Chaos breitmachte. Nur gelegentlich schwärmten die Bewohner in einer gemeinsamen konzertierten Aktion aus, um Ober- und Untergeschoss von Staubwölkchen und Spinnweben zu befreien.

Der neue Fall verhinderte jedoch die dringend notwendige Reinigungsaktion. Die gemeinsamen Ermittlungen mit dem Polizeipräsidenten passten ihr aber aus einem ganz anderen Grund nicht in den Kram. Der selbstgefällige alte Dackel würde ihr die Tour mit seinem autoritären Getue noch vermasseln, befürchtete sie.

»Also, Frau Schlipf«, begann Kottsieper in bestimmendem Ton das Gespräch, »wie denken Sie über den Mord?«

»Was soll ich groß denken? Ich bin erschüttert. So zu enden, das hat doch niemand verdient.« Die Mesnerin kramte ein kleinkariertes Taschentuch hervor und tupfte sich einige Tränen aus den Augenwinkeln.

»Das sieht der Täter offenbar anders.« Kottsieper schlenderte im Raum umher und blieb vor einem überdimensionalen Nachdruck stehen. Er kannte das Motiv von irgendwoher. »Ein Marienbildnis?«

»Ja, es ist die Heilige von Guadeloupe. Herr Roloff hat sie mir von einer seiner Reisen mitgebracht.«

»Ach ja?« Kottsieper dachte nach. Er kannte sich in theologischen Dingen kaum aus. »Glauben Sie eigentlich auch an diesen Quatsch mit der Jungfrauengeburt?«

Die Mesnerin starrte ihn an. Wenn Kottsieper sie mit diesem Einwurf aus ihrer Lethargie reißen wollte, war ihm das gelungen.

»Na, hören Sie mal. Ich habe mich bewusst für den katholischen Glauben entschieden. Wir kleinen Menschen können eben nicht alles erklären.«

»Ja, ja, schon gut.« Der Polizeipräsident hatte wenig Lust auf theologische Grundsatzdiskussionen. »Fanden Sie alles gut, was von Herrn Roloff kam, oder gab's auch Dinge, die Ihnen gegen den Strich gingen?«

Er schaute kurz zu Melanie Förster, die im Türeingang stand und sich zurückhielt. Wahrscheinlich findet er sich richtig klasse, dachte sie und zwang sich dazu, ihm aufmunternd zuzuzwinkern.

»Wissen Sie, eine Mesnerin hat in erster Linie die Abläufe in der Kirche zu regeln. Ich habe mich in viele Dinge überhaupt nicht eingemischt.«

Kottsieper fixierte sie mit prüfendem Blick. »Dann gab es also einiges, in das Sie sich hätten einmischen können?«

»Natürlich. Wissen Sie, ein Pfarrer bietet immer Angriffsflächen. Er ist für viele erst mal der heilige Mann, der als Mittler rein und makellos für die Sündenvergebung eintritt. Aber wenn er dann seinen Kopf in solch alltäglichen Dingen wie Gottesdienstzeiten oder Spendenverwendung durchsetzen will oder nicht hundertprozentig funktioniert, kann er schnell zum Sündenbock werden.«

»Und wird in die Wüste gejagt.« Kottsieper gab sich verständig. In der Frau sah er eine Fundgrube. Er musste mehr über das Umfeld des ermordeten Priesters erfahren. »Sie waren doch im Gottesdienst. Wen haben Sie da alles gesehen? Und vor allem: Waren Gegner oder Feinde von Herrn Roloff dabei?«

»Wir waren eine Handvoll Leute, eigentlich die gleiche Besetzung wie immer werktags am Abend.« Sie holte ein Blatt Papier aus dem Wohnzimmerschrank. »Hab mir schon gedacht, dass Sie mich das fragen werden. Hier haben Sie die Namen.«

»Donnerwetter, da haben Sie ja richtig vorgearbeitet.« Kottsieper überflog die Liste hastig. Ganz oben hatte die Mesnerin einen Mann namens Siegfried Müller eingetragen, Vorsitzender des Kirchengemeinderats, dann weitere Namen, insgesamt zwölf. Fast wie beim Abendmahl vor 2000 Jahren, seine Frau hatte einen Kunstdruck von da Vincis Gemälde in ihrem Esszimmer aufgehängt. Kottsieper hielt nicht viel von dem Brimborium, ließ sie aber gewähren.

»Na, was meinen Sie, Frau Schlipf, wer von denen könnte sich Gottes Schöpfung ohne Roloff besser vorstellen?«

»Aber, hören Sie mal!« Die Mesnerin schnappte nach

Luft, sie war es nicht gewohnt, dass jemand so ungebührlich den Namen Gottes in den Mund nahm, aber sie war es ebenso wenig gewohnt, einem Amtsträger Widerworte zu geben. »Ich kann doch niemanden verdächtigen.«

»Sie verdächtigen niemanden, Frau Schlipf«, mischte sich Melanie Förster ein. »Wir suchen lediglich nach Tatmotiven. Sie können sicher sein, dass wir mit Ihren Informationen vertraulich umgehen. Bitte, helfen Sie uns!«

Immer noch blickte die Mesnerin unwillig.

»Denken Sie an Herrn Roloff und daran, dass er Ihnen diese prächtige Jungfrau mitgebracht hat«, versuchte es Kottsieper, der bei seiner Frau Uschi regelmäßig mit Geschenken gut Wetter machte, wenn er mal wieder mit seiner Stammtisch-Truppe ein verlängertes Wochenende im Schwarzwald einlegte.

Nach einigem Zögern gab sich Gudrun Schlipf einen Ruck. »Also, ich muss Ihnen sagen, so richtig beliebt war Herr Roloff eigentlich nicht in der Kirchengemeinde.«

»Sie meinen, er war bei fast allen unbeliebt?«, fragte Melanie Förster nach.

»Ja, er hatte eben sehr traditionelle Ansichten.«

»Hmm …, wie meinen Sie das?«

»Er hat immer gegen die Modernisten gepredigt. Stets davor gewarnt, wir sollten uns nicht dem Weltgeist andienen.«

»Na gut, aber das erwartet man doch von Pfarrern – umso mehr, wenn sie katholisch sind, oder etwa nicht?«, entgegnete Kottsieper.

»Ach, Sie haben ein sehr einseitiges Bild von Kirche und Glauben, Herr Kommissar.«

»Polizeipräsident«, korrigierte Kottsieper sie mit einem eine Spur zu nachsichtigen Lächeln. »Ist aber nicht so schlimm.«

Melanie Förster musste sich zwingen, nicht die Augen zu verdrehen. Der Alte war ja so selbstverliebt!

»Tja, verehrte Frau Schlipf«, hob Kottsieper von Neuem an. »Vielleicht erklären Sie uns mal, wer in der Gemeinde etwas mehr gegen Herrn Roloff gehabt haben könnte, als nur seine Marienfrömmigkeit als antiquiert anzusehen.« Der Beamte lief unruhig auf und ab. Dieser Matrone musste er aber auch alles aus der Nase ziehen. »Was ist denn mit Herrn Müller?«

»Herr Müller? Na ja, er war sehr unzufrieden. Er wollte unbedingt Frauen predigen lassen. Als der Pfarrer sogar verbot, junge Mädchen als Messdienerinnen ausbilden zu lassen, da hat er im Kirchengemeinderat mit seinem Rücktritt gedroht.«

»Wann war das?«, wollte Melanie Förster wissen.

»Vor etwa einem Jahr – seitdem hat sich das Verhältnis der beiden immer weiter verschlechtert. Zum Schluss haben sie gar nicht mehr miteinander gesprochen.«

»Aber in den Gottesdienst ist Herr Müller weiter regelmäßig gegangen – und zur Kommunion doch auch?«, fragte Melanie Förster, die sich an ihre kirchliche Sozialisation in Niederbayern erinnerte – und daran, dass sie nicht mehr am Abendmahl teilnahm, nachdem der Pfarrer in einer seiner schauerlichen Ansprachen Homosexualität für unvereinbar erklärt hatte mit der menschlichen Bestimmung, sich zahlreich fortzupflanzen. Sie war damals 17 gewesen, ihren ersten Kuss hatte sie schon hinter sich. Andrea hieß ihre Jugendliebe. Wie sie sich damals freute – und zugleich schämte. Wenige Tage später dann diese Moralkeule von der Kanzel, sie wäre am liebsten gleich rausgerannt.

»Ja, wissen Sie, Frau Kommissarin, der Herr Müller sah es als seine Pflicht an, als Vorsitzender in der ersten Reihe zu stehen. Das Sakrament Jesu sei stärker als die Schwächen derer, die es austeilen, hat er mal gesagt.«

»Ist Ihnen bei Herrn Müller am Mordabend etwas Besonderes aufgefallen? War er vielleicht vor dem Gottesdienst in der Sakristei?«, fragte Kottsieper.

»Mir ist nichts aufgefallen, aber ich musste schon bald nach dem Gottesdienst gehen, ich hatte hier einen Kuchen im Ofen, danach Gesprächskreis, und ich wollte dann am nächsten Morgen erst in der Sakristei aufräumen.«

»Kann jemand bezeugen, dass Sie zu Hause und bei dem Treffen waren?« Kottsieper schaute auf die Uhr. Besold war mit der Obduktion immer noch nicht so weit, dass er den genauen Todeszeitpunkt benennen konnte. Wie sollte er dann das Alibi vernünftig einordnen? Aber vielleicht feilte der Kriminaltechniker wieder mal an einer Komplettlösung. Dazu würde auf jeden Fall zählen, den Zeitpunkt der Betäubung und den der Strangulation aufs Engste einzugrenzen.

»Sie glauben doch nicht ernsthaft, dass ich das Furchtbare in der Kirche getan haben könnte?«

»Nein, natürlich nicht – alles reine Routine«, beruhigte sie Kottsieper. »Bitte füllen Sie den Zettel aus und unterschreiben Sie ihn.«

Die Beamten wollten schon gehen, als Melanie Förster

noch etwas einfiel. »Sagen Sie, Frau Schlipf, es ist doch sonderbar, dass ein Betäubungsmittel in den Messwein gelangen konnte. Haben Sie dafür eine Erklärung?«

»Nein, ich kann mir das wirklich nicht erklären. Schauen Sie einmal!« Sie zeigte auf eine Treppe, die in den Keller führte. »Dort hebe ich immer für die Pfarrer den Messwein auf. Wissen Sie, es gab auch schon Fälle von Alkoholismus.«

Sie stiegen in den Gewölbekeller hinunter. Melanie Förster staunte, wie gut die Regale bestückt waren.

»Von der Kollekte fließt immer auch ein Teil in unser Budget für das Blut Christi.«

»Okay.« Die Kommissarin erinnerte sich an die letzte Predigt, die sie in ihrer Heimatgemeinde gehört hatte. Wie viele Gläser Rotwein mochte der Pfaffe getrunken haben, bevor er sich die Hasspredigt gegen Homosexuelle in seinem kranken Hirn zurechtgelegt hatte?

»Schön, schön«, Kottsieper war leicht genervt und wollte schon gehen, besann sich aber auf das, was die Ermittler eigentlich wissen wollten. »Wo war der Messwein für den Gottesdienst gestern gelagert?«

»Pfarrer Roloff hatte eine neue Sorte bestellt, einen Chardonnay aus Burgund. Normalerweise nehmen wir nur württembergischen Riesling.«

»Wie es sich für einen schwäbischen Haushalt gehört«, merkte Kottsieper mit einem selbstzufriedenen Gesichtsausdruck an, was wiederum Melanie Förster überraschte. War der Alte nicht vor 20 Jahren aus dem Bergischen Land nach Stuttgart gekommen? Er konnte diese Anbiederungsversuche eines Reingeschmeckten einfach nicht sein lassen.

»Den Franzosen hatte Herr Roloff wohl im Urlaub kennengelernt«, wusste Gudrun Schlipf.

»Ich würde den Wein gerne chemisch analysieren lassen«, forderte Kottsieper. »Es gibt bestimmt noch einige Flaschen hier im Keller, nicht wahr?«

»Aber ja.« Die Mesnerin zögerte, ihr Blick schweifte schnell in alle Ecken, sie suchte aber vergebens. »Es scheint keiner dieser Weine mehr hier zu sein, ich kann mir das überhaupt nicht erklären. Wir hatten doch noch eine ganze Kiste.«

Kottsieper schaute sich um. Eine weitere Kellertüre, die leicht offen stand, erregte seine Aufmerksamkeit. Er ging näher heran, um sie aus der Nähe zu inspizieren. »Sieht so aus, als ob Sie Besuch bekommen hätten, Frau Schlipf.«

»Was?«

»Ja, ein Einbruch. Sehen Sie hier, die typischen Spuren. Jemand hat die Türen mit einem Eisen aufgestemmt. Könnte es sein, dass er es auf den Wein abgesehen hatte? Das scheint mir am naheliegendsten. Frau Förster, lassen Sie die Spurensicherung kommen.«

Die Kommissarin telefonierte mit Littmann, dann ließ sie sich das Regal zeigen, in dem der Wein gelagert worden war.

»Er war noch in der Kiste verpackt, ich lasse ihn immer eine Weile darin, weil der Pfarrer auch schon einmal unzufrieden war und dann ganze Packungen zurückgehen ließ.«

»Wie auch immer, der Täter kannte sich aus. Und er wusste, welchen Wein er klauen musste, um Roloff den

Tropfen vorzusetzen, der keinen Verdacht erregte.« Kottsieper blickte die Mesnerin scharf an. »Erzählen Sie uns, wie Sie es mit dem Wein halten: Wer bringt ihn in der Regel in die Sakristei?«

»Das ist meine Aufgabe«, antwortete die Mesnerin. »Kommen Sie, ich gehe mit Ihnen in die Kirche, dann können Sie sich dort alles anschauen.«

Die Alexanderkirche war wegen der laufenden Ermittlungen abgesperrt. Aber Kottsieper bahnte dem Trio einen Weg. In der Sakristei öffnete Gudrun Schlipf eine Holztüre, hinter der ein Messingkelch stand, der wohl als Ersatz für das von Besold beschlagnahmte Original diente. Kottsieper hatte nicht viel Ahnung von der katholischen Abendmahllehre, er verstand sich als Atheist, war mit 20 aus der Kirche ausgetreten, weil er jedwede Form von Religion als Opium fürs Volk ansah. Und er hielt die katholische Lehre von der Realpräsenz Jesu Christi in Wein und Brot schlichtweg für Hokuspokus.

»Ich habe immer zwei, drei Flaschen Wein dort in den Schrank gelegt«, erklärte die Mesnerin.

»Aber da liegt ja gar nichts«, brummelte Kottsieper, immer noch angewidert von dem Gedanken, dass Menschen sich den Problemen dieser Gesellschaft mit Heileweltpredigten, goldenen Kelchen und frommem Getue entzogen.

»Entweder Besold hat die Flaschen mitgenommen oder der Täter.« Melanie Förster dachte laut nach.

»Ich bin mir nicht sicher, wie viele Flaschen dort zuletzt noch lagen – eigentlich wollte ich das Fach schon längst wieder aufgefüllt haben«, merkte die Mesnerin mit unsicherer Stimme an.

»Wie kann der Täter den Wein so hingestellt haben, dass Roloff ohne Bedenken zugegriffen hat?«, wollte die Kommissarin wissen.

»Meistens stelle ich den Wein schon Stunden vorher raus. Wissen Sie, der Pfarrer wollte alles immer penibel vorbereitet wissen. Wehe, wenn mal ein Messgewand mit der falschen Farbe draußen lag. Da konnte es sein, dass er den Rest des Tages nicht mehr mit einem geredet hat.«

»So einer war das also!« Melanie Förster fühlte sich an ihren Allgäuer Heimatpfarrer erinnert.

»Über die Toten nur Gutes, meine Damen.« Kottsieper blickte die Frauen streng an. Es musste ihm Spaß machen, den Moralapostel zu geben. Die Kommissarin dachte sich jedenfalls ihren Teil: Über Polizeipräsidenten nur Gutes, würde Peter jetzt sagen. Sie und Kottsieper verabschiedeten sich von der Mesnerin. Wenig später nahm sie das Handy, um sich im Krankenhaus nach dem Gesundheitszustand Struves zu erkundigen.

»Unser Kollege reagiert wieder und kann sich artikulieren«, rief sie ihrem Chef zu.

»Na schön, geht doch!« Kottsieper schien mehr mit dem Tathergang befasst als mit Struve. »Eigentlich ist diese Vergiftungsmasche ein typisches Frauending«, meinte er. »Männer würden vielleicht eine Axt nehmen und kurzen Prozess machen.«

»Ja, ja – klassische Rollenverteilung. Aber die Männer sind heutzutage auch nicht mehr das, was sie mal waren, Herr Kottsieper«, meinte Melanie Förster trocken. »Will sagen: Auch zarte Männerhände können mit Wein panschen.«

»Ja, natürlich, Frau Förster«, bestätigte Kottsieper. »Ich erkläre das meinen Alumnen in der Polizeihochschule in Villingen-Schwenningen auch immer: Hüten Sie sich vor Klischees! Insofern kann ich da nur Bravo sagen.«

»Ihren Applaus sollten Sie sich für den Schlussvorhang sparen.« Die Kommissarin schaute sich nochmals Kirche und Glockenturm an. Warum war dieser Mord wohl hier geschehen? Sie blickte zum Kruzifix, auch Jesus hing erhöht, grausam hingerichtet. Sie erinnerte sich an die unsäglichen Diskussionen, ob Kreuze in Klassenzimmer gehörten oder ob dieser Anblick Angehörige anderer Religionen und Weltanschauungen verletzte. Alles eine Frage der Betrachtungsweise, sagte sie sich. Wenn klar wäre, dass es sich um eine öffentliche Hinrichtung eines Unschuldigen handelte, der ausschließlich für die Liebe eintrat und in die Mühlen politischer Interessen geraten war und mit dem Leben für seine Botschaft bezahlen musste, wäre schon viel gewonnen. Aber hegten Christen nicht auch einen Mordsanspruch auf Allgemeingültigkeit? Verstanden die Befürworter nicht, dass Kreuze in Klassenzimmern nicht genau diesen Anspruch ausdrückten, auf den Jesus selbst verzichtet hatte? Und wie weit gingen gewaltbereite Christen? Ja, es gab ihn, den Terror der Kranken. Überall und in allen Religionen. Wie aber stand es um diesen Mord? Wie verrückt musste man sein, um einen Priester hier auf diese Weise hinzurichten? Sie schüttelte den Kopf.

Melanie Förster blickte von unten hinauf in den Turm. Sie sah das Licht der Sonne, wie es sich brach und die Glocken oben als dunkle Schatten erscheinen ließ. So dunkel wie das Kreuzigungsszenarium, das in alten Filmen stets mit Donnergrollen unterlegt wurde. Es half nichts: Die Menschen waren schlecht und sie sind es bis heute.

DER AUFSEHER

An dieser Stelle muss ich in eigener Sache eingreifen. Es geht einfach nicht, dass die Kommissarin über hochpolitische und theologische Motive nachdenkt. Dass der Schriftsteller versucht, auf platteste Art und Weise seine eigenen Ansichten über weltanschauliche Dinge zu verbreiten, liegt auf der Hand und ist unverzeihlich. Natürlich will er sich abheben, will zeigen, dass er die Regeln kennt und sie trotzdem bricht. Aber glauben Sie ihm nicht. Er ist ein unverbesserlicher Moralist, und dass er Krimis schreibt, ist nur eine Masche, damit er Ihnen seine Meinung geigen kann. Wenn ich auch zugeben muss, dass bei meiner Tat das eine oder andere, über das die Kommissarin da vorhin gehirnt hat, entfernt zutrifft. Aber wie grausam sie durch ihre Wortwahl diesen Mord macht, erscheint mir alles andere als fair. Damit will der Autor Sie gegen mich aufbringen! Bewahren Sie Ruhe und einen kühlen Kopf, dann haben Sie eher eine Chance, mir auf die Schliche zu kommen! Ich für meinen Teil halte mich jedenfalls nicht für fanatisch. Es war schon okay, den Pfaffen da oben aufzuknüpfen. Gut, ich will kein Spielverderber sein und Ihnen jetzt schon die Details über seine verfehlte Lebensweise verraten. Aber bedenken Sie: Wir sind alle Schmiede unseres eigenen Glücks. Wenn jemand ermordet wird, gibt es immer auch einen Anteil des Opfers. Erwägen Sie das, bevor Sie latente Aggressionen gegen mich entwickeln. Ich möchte mich auch nicht reinwaschen, verstehen Sie mich nicht falsch. Immerhin kann ich Sie, verehrte Leser, so über die Hintergründe meiner Tat unterrichten, dass Sie mich am Ende dieses Romans garantiert verstehen werden. Ich bin nämlich eigentlich ein ganz zivilisierter Zeitgenosse, was man von einigen anderen Gestalten in diesem Krimi nicht behaupten kann. Man sieht es ja schon an meiner akademischen Bildung. Ich bin bewandert auf allen Gebieten der Geisteswissenschaften. Mit Fug und Recht darf ich behaupten, den Überblick zu haben. Sehen Sie, wenn heute etwas angebetet wird, ist es das Geld. Wer mitreden will, muss wissen, wie die Valuta fließt. So wie ich, der als Gebietsvertreter eines größeren Unternehmens auch in wirtschaftlichen Fragen Kompetenzen mitbringt. Es ist doch so: Wenn da einige Millionen in der Kanalisation verschwinden, wundern sich alle. Und wenn die Knete nix mehr wert ist, bricht die Panik aus. Ich seh's ja selbst. Da gibt man den Gaunern das Honorar für die Drecksarbeit und dann glauben die meisten, man würde ihnen immer noch mehr Geld zuschießen, damit sie schweigen. Ein Fass ohne Boden, mitunter also ein Spaß, der keiner mehr ist. Was mach ich da? Ich halt natürlich dagegen. So sieht's aus.

KAPITEL 8: SPIEL AUF ZEIT

Der Krankenhausbalkon war ihm, dem Killer, zum Gefängnis geworden. Sie hatten die Türe geschlossen, er kauerte in der ungewohnten Frühlingshitze und versuchte, das Beste aus seiner misslichen Lage zu machen. Im Zimmer nebenan blieb die Frau ewig am Bett des Mannes. Ihm war längst die Lust vergangen, dort mit seiner Ceska aufzuräumen. Eine Frau am Bett eines katholischen Pfarrers, das passte irgendwie nicht. Wie eine Haushälterin sah die nicht aus, das – wie der Killer fand – geschmackvolle Kleid deutete auf eine Dame aus gehobenen Verhältnissen hin. Vielleicht hatte sich auch sein Auftraggeber geirrt. Woher sollte der auch so schnell Bescheid wissen? Nichts wie weg, nichts anderes als ein geordneter Rückzug kam infrage. Er hatte viel Zeit da draußen. Und da die Batterie seines Smartphones schwach war, sah er davon ab, darauf Sudokus zu lösen. Es stimmte, dass er nicht nur ein Spieler, sondern auch ein Pyromane war. Alles hatte damit angefangen, dass er als Kind nachts zündelte und damit seine Stiefeltern, die er hasste, tötete. Manchmal machte er sich auch heute noch den Spaß, nachts irgendwelche Holzschuppen anzuzünden. Das putschte ihn jedes Mal aufs Neue auf. Warum er dabei stärkere Glücksgefühle als bei allen anderen Vergnügungen, Sex inklusive, entwickelte, wusste er nicht. Gewiss, er nahm sich von Zeit zu Zeit eine Prostituierte, aber dabei entstand bei ihm nicht das kosmische Bewusstsein, das ein abgefackeltes Gebäude bei ihm auslöste. Vor zehn Jahren hatte er sich schon einmal in der Stuttgarter Gegend aufgehalten und dabei in dem kleinen Ort Benningen, ganz in der Nähe von Marbach, immer mal wieder einen Geräteschuppen angezündet. Eigentlich könnte er … Er schaute auf die Uhr, es war inzwischen kurz nach zwei. Vorsichtig blickte er in das leere Zimmer, in dem die alte Frau gelegen hatte. Eine junge Schwester wechselte das Bettzeug. Er sah seine Chance gekommen und klopfte gewollt zaghaft gegen die Scheibe. Die Krankenschwester blickte ihn überrascht an, schien aber kein Misstrauen zu hegen.

»Nanu, wie kommen Sie denn dahin?«

»Ach, ich war vorhin zu Besuch hier, hab eine geraucht und dann ist wohl die Tür zugefallen«, entschuldigte er sich.

»Okay, dann sind Sie jetzt also wieder auf freiem Fuß«, scherzte die Pflegerin, die Anfang 20 war und ihr emsiges Arbeitstempo gleich wieder aufnahm, um die Betten zu beziehen.

»Ja, dann noch mal danke schön!«, rief er ihr zu und passierte die Tür. Zielstrebig steuerte er den Ausgang des Krankenhauses an, das er gegen 14.10 Uhr verließ. Er hatte vorerst genug gesehen und würde seine Arbeit im Schutz der Dunkelheit fortsetzen.

Er setzte sich in den Wagen und überlegte, was er bis zum Abend anstellen konnte. Zunächst war es an der Zeit, einen ordentlichen Happen zu essen. Am Bahnhof parkte er und schaute auf einem Stadtplan nach Gaststätten in Marbach. Er entschied sich für die Trattoria Toscana in der Marktstraße. Der Wirt, ein Italiener namens

Enzo, servierte ihm Pasta mit Leber, dazu einen Bardolino, der nicht von schlechten Hängen war.

Den Nachmittag würde er in der Sauna verbringen. Der Wirt riet ihm, ins nahe Hermann-Zanker-Bad zu gehen. Ein kleines, bescheidenes Hallenbad aus den 50er-Jahren, aber mit dem Charme des Zweckdienlichen, auch was die Sauna anging. Er hatte ein Bad dringend nötig, und nachdem Enzo ihm verraten hatte, dass dort wenig los wäre, stand der Plan. Er fuhr vom Parkplatz in der Marktstraße los und beschloss, seinen Wagen vor dem Schiller-Nationalmuseum abzustellen. Dort würde sein fremdes Nummernschild am wenigsten auffallen. Es könnte zu einem der weit gereisten Wissenschaftler gehören, die im Deutschen Literaturarchiv zu Gast waren.

In der Sauna war niemand zu sehen. Er legte sich hin und dachte nach, während die Schweißperlen langsam an ihm heruntergliten. Er hatte noch nie einen Pfarrer umgebracht. Ob so etwas Unglück brachte? In Sizilien behauptete man das. Aber was scherte ihn dieses abergläubische Gewäsch, er musste Geld verdienen.

KAPITEL 9: SELTSAME BEOBACHTUNGEN IM KLOSTER

Weitere Impulsreferate prägten den Nachmittag im klösterlichen Ambiente der Christuskriegerinnen. Nicht mehr Julia moderierte, sondern ältere, erfahrenere Ordensmitglieder führten das Wort. Eine von ihnen war Maria Pawlowskaja, sie mochte die 60 schon längst überschritten haben. Die Ordensfrau hatte die grauen Haare zu einem langen Zopf geflochten. Ihre Blicke taxierten jede der vier Zuhörerinnen liebevoll und allwissend zugleich, die Bibel hielt sie in der Hand, um in freier Rede über *Gottesglaube in unserer Zeit* zu sprechen.

Hatte Luca nach den Tiraden gegen männliche Exzesse das Abbrennen eines feministischen Feuerwerkes erwartet, sah er sich nun eines Besseren belehrt. Maria Pawlowskaja, gebürtige Russin und mit einem theologischen Doktortitel ausstaffiert, den sie sich, wie sie beim Mittagessen erzählt hatte, durch akribische Analysen handschriftlich erhaltener armenischer Glaubenszeugnisse aus dem 15. Jahrhundert erworben hatte, versuchte, das Lebensgefühl der Menschen im 21. Jahrhundert einzukreisen.

»Wir sind Materialisten, ob wir wollen oder nicht«, begann Maria, die sicherlich noch einiges vom Parteiapparat Breschnew'scher Doktrin abbekommen hatte.

»Wir alle sehen uns knapper werdenden Rohstoffen und internationalen Verteilungskämpfen ausgeliefert –

wir nehmen teil am weltweiten Wettrennen um Öl, Gas, seltene Erden, und wir wissen nicht, ob um uns herum über kurz oder lang noch mehr Atomkraftwerke in die Luft fliegen.«

Luca saß wie die anderen auf kleinen Gebetshöckerchen. So schürt man Ängste, dachte er sich und riskierte einen Seitenblick auf Julia, die konzentriert zuhörte und sich Notizen machte.

»Aber was uns vor allem fehlt, ist ein innerer Brennstoff: eine Flamme, die uns davor bewahrt, kalt und egoistisch zu werden.« Die Pawlowskaja richtete den Blick auf Maria Fuentes. »Machen wir die Erfahrung nicht in unserer täglichen Praxis – wenn zutiefst verunsicherte junge Menschen, innerlich heimatlos und von Selbstzweifeln geplagt, unseren Rat suchen?«

Volltreffer, dachte Luca. Er hielt es auch nicht für sonderlich schwer, die Studentinnen mit ihren Examensängsten hier als Topthema zu setzen, um eine Maria Fuentes betroffen zu machen. Was jetzt wohl kommen würde?

»Aber was können wir ihnen geben, diesen suchenden, energiearmen Kreaturen, die ja die Zukunft unseres Blauen Planeten Erde, Gottes geliebter Schöpfung, in die Hand nehmen sollen?«

An dieser Stelle legte Maria Pawlowskaja geschickt eine Pause ein. »Was können wir geben? Welche Flamme brennt in uns? Spüren wir überhaupt, dass Jesus Christus selbst durch seinen Heiligen Geist in uns wohnen möchte? Dass unsere Seele sich nach einer Freundschaft sehnt, die allen Belastungen, denen wir ausgesetzt sind, standhält?«

Maria Pawlowskaja beendete ihren Vortrag und rief zur Stille auf. Jede Teilnehmerin sollte 15 Minuten lang bewusst ein- und ausatmen, sich mantraartig den Beginn eines mittelalterlichen Liebesliedes einer unbekannten Nonne vor Augen halten: *Du bist min, ich bin din. Des solt du gewis sin.*

Für Luca eine durchaus angenehme Erfahrung. Oft hatte er sich mit seinem Kumpel Maurice, einem Mediziner, über Selbstheilungskräfte des Menschen und religiöse Praktiken unterhalten. Der Journalist war sicher, in kirchlichen Exerzitienhäusern auf ähnliche Anleitungen zu geistlichen Übungen zu stoßen. Ein wohliges Gefühl breitete sich in seinem Körper aus, fast so, als ob er eine Tasse Pfefferminztee getrunken hätte. Der zweite Teil der Übung bestand darin, sich wie Gottes Tochter zu fühlen, die liebevoll von der Mutter angeschaut wurde. Eine Liebe ohne Wenn und Aber, völlig unverdient. Das wiederum fiel Luca ziemlich schwer, er hatte Schwierigkeiten, sich zu konzentrieren. Er bekam Julia nicht aus dem Kopf, die irgendwo hinter ihm sitzen musste. Er musste erfahren, wie es seiner Freundin wirklich ging. Gut möglich, dass sie den Laden gar nicht so toll fand, wie sie immer vorgab.

Nach der Meditation konnten sich die Kursteilnehmerinnen im Garten ein wenig frische Luft verschaffen. Maria Espina Fuentes zog im Toilettenraum ihren Büstenhalter wieder straff, als sich plötzlich die Tür öffnete. Er hatte sich doch etwas zu sicher gefühlt, hier auf der Männertoilette. Aber anscheinend hatte es auch Maria Pawlowskaja eilig gehabt und war deshalb fremd gegangen. Beide erröteten sie, wobei die Pawlowskaja einen irritierten Blick auf die verrenkte Körperhaltung der Spanierin warf.

»Brauchen Sie Hilfe, Frau Fuentes?«

»Nein, nein. No problemas, alles in Ordnung, ich habe mich nur etwas erfrischen müssen.«

Die Russin zog sich diskret zurück. Luca fluchte leise, die ganze Aktion brachte ihn derart aus dem Konzept, dass ihm gleich der zweite Lapsus unterlief. Er eilte in den Trakt, der ausschließlich dem Personal der Christuskriegerinnen vorbehalten war. Noch bevor er seinen Irrtum korrigieren konnte, hörte er Stimmen.

»Diese Spanierin hat aber einen gesegneten Appetit.«

»Hi, hi, das habe ich auch bemerkt. Und hast du die Hände gesehen? Sooo groß! Und dann die vielen Ringe an den Fingern. Total überladen!«

»Wir müssen ihr sagen, dass sie die Dinger ablegen sollte. Eine solche Eitelkeit ist nicht im Sinne des Herrn.«

»Ja, das finde ich auch.«

Aha, man war also schon auf ihn aufmerksam geworden. Sollten sie nur lästern. Er musste zusehen, dass er schnell aus diesem Gebäudetrakt rauskam. Plötzlich vernahm er jedoch ausgerechnet aus der Richtung Stimmen, aus der er gekommen war. Damit war ihm der Rückweg abgeschnitten. Panik stieg in Luca auf, doch dann fand er hinter einem Vorhang unter einem Treppenaufgang ein Versteck.

»Sagt mal, habt ihr die Fuentes irgendwo gesehen? Die ist ja wie vom Erdboden verschwunden.«

Luca traute seinen Ohren nicht. Das war ja Sabine Mowes, die Frau auf der Suche nach einer tiefen Christuserfahrung – und nach ihm. Dass sie dabei so vertraute Töne mit Gottes Bodenpersonal von den Christuskriegerinnen anschlug, ließ nur einen Schluss zu: Sie gehörte selbst zu der Truppe! Vermutlich packten auch die Schraubstock-Hände von Marita Stöhr unter dem Firmenemblem zu. Ob Julia von dieser Schauspielerei wusste? Bestimmt war sie die Einzige, die hier mit offenen Karten spielte und das Kursprogramm so wie er mit einem gewissen spirituellen Bildungshunger aufnahm.

»Die Fuentes habe ich vorhin noch auf dem Männerklo gesehen«, rief Maria Pawlowskaja, die ebenfalls dazugekommen war.

»Hab schon öfter angeregt, dass wir uns das Klo sparen können. Sind ja zum Glück keine Typen hier.«

Sie standen jetzt direkt vor dem Vorhang. Luca hielt die Luft an.

»Wir sollten mal wieder in den Garten. Wahrscheinlich ist unser Besuch dort«, empfahl Sabine Mowes.

Luca wartete kurz, bis alle weg waren, dann verkrümelte er sich wieder in den anderen Gebäudetrakt. Im Flur begegnete er Julia, die ihn zu den anderen Gästen führte.

KAPITEL 10: K.O.-TROPFEN WAREN IM SPIEL

An was würde sich Peter erinnern? Diese Frage trieb Melanie Förster um, als sie eilig die Stufen des Marbacher Krankenhauses hinaufschritt. Sie lief so schnell, dass Hans Kottsieper ihr kaum folgen konnte. Sie klopfte, denn sie war es leid, auf den alten Kauz Rücksicht zu nehmen.

»Herein!«

Freudig folgte sie der Aufforderung. Das war endlich wieder Peters Stimme.

Struve erkannte sie und es reichte trotz der Lähmungen im Gesicht für ein Lächeln.

Kottsieper, der sich beim ersten Besuch am Krankenbett nicht gerade einfühlsam benommen hatte, trat ein, erntete aber nur ein ausdrucksloses »Grüß Gott, Herr Polizeipräsident«.

»Wie geht's dir, Peter?«, fragte Melanie Förster.

»Fantastisch. Immer wenn ich aufstehe, fühle ich mich, als ob ich eine halbe Flasche Wodka getrunken hätte.«

»Hm …, das sollten Sie bleiben lassen. In Ihrem Alter verkraftet man das nicht mehr so gut.« Kottsieper bemühte sich um einen einigermaßen lockeren Einstieg ins Gespräch.

»Na, dann müssten Sie ja schon seit 20 Jahren total abstinent leben, Herr Polizeipräsident.«

»Jetzt lassen Sie es mal gut sein mit dem ›Herrn Polizeipräsidenten‹, mein lieber Struve. Seit wann sind Sie denn so förmlich zu mir?«

Mit Idioten verfahre ich immer so, dachte Struve, ließ sich aber nichts anmerken.

»Na, Sie sind doch eine Respektsperson, stellen Sie sich vor, Sie würden hier an meiner Stelle liegen, da würden Sie doch auch noch als Chef angesehen werden wollen.«

»Ach so, daher weht der Wind – also entschuldigen Sie bitte, es tut mir leid, wenn ich Sie heute Vormittag nicht in Ihrem Sinne behandelt habe.«

Struve gefiel die Entschuldigung. Kottsieper konnte sehr wendig sein, wenn er wollte. Ein Sorry passte eigentlich nicht zum Polizeichef, aber warum sollte er nachtragend sein.

»Schon gut. Wie steht's um den Fall?«

Melanie Förster berichtete von den bisherigen Erkenntnissen. »An was kannst du dich denn noch erinnern, Peter?«

»Na ja, ich habe Roloff nach dem Gottesdienst in die Sakristei begleitet, da sank er plötzlich zu Boden. Als ich ihm helfen wollte, wurde mir schwarz vor Augen. Ich bin dann erst hier wieder aufgewacht.«

»Du warst stark vergiftet und völlig unterkühlt, es ist fast ein Wunder, dass du überlebt hast.«

»Pilger haben halt einen Schutzengel.« Struve kramte seinen Pilgerpass aus der Brieftasche. »Vielleicht hätte ich doch gleich den Hauptweg von Rothenburg nach Rottenburg nehmen sollen.«

»Was dir der liebe Gott damit sagen will, musst du selbst herausfinden.« Melanie Förster grinste ihn frech an.

Kottsieper mischte sich wieder ein: »Das heißt aber nicht, dass Sie jetzt mitermitteln, Herr Struve. Da würde uns die Berufsgenossenschaft mächtig aufs Dach steigen.«

Das passte zu seinem Vorgesetzten. Er hatte immer eine juristische Grundsatzpointe auf Lager. Natürlich war es viel bequemer, ihn aus dem Fall herauszuhalten. Bestimmt fürchtete sich Kottsieper vor Schlagzeilen, in denen Struve als »Rächer aus eigenen Gnaden« in die Geschichte einging. Struve lachte demonstrativ: »Na, wer soll denn sonst die Kohlen aus dem Feuer holen?«

»Kommt gar nicht infrage. Den Fall lösen Frau Förster und ich. Denken Sie etwa, ich will mich mit dem Staatsanwalt herumärgern? Sie sind Zeuge – und damit basta!«

Die Melodie von *Hells Bells* unterbrach das Gespräch. Melanie Förster nahm ab, es war Besold. Sie schaltete den Lautsprecher an.

»Na, Herr Besold, wir dachten schon, Sie wären zu Ihrem Hühnerstall nach Häfnerhaslach gefahren. Was haben Sie denn herausgefunden?«

»Das Ei des Kolumbus, was sonst, Frau Förster. Dieser Pfarrer hatte eine gehörige Menge eines bekannten Narkotikums im Blut: 4-Hydroxybutansäure. Sie wissen ja, dass das Zeug seit den 90er-Jahren auch als Partydroge im Umlauf ist.«

»Ja, natürlich. Liquid Ecstasy, es hat aber einen starken Eigengeschmack, was meistens durch irgendwelches Zitruszeug in den Cocktails übertüncht wird.«

»Genau. Deshalb hat jemand ganz wenig davon verwendet und noch eine andere Substanz dazugemischt: Rohypnol. Ist ein Beruhigungsmittel, wirkt wie Valium.

Es hat wenig Eigengeschmack und verstärkt die Wirkung des anderen Mittels.«

»Hört sich fast so an, als ob ein Biochemiker am Werk war.«

»Nicht unbedingt. Viele Infos stehen in einschlägigen Internetforen.«

»Ist das Zeug nicht verschreibungspflichtig?«

»Ja, 4-Hydroxybutansäure wird bei der Schlafkrankheit verschrieben. Bundesweit leiden zwischen 40.000 und 100.000 Personen unter Narkolepsie. Aber seien wir ehrlich: Wer sich so etwas beschafft, geht nicht in die Apotheke.«

»Klar. Aber was meinen Sie: Hat der Täter diese Mischung als Schlafmittel oder als Gift verwendet?«

Eine gute Frage, fand Struve. Schließlich hatte er nur einen kleinen Schluck aus dem Kelch abbekommen. Roloffs kräftiger Zug war sein Glück gewesen.

»Wir müssen davon ausgehen, dass die Substanz nur zum Zweck der Betäubung eingesetzt wurde«, antwortete Besold. »Allerdings wollte der Täter ganz sicher gehen und wählte deshalb eine lebensgefährlich hohe Konzentration. Struve läge wohl jetzt im Koma, so genau lässt sich das nicht sagen.«

»Die Todesursache?«, fragte Kottsieper knapp.

»Der Mord geschah durch Genickbruch am Strang.«

»Dann war es so, wie wir gedacht haben«, schaltete sich Melanie Förster wieder ein. »Der Täter hat Roloff durch die Kirche zum Aufgang des Glockenturms geschleift und ihn dann mit der Seilwinde hochbugsiert. Als Roloff oben hing, hat der Täter ihm noch zusätzlich den Strick um den

Hals gelegt, ihn noch ein Stück nach oben gehoben und dann den Seilzug gelöst.« Ruckartig ließ die Kommissarin ihre zu Fäusten gefalteten Hände, in denen sie immer noch das Handy hielt, nach unten sausen. Dabei rutschte ihr das Mobiltelefon aus der Hand und krachte auf den Boden. Schnell hob sie es wieder auf, um das Gespräch fortzusetzen.

»Richtig. Das Opfer ist offenbar mit großer Wucht nach unten gefallen«, konstatierte Besold. »Das ist wie bei den Hinrichtungen in alten Wild-West-Filmen – die Puppen federn da auch immer so flummiartig nach oben.« Der Kriminaltechniker verstand sich auf Querbezüge. Umso mehr, wenn er forensische Sachverhalte auf den Punkt bringen wollte.

»Gibt es eigentlich schon einen Verdächtigen?«, wollte Struve von Melanie Förster wissen.

»Die Mesnerin hat kein Alibi, sie hatte auch Zugriff auf den Wein, allerdings ist bei ihr eingebrochen worden, wir prüfen, ob sie den Bruch selbst fingiert hat.«

»Meine Leute sagen, die Kellertür sei so massiv, dass eine Frau mit einem Stemmeisen das allein nicht schaffe«, merkte Besold an.

»Es muss also ein Mann gewesen sein?«, fragte Kottsieper.

»Nicht zwingend: Wir haben Abdrücke von zwei verschiedenen Stemmeisen gefunden.«

»Wie ist das nun wieder zu erklären?«, forschte der Polizeipräsident.

»Wir haben mehrere Optionen.« In Besolds Stimme klang der Stolz dessen durch, der beweisen konnte, dass er sich über diese Fragen schon Gedanken gemacht hatte.

»Und? Jetzt kommen Sie schon, Besold, wir haben nicht ewig Zeit.« Kottsieper hätte wohl am liebsten das Smartphone an sich gerissen, um es durchzuschütteln.

»Entweder der Täter ist mit einem Eisen allein nicht weitergekommen …«

»… oder es haben sich mehrere Täter gleichzeitig an der Tür zu schaffen gemacht«, warf Peter Struve ein.

»Exakt. Dann könnten es übrigens auch Frauen gewesen sein«, bestätigte Besold.

»Was ja gar nicht so abwegig wäre, denn – wie Herr Kottsieper bereits festgestellt hat – neigen Frauen bekanntlich zu Giftmorden und ähnlich feigen Taten«, stellte Melanie Förster mit einem süffisanten Grinsen fest und beendete das Telefonat.

»Klischee hin, Klischee her«, raunzte der Polizeipräsident, »beide Taten stehen im Zusammenhang. Es ist zumindest klar, dass der Mord eine Beziehungstat ist. Jemand hat den Pfarrer oben im Glockenturm öffentlich abgestraft. Wir wissen auch, dass der Täter die Gewohnheiten des Opfers kannte, sonst wäre er nicht an den Messwein gekommen. Wir sollten im Umfeld der Kirchengemeinde weiterermitteln. Folgen wir der Liste der Mesnerin, dann stoßen wir sicher auf Tatverdächtige.«

Kottsieper richtete seinen Blick auf Struve, der ihn apathisch anschaute.

»Was ist mit diesem Siegfried Müller? Der stand mit dem Pfarrer auf Kriegsfuß. Den sollten wir uns zuerst vorknöpfen.«

Melanie Förster durchforstete die Liste. »Der wohnt drüben in Benningen.«

Keine zehn Minuten später trafen die beiden bei Müller ein. Der Religionslehrer korrigierte Klausuren von Zwölftklässlern zum Thema *Die Theodizee – wo ist Gott angesichts menschlichen Leids?*.

»Tja«, eröffnete Kottsieper das Gespräch, »wir wissen nicht, wo Gott war, als Hans-Peter Roloff ermordet wurde. Aber wir werden von Ihnen erfahren, wo *Sie* unmittelbar nach dem Gottesdienst waren.«

»Ich bin zum Stammtisch der Grünen gegangen. War an diesem Tag abends in der Gaststätte *Zum Ochsen* unten am Cottaplatz.«

»Das ist ja nur einen Steinwurf von der Alexanderkirche entfernt«, merkte Kottsieper an. »Kann jemand bezeugen, dass Sie durchgängig da waren und wann Sie gegangen sind?«

»Klar, die anderen. Wir haben uns bis 23 Uhr die Köpfe heißgeredet. Sie wissen ja, Stuttgart 21, der Dauerbrenner. Wir planen weitere Protestaktionen, auch hier in Marbach.«

»Sie scheinen ein richtiger Aktivist zu sein.« Kottsiepers Abneigung gegen Demonstranten stieg mit der Zahl seiner Berufsjahre. Beim Polizeieinsatz vor einiger Zeit am Stuttgarter Bahnhof hatte sein Vorgänger nicht lange gefackelt. Er war sich sicher, dass er es genauso gemacht hätte. Öffentlich zugeben würde Kottsieper das aber nie, dazu war er zu intelligent.

»Wir leben in einer Bürgergesellschaft – nur, wer sich engagiert, bewegt etwas«, entgegnete Siegfried Müller, dessen wuscheliger grau-schwarzer Bart und ein Bierbauch wie zu Joschka Fischers fülligsten Zeiten andeuteten, wie raumgreifend der wuchtige Gymnasiallehrer in politischen Meinungsäußerungen sein konnte.

»Haben Sie auch versucht, in der Kirchengemeinde einiges zu bewegen?«, fragte Melanie Förster im Wissen um die gescheiterten Bemühungen Müllers, weibliche Messdienerinnen einzuführen.

»Ja klar, da gab's einiges, ich bin auch Mitglied der Initiative *Wir sind Kirche*. Sie wissen ja, wie das im Katholizismus ist: Rom lässt die Basis machen, aber wenn's hart auf hart kommt, dann wird die Keule des Lehramts geschwungen und mit der Meinungsfreiheit ist es zu Ende.«

»Wie standen Sie zu Pfarrer Roloff? Der hat ja nicht gerade einen romkritischen Kurs gefahren.« Melanie Förster erkannte ein Hungertuch von Misereor an der Wand. So eines hatte sie früher auch im Zimmer hängen gehabt – vor den Hetzpredigten ihres Heimatpfarrers.

»Ich hatte meine Probleme mit ihm.«

»Lag's daran, dass er mit Frauen in der Kirchengemeinde nicht konnte?«

»Auch.« Müller biss sich auf die Lippen. »Sie scheinen schon einiges zu wissen.«

Kottsieper trat einen Schritt vor: »Wir wollen alles wissen, Herr Müller. Oder möchten Sie uns ins Präsidium begleiten?«

Die Drohung verfehlte ihre Wirkung nicht. Eingeschüchtert ließ Müller seine Klausuren auf dem Schreibtisch liegen. »Kommen Sie, wir setzen uns an den Wohnzimmertisch, ich muss Ihnen einiges erzählen.«

Wie sich herausstellte, stand der Vorsitzende des Kirchengemeinderats schon seit Jahren wegen Roloff mit der Bistumsleitung in Rottenburg in Kontakt.

»Er hatte ein Verhältnis mit seiner Haushälterin Renate Dorsch, aber die Gemeinde durfte es nicht wissen.«

Wie Müller berichtete, hatte der Bischof das Verhältnis toleriert. »Sie wissen ja, wie das mit der Doppelmoral so ist. Sobald ein Priester seine Liebschaft öffentlich macht, muss er gehen. Kehrt er es unter den Teppich, passiert nichts, solange alle Beteiligten stillhalten.«

Melanie Förster fragte sich, was passieren würde, wenn sie im Polizeipräsidium von ihrer Homosexualität erzählen würde. Vielleicht sollte man überhaupt nichts öffentlich machen, was Herzensangelegenheiten anging. Sie hegte, zumindest in dieser Sache, Verständnis für den ermordeten Priester. Allerdings widerte sie die Vorstellung an, dass er womöglich den Pflichtzölibat als Lebensform verteidigte und gleichgeschlechtliche Partnerschaften als Sünde gebrandmarkt haben könnte. Müller danach zu fragen, konnte sie sich jedoch gerade noch verkneifen.

»Sie haben auch stillgehalten, Herr Müller. Wie war das für Sie, davon zu wissen und für die Gemeinde verantwortlich zu sein?«

»Dazu kann ich nur sagen: Wer ohne Sünde ist, werfe den ersten Stein. Der Frieden hielt ja irgendwie. Trotzdem habe ich auf eine Versetzung von Herrn Roloff hingewirkt. Das Risiko war einfach zu groß, dass es in der Gemeinde zu Ärger käme.«

»Und? Haben Sie etwas erreicht?«

»Ja, er sollte zum Herbst versetzt werden.«

»Aber dann konnten Sie doch zufrieden sein.«

»Ich war mit allem im Reinen.«

Nach einer kurzen Pause verabschiedeten sich die beiden Polizisten.

»Der scheidet aus«, knurrte Kottsieper, als sie zum Wagen gingen.

»Ein Alibi bis 23 Uhr, kein zwingendes Motiv, gesunde Ansichten«, bestätigte die Kommissarin.

KAPITEL 11: JULIAS ANGST VOR DER MUTPROBE

Die Küchenarbeit führte Maria Espina Fuentes und Julia als Zweierteam zusammen. Beide waren von den Christuskriegerinnen eingeteilt worden, um für die anderen das Abendessen zuzubereiten. Die Dame aus Iberien überließ der jungen Deutschen die Wahl des Gerichtes. Die wiederum schien gespannt, welche Ideen die Señora ins gemeinsame Kochen einbringen würde.

»Wir müssen unbedingt etwas Spanisches zaubern. Wissen Sie, mein Freund stammt nämlich aus dem Land.«

Aha, dachte Luca. Mich gibt's noch – trotz der Freundschaft mit Jesus, trotz der Weiberbande und trotz perfekt gehaltener Glaubensreferate, auf die Anerkennung folgte.

»Venga, kommen Sie, mein Liebes«, flötete Maria Espina Fuentes. »Wir machen eine Tortilla española, nehmen Eier, Kartoffeln. Wo ist jetzt die Pfanne? Ah, hier. Sehen Sie, etwas Olivenöl, aber nicht zu viel, bald haben wir eine comida muy interesante.«

Julia hätte darauf auch selbst kommen können, aber der Schwung, den Maria in der Küche verbreitete, übertrug sich auf sie. Eine willkommene Abwechslung zum eher stagnierenden Geschehen im Gebetssaal. Die Meditationseinheiten waren an diesem Tag ohne besondere Höhepunkte an ihr vorbeigezogen. Sie brauchte jetzt jemanden, der einfach gute Laune mitbrachte und ohne besondere Ansprüche mit ihr die Zeit verbrachte. Und diese Spanierin strahlte etwas aus, das sie mitnahm, irgendwie auch stark an Luca erinnerte. Ähnelten sich die Spanier am Ende alle? Schade, dass sich ihr Freund durch seinen Job so verändert hatte. Seit er bei der Zeitung arbeitete, nahm er sich so wenig Zeit für sie. Das war nach dem Volontariat noch schlimmer geworden: ständig Abendtermine, viele Gemeinderatssitzungen und Kulturveranstaltungen. Meistens dann, wenn sie sich selbst mit ihm auf den Weg machen wollte.

Seltsam, dass diese Maria Fuentes ihm so stark ähnelte. Bestimmt waren sie über Ecken miteinander verwandt. »Darf ich Sie etwas fragen, Maria Espina?«

»Ja, natürlich, por su puesto, meine Liebe.«

»Ist es nicht manchmal schwierig, so als Ausländerin in Deutschland?«

»No, ich lebe ja schon viele Jahre hier. Außerdem sind die Deutschen offen. Nicht alle, aber die meisten.«

»Haben Sie Kinder?«

Luca schluckte. Das Thema lag ihm gar nicht, aber er musste ihr irgendetwas Nettes sagen. »Oh, ein großer Wunsch, von klein auf. Aber es sollte nicht sein. Der liebe Gott weiß, warum.«

»Ich wünsche mir drei oder vier Kinder.«

Was man alles erfährt, wenn man investigativ recherchiert, dachte Luca. »Wie schön – ist denn schon ein Papa in Sicht?«

»Ein Papa? Hmm …, vielleicht.« Julia schien gedanklich abzuschweifen. »Ah, die Tortilla, wir müssen sie vom Herd nehmen.«

Die Küchentür öffnete sich. Maria Pawlowskaja trat ein. Sie wirkte gut gelaunt, erkundigte sich nach dem Fortgang der Essenszubereitung und verschwand genauso schnell, wie sie gekommen war.

Luca hatte bemerkt, dass sich Julias Gesichtsausdruck mit dem Erscheinen der Ordenschefin verfinsterte. Etwas schien sie zu beschäftigen. »Sie wirken so nachdenklich, stimmt etwas nicht?«

»Ach, es ist nicht so wichtig.« Sie viertelte weiter Tomaten für einen Salat.

»Wirklich nicht? Sie sehen gar nicht gut aus, meine Liebe.«

Julia druckste noch eine Weile herum, dann platzte es aus ihr heraus: »Es ist für die Christuskriegerinnen wichtig, bedingungslosen Einsatz zu zeigen – ich soll heute Nacht ein Zeichen setzen.«

»Ein Zeichen setzen?« Luca fragte mit dem Automatismus eines Journalisten nach.

»Ein Zeichen zu setzen, meint, für die gemeinsame Sache etwas Mutiges zu tun.«

»Also eine Mutprobe?«

»So gesehen, ja. Heute Nacht fahren eine Schwester und ich nach Stuttgart. Wir sollen ein Frauen-Zeichen an die Türe des Doms sprayen.«

Luca lachte laut, fast hätte er vergessen, die höhere Tonlage von Maria Espina zu wählen. »Das ist doch aber – verzeihen Sie meine Ausdrucksweise – ein Dummejungenstreich. Noch dazu einer, für den man vor Gericht kommen kann. Das müssen Sie nicht machen. No!«

»Das meine ich ja auch. Aber wenn ich es nicht tue, werde ich nicht aufgenommen.«

Maria Espina nahm Julia in den Arm. »Hören Sie, mein Kind. Ihr Gewissen belügt Sie nicht. Was nutzt es Ihnen, etwas zu tun, wovon Sie nicht überzeugt sind?« Wieder öffnete sich die Küchentüre. Maria Pawlowskaja trat mit Sabine Mowes und Marita Stöhr ein.

»Lasst uns den Tisch decken«, schlug die Russin vor, die etwas misstrauisch dreinschaute. »Ach, übrigens, Señora Fuentes, die Herrentoilette ist zurzeit nicht in Betrieb. Wenn Sie doch bitte wie die anderen das richtige WC benutzen würden? Sie sind ja schließlich eine von uns, nicht wahr?« Ein überhebliches Lächeln begleitete ihren letzten Satz. Luca wollte sich nicht provozieren lassen und lächelte seinerseits, obwohl er sie am liebsten gefragt hätte, was *sie* denn auf der Herrentoilette zu suchen gehabt hatte.

»Oh ja, wie peinlich, ich habe es einfach zu spät

gemerkt, Señora Pawlowskaja. Entschuldigen Sie bitte vielmals.«

»Schon gut. Heute Abend beenden wir übrigens die Meditation schon um 21 Uhr. Sie können es sich dann alle noch etwas auf ihren Zimmern gemütlich machen.«

Luca schaute zu Julia hinüber, die unsicher auf die Oberin starrte und unglücklicher denn je schien.

Nach dem Essen fanden sich alle im Meditationssaal ein, um unter Leitung der Pawlowskaja im Stile der Teresa von Avila zu beten. Das Thema lautete: *Christus – bereit, sich für uns bis ins Letzte hinzugeben. Wo stehen wir?*

Was mochte Julia für Qualen leiden, wenn sie die ihr gestellte Aufgabe quasi als gottgewollt ansähe, überlegte Luca. Er spürte, wie er zornig wurde. Sekten bedienten sich also der offiziellen christlichen Theologie, um ihre Ziele zu erreichen. Dass die Christuskriegerinnen eine weiche Schale, aber einen harten martialischen Kern hatten, durchschaute er. Aber Julia in ihrer Naivität konnte oder wollte die Schattenseiten dieser halbkriminellen Vereinigung offenbar nicht sehen. Er musste sie von hier fortbringen, bevor sie ganz in die Fänge der Frauenbande geriet. Die Strategie der Sekte war klar: Hatte Julia die Mutprobe bestanden, galt sie als eine der ihren. Ein Initiationsritus, eine Art Feuertaufe. In letzter Konsequenz würde Julia fortan erpressbar sein. Wenn sie auch nicht direkt drohen würden, sie zu verpfeifen, wäre sie zumindest seelisch abhängig, weil sie sich davor fürchten musste, dass ihre Tat bekannt würde. Wer wusste schon, ob dieser Orden seine Mitglieder nicht noch zu schlimmeren Straftaten als Sachbeschädigungen verleitete? Eile war also geboten.

Luca beschloss, seine Maskerade für eine Nacht zu beenden. Er legte seine Frauenkleider ab, tastete sich zum Hinterausgang vor, verließ das Haus und rannte entlang des Golfclubs Monrepos zur Bundesstraße 27. Seinen Wagen ließ er bewusst stehen. Niemand sollte denken, er sei abgehauen. Er erreichte das Einkaufszentrum am Tammerfeld, bestellte sich ein Taxi, ließ sich zum Bahnhof nach Ludwigsburg bringen, nahm von dort eine S-Bahn nach Stuttgart, um sich am Dom in der Nähe des Schlossplatzes auf die Lauer zu legen. Es konnte spät werden, aber er durfte nicht zulassen, dass Julia eine Dummheit beging. Er würde einfach die ganze Nacht auf einer der Bänke vor dem Dom sitzen bleiben, dann würde sie sich nicht trauen, die Türe vollzuschmieren. Er nahm sich vor, gegen 4 oder 5 Uhr ein Taxi zu nehmen, wieder in sein Zimmer zu schleichen und am nächsten Tag den Rest des Seminars im Kriegerinnenhaus tapfer abzusitzen.

KAPITEL 12: DIE GELIEBTE DES PFARRERS PLAUDERT

Die Polizei hatte das Pfarrhaus schon am frühen Nachmittag in Beschlag genommen. Fassungslos saß Renate Dorsch am Abend in der leeren Küche der Dreizimmerwohnung, als Hans Kottsieper und Melanie Förster sie besuchten. Die Ergebnisse der Hausdurchsuchung waren ihnen bekannt. Der wichtigste Fund: Pfarrer Roloff hatte sich alte Artikel über die Schillerglocke aus dem Archiv des Marbacher Kuriers besorgt. Sie lagen auffällig auf seinem Schreibtisch. Besolds Männer riefen eine Glockensachverständige an. Sie stellte fest, dass die Glocke, an der man Hans-Peter Roloff gefunden hatte, eine andere war. Die echte Schillerglocke war verschwunden.

»Können Sie sich darauf einen Reim machen, Frau Dorsch?«, fragte Hans Kottsieper direkt. Melanie Förster fluchte innerlich, sie rechnete damit, dass die zart gebaute Pfarrhaushälterin bei einem solchen Fragestil dichtmachte. Warum überließ Kottsieper nicht ihr die Vernehmung, dieser Wichtigtuer stellte sich an wie ein Elefant im Porzellanladen. Und hatte sie es nicht kommen sehen – die Frau antwortete nicht.

»Wir möchten Ihnen zunächst einmal unser Mitgefühl ausdrücken.« Die Kommissarin sah sich in der Pflicht, der Trauernden beizustehen. Renate Dorsch wirkte in sich gekehrt und schwer zugänglich. Sie mochte etwa 35 Jahre alt sein, brünett, Kurzhaarschnitt, sie kämpfte mit den Tränen. Draußen ging die Sonne als roter Feuerball unter, die letzten Sonnenstrahlen fielen schwach auf ihr verweintes Gesicht.

Kottsieper schwieg. Er spürte, dass er die Frauen besser gewähren ließ.

»Danke«, antwortete die Geliebte des Toten.

»Wir wissen, wie Sie und Herr Roloff zueinander standen«, stellte Melanie Förster klar, »und wir verstehen Ihren Schmerz. Bitte helfen Sie uns jetzt, auf einige offene Fragen Antworten zu finden.«

»Ich versuch's«, schluchzte Renate Dorsch.

»Wir fragen uns tatsächlich, was mit der Glocke passiert ist. Wissen Sie es?«

»Hans-Peter hat einen Riesenfehler begangen. Er wurde erpresst und brauchte Geld.«

»Worum ging es?«

»Er hatte mal in einer seiner Gemeinden ein Kind geschlagen. Das Ganze ist schon fast 20 Jahre her, aber als jetzt die ganze Sache mit den Misshandlungen und sexuellen Nötigungen in der katholischen Kirche aufflog, hat sich diese Frau bei ihm gemeldet und Geld gefordert.«

»Eine Frau? Kennen Sie sie?«

»Nein. Hans-Peter hat mir ihren Namen nie verraten. Er hielt sich an die Abmachung und wollte mich nicht damit belasten.«

»Um wie viel Geld ging es?«

»Sie wollte 30.000 Euro. Versprach, sich danach nie wieder zu melden.«

»Und?«

»Er gab ihr das Geld, obwohl er eigentlich keins hatte. Hans-Peter verkaufte nach der letzten Glockensanierung die Schillerglocke. Er besorgte sich eine Ersatzglocke und setzte sie im Turm ein.«

»Ziemlich viel Aufwand – und das Risiko aufzufliegen, wäre mir viel zu hoch«, mischte sich Kottsieper wieder ein. Melanie Förster musste dem Alten Recht geben. In Marbach gab es genügend Fans von Schiller. Irgendwann hätte bestimmt einer von ihnen wieder mal die Glocke aus der Nähe betrachten wollen.

»Hans-Peter war verzweifelt. Er wollte seinen Namen nicht in einem Atemzug mit denen von Kinderschändern genannt sehen. Er hatte Existenzängste.«

»Schon klar«, entgegnete Kottsieper, »ich verstehe das, nur kapiere ich noch nicht, warum Ihr Lebensgefährte an einer Glocke enden musste.«

»Sind Sie sicher, dass Sie uns die ganze Wahrheit erzählt haben, Frau Dorsch?«, insistierte Melanie Förster.

»Wenn ich es wüsste, würde ich es Ihnen sagen, glauben Sie mir.« Sie tupfte sich mit einem Taschentuch die Tränen ab.

»Sie haben auch am Gottesdienst teilgenommen. Wo sind Sie anschließend hingegangen?«, wollte Kottsieper wissen.

»Ich hatte hier noch zu tun, dann bin ich mit einer Freundin ins Kino gegangen, ins Luna nach Ludwigsburg.«

»Haben Sie sich nicht gewundert, dass Sie von Herrn Roloff nichts mehr gehört haben?«

»Nein – wir mussten unsere Liebe geheim halten. Deshalb haben wir uns alle Freiheiten gelassen, ich habe allerdings immer noch auf einen Anruf gewartet, als er nicht nach Hause kam, und es bei ihm auf dem Handy und auch hier probiert. Es meldete sich aber nur der Anrufbeantworter.«

Tatsächlich belegten Roloffs Mobiltelefon und die digitale Rufaufzeichnung die Aussagen. Die beiden Polizisten verabschiedeten sich. Auf dem Weg zum Wagen stellte der Polizeipräsident die Kommissarin zur Rede: »Ich kann mich des Eindrucks nicht erwehren, dass Sie mir ins Wort gefallen sind.«

»Aber Herr Kottsieper, das würde ich mir nie erlauben.« Melanie Förster wollte den Vorfall auf kleiner Flamme halten.

»Jetzt verarschen Sie mich nicht. Ich habe die Vernehmung begonnen, was faseln Sie da von Mitgefühl. Wir jagen einen Mörder, wir haben für solche Sentimentalitäten keine Zeit.«

Oh, dieser gekränkte Mannesstolz. Melanie Förster musste an sich halten. »Vielleicht haben *Sie* für Beileidsbekundungen keine Zeit, Herr Kottsieper – ich nehme sie mir. Und damit möchte ich das Thema beenden. Können wir jetzt zum Fall zurückkehren? Sonst verlieren wir nämlich wirklich Zeit.«

Hans Kottsieper atmete tief durch, rückte seine Krawatte zurecht und schloss den Wagen auf. Einige Sekunden lang saßen sie stumm nebeneinander. Melanie Förster kam es wie eine halbe Ewigkeit vor.

»Frau Förster, ich muss sagen, das mit der Glocke ist bis jetzt das Konkreteste, was wir haben.«

»Ja, sehe ich auch so – was denken Sie über die Sache mit der Erpressung und der Ersatzglocke?«

»Es spricht einiges für einen Zusammenhang: Die Erpresserin kann von Anfang an einen Mord geplant haben – und hat versucht, vorher noch Kapital aus der Sache zu schlagen. Dann wäre auch die Hinrichtung im Turm eine klare Sache: Schaut her, ecce homo, das ist der Kinderschänder, der noch dazu eine Glocke verscherbelt hat.«

Melanie Förster nickte: »Wir wissen nicht, was Roloff mit dem Kind angestellt hat. Schade, dass Renate Dorsch nicht mehr wusste.«

»Dass Priester auch immer so verschwiegen sein müssen«, bedauerte Kottsieper. »Wird wohl mit dem Beichtgeheimnis zusammenhängen.«

Ihre Blicke wanderten zur Wohnung des Pfarrers. Renate Dorsch hatte eine Kerze angezündet.

»Angenommen, die Erpresserin war es nicht«, dachte Melanie Förster laut. »Wer könnte es sonst gewesen sein?«

»Die große Unbekannte hat bisher das stärkste Motiv. Da müssen wir weitermachen. Ich gehe davon aus, dass Frau Dorsch das volle Ausmaß des damaligen Übergriffs nicht kennt. Sie weiß alles nur von Roloff. Und eine Erpressung, nur weil er ein Kind geschlagen haben soll – mit Verlaub, Frau Kollegin: Würden Sie mit Kanonen auf Spatzen schießen?« Kottsieper wirkte jetzt wie ein Spürhund, der Witterung aufgenommen hat. Melanie Förster begriff, dass er in der Polizeihierarchie nicht nur wegen seiner sprichwörtlichen Arschkriecherei die

Treppe hinaufgefallen war, sondern möglicherweise auch bei Ermittlungen etwas zu bieten hatte.

»Wir brauchen die bisherigen Wirkungsorte des Pfarrers, dort müssen wir weitersuchen«, schlussfolgerte der Polizeipräsident. Er rief Littmann an, der die Daten beschaffen und die Polizei in den jeweiligen Orten mit weiteren Recherchen beauftragen sollte.

DER AUFSEHER

Ich muss zugeben: Ich genieße es, Ihnen meine Ansichten mitzuteilen. Schließlich können Sie als Leser nicht in die Ermittlungen eingreifen, stehen also unter Beichtgeheimnis. Deshalb scheue ich mich auch nicht, Ihnen gleich meine Meinung über Renate Dorsch zu verraten: Dieses Flittchen von Pfarrhaushälterin hätte sich vielleicht eher überlegen sollen, auf wen sie sich da einlässt. Ich sage Ihnen: Nichts macht einen zölibatär lebenden Menschen lächerlicher als eine Wirtschaftsmätresse, die seinen geheiligten Status in den Dreck zieht. Widersprechen Sie mir jetzt nicht! Ich kenne Ihre Ideologie: In einer liberalen Gesellschaft kann es jeder mit seinem Liebesleben halten, wie er will, ist Privatsache. So denken Sie doch! Nix da, die Menschen möchten Glaubenshelden, keine triebgesteuerten Waschlappen. Unsere christliche Nächstenliebe wirkt durch die Agape, der Eros stört. Was ich damit sagen will? Dass wir manchmal wirklich auf etwas verzichten müssen, um anderen Gutes zu tun. Ein uraltes Prinzip, aber wir haben es in unserer Überflussgesellschaft vergessen. Das Anspruchsdenken regiert.

Ich gebe zu, ich lehne mich mit meinen Ansichten etwas weit aus dem Fenster. Vermutlich halten Sie mich für einen konservativen Hardliner aus der katholischen Rechtsaußenecke. Möglicherweise liegen Sie damit gar nicht so falsch, aber was heißt heutzutage schon links oder rechts? Gut, Sie wollen mich kennenlernen, also können Sie mich kennenlernen! Denken Sie aber ja nicht, jeder Satz, den ich Ihnen hier liefere, diene meiner Entlarvung. Ein Mörder ist immer schamlos. Ich kann sehr wohl filtern, was ich von mir preisgebe. Sehen Sie, vor einer Viertelstunde hatte ich noch ein bisschen Angst, Sie könnten mich an dieser Frage erkennen. Sie erinnern sich: Soll Kirche links oder rechts sein? Wie gerecht muss es in der Gesellschaft zugehen? Brauchen wir die Reichensteuer – all dieser Kram … Ich würde Ihnen gerne Antworten auf diese Fragen liefern. Ich bin sicher, ich könnte es. Die Urchristen etwa und ihr Sozialismus … Aber es würde Sie nicht weiterbringen. Oder Sie würden widersprechen und Ihre Gedanken über Gott und die Welt würden Sie von diesem Krimi wegführen. Schlimmstenfalls würden Sie Ihre Zeit nutzen und einem Armen durch eine Tat an einem bestimmten Tag das Licht aufgehen lassen. Also lassen wir das Gepredige und beschränken uns auf den vorliegenden Fall. Denn ich möchte, dass Sie mich ergreifen. Ja, lieber Leser, ich bin mir der pädagogischen Verantwortung Ihnen gegenüber bewusst. Auch Sie brauchen ein Erfolgserlebnis. Noch nicht so früh, vielleicht, aber im Laufe Ihrer Lektüre werde ich mich selbst in die Bredouille bringen und dann schlägt Ihre Stunde. Versprochen! Aber zunächst einmal zu diesem Roloff. Das mit dem Kindesmissbrauch ist ein starkes Stück. Ich möchte mich jetzt nicht reinwaschen, aber ich finde, der ist doch selbst schuld, wenn ihn am Ende jemand abserviert, dieses pädophile Schwein. Glauben Sie mir, jede Art von Selbstjustiz liegt mir fern, aber: Ahnen wir überhaupt, was sexuell Missbrauchte durchleben? Ach, jedes Wort, das man darüber verliert, ist zu viel. Oder auch nicht! Ich habe mich oft gefragt, ob es auf die Zusammenhänge ankommt. Sie wissen schon: Die Sache mit dem Zwangszölibat, diese manchmal aufblitzende unglaubliche Härte in Glaubensgemeinschaften gegenüber Andersdenkenden. Geschiedene Wiederverheiratete dürfen nicht zur Kommunion an den Altar, tun's aber trotzdem, weil keiner was dagegen hat. Sie sehen, ich schwanke, ich bin gar nicht so eindimensional, wie Straftäter meistens gerne gesehen werden. Mit anderen Worten: Mit mir kann man reden!

KAPITEL 13: NÄCHTLICHE BEGEGNUNG DER BESONDEREN ART

Mit jeder Stunde spürte Peter Struve, wie mehr Kraft in seinen Körper zurückkehrte. Der Arzt würde ihn sicher bald entlassen. Er rief Melanie Förster an.

»Wie weit seid ihr?«

Sie erzählte ihm von dem Gespräch mit Renate Dorsch.

»Interessant. Sag ihm, dass ich morgen wieder mit von der Partie bin.«

»Vergiss es, Peter, du bist draußen. Der Alte will allen zeigen, was er noch drauf hat.«

»Das kann nicht viel sein, aber er soll sich die Zähne nur richtig ausbeißen. Du weißt ja, wie du mich erreichen kannst.«

»Schon okay.« Er ahnte Melanie Försters Lächeln. »Erhol dich gut.«

Struve überlegte. Eigentlich war es ein Vorteil, dass ihn niemand auf der Rechnung hatte. Er würde, so bald es ihm möglich war, sein Ding machen und eiskalt zuschlagen.

»Ja, ja, ich leg die Beine noch ein bisschen hoch«, versicherte er und beendete das Gespräch.

Es klopfte und Marie trat ein. Sie hatte Rinderbraten mit Kartoffelklößen und Rotkohl mitgebracht, damit ihr Peter die fade Krankenhauskost am Mittag auslassen konnte. Struve genoss es, sich von seiner Ex-Frau verwöhnen zu lassen. Die Trennung hatte er gut verkraftet, auch weil sie sich versprochen hatten, sich gut zu behandeln. Er wusste, dass vor allem materielle Ängste dazu führten, dass sich Fronten auftaten. Aber was brachte es, sich in diese Fragen hineinzusteigern? Marie und er würden sich ihre guten Erlebnisse in Erinnerung rufen. Und das würden beide auch dann noch tun, wenn neue Lieben in ihr Leben getreten wären.

Nach dem Essen ging Marie, und er knipste das Licht an. Er hatte ein Einzelzimmer, Kottsieper musste seine Hände im Spiel gehabt haben, denn er hatte eine stinknormale Krankenversicherung ohne Einzelbett-Zuschlag und keinen Anspruch auf bevorzugte Behandlung. Die Stunden vergingen, Struve schlief am Abend ein, er wälzte sich unruhig im Bett, träumte von dem Gottesdienst, insbesondere davon, wie er vom Ambo aus die biblische Lesung vortrug. Sein Blick wanderte im Traum durch die spärlich besetzten Reihen. Die Gesichter blickten ihn argwöhnisch, ja fast feindlich an. Plötzlich lud der Pfarrer die Versammelten zum Abendmahl ein, und er unterbrach seine Lesung. Aber was war das? Statt die Arme zum Empfang des Leibes Christi bereitzuhalten, schritten alle wie Zombies in Zeitlupe auf ihn zu, um ihn zu erwürgen. Als sie dicht vor ihm standen und er ihren eiskalten Atem im Gesicht spürte, schrie er aus Leibeskräften. Schweißgebadet wachte er auf.

»Herr Struve, Sie haben nur geträumt, es ist alles gut.« Die Nachtschwester, ein hübsches Ding Ende 20, mit langen schwarzen Haaren und leuchtenden grünen Augen, hatte sich über ihn gebeugt. Sie unterschied sich in wohltuender Weise von den Gestalten seines Albtraums.

»Wie spät ist es?«

»Es ist 23.30 Uhr.«

»Noch so früh?« Er blickte sie verwirrt an.

»Ja, es ist noch früh.« Ein Lächeln huschte über ihr Gesicht und bildete neckische Grübchen. Tatsächlich hatte ihr Dienst erst um 20 Uhr begonnen. Es blieb noch viel Zeit bis zum Schichtwechsel um 6 Uhr.

»Irgendwie kommt mir die Luft so stickig vor.« Er hustete.

»Ich kann Ihnen das Fenster auf Kippe stellen. Rufen Sie mich dann einfach, dann schließe ich es wieder.«

Struve nickte. Es tat ihm gut, umsorgt zu werden. Er fühlte sich schwindelig. Vermutlich musste er mit Rückfällen leben. Dieses Gift arbeitete immer noch in seinen Organen.

Die Schwester goss ihm ein Glas Wasser ein, dann war er wieder allein.

Er dachte nach. Die Pilgerreise sollte ihm Klarheit bringen, jetzt steckte er wieder mittendrin. War das nur Zufall? Oder wollte ihm Gott, wenn es ihn gab, damit etwas mitteilen?

»Brauchst du mich doch hier?«, murmelte er in die Stille des Raumes.

Niemand antwortete ihm.

In seinem Kopf entspann sich ein Dialog.

Wenn du in deinem ehemaligen Einsatzgebiet pilgerst, musst du damit rechnen, auf Kriminalität zu stoßen, sagte ihm die Vernunft. Unwahrscheinlich ist das nicht, auch bei den Pilgerreisen in Spanien geschehen Diebstähle und es kommt zu Gewalttätigkeiten.

»Aber ein Mord geschieht nicht jeden Tag. Warum muss es denn ausgerechnet ein Mord sein?«

Wieder antwortete ihm die Stille des abgedunkelten Raumes nicht.

Doch in ihm meldete sich die Gegenseite. Hast du dir denn schon mal überlegt, dass es auch mit dir zusammenhängen könnte?

»Wieso mit mir, verstehe ich nicht.«

Na, du hast ständig mit Morden zu tun. Warum sollte sich in deinem Kraftfeld anderes ereignen?

»Hey, hey, hey. Ich hab auch noch ein Privatleben und ein Recht auf andere Erfahrungen, Meister.«

Privatleben? Als ob du da vorher einen Unterschied gemacht hättest. Was meinst du, warum dir die Marie abhandengekommen ist?

Struve schluckte. »Das ist nicht fair.«

Was ist schon fair?, hörte er sich denken. Aber du erntest die Früchte, die du säst, begreifst du das?

»Trotzdem, das hier musste nicht sein. Ich bleib dabei.«

Er nahm sein Taschentuch und schnaubte sich die Nase frei. Er fühlte sich jetzt besser. Ihm war, als ob ihn das eigenartige Selbstgespräch weitergebracht hatte.

Wenige Minuten später spürte er eine bleierne Müdigkeit und er schlief wieder ein.

Ein mechanisches Geräusch weckte ihn erneut. Struve schreckte auf. Es war immer noch stockfinster. Das Fenster, die Krankenschwester hatte es nicht geschlossen. Der Wind, ja natürlich, er frischte auf. Trotzdem. Irgendetwas stimmte nicht. Er bemühte sich, etwas zu erkennen. Dann erstarrte er. Jemand war im Raum.

»Wer sind Sie?«

Er bekam keine Antwort. Das Fenster war etwa fünf Meter von seinem Bett entfernt. Immer noch versuchte er, seine Augen an die Dunkelheit anzupassen. Sein Atem ging schneller, er hatte Angst. Versuchte, die Klingel zu greifen. Fand sie nicht. Packte das Wasserglas.

Das Klicken einer Waffe durchbrach die Stille. Struve kannte dieses Geräusch. Er fühlte sich wehrlos. Schluckte. Sein Mund fühlte sich an wie Löschpapier und er brachte keinen Ton heraus. Er musste jetzt etwas sagen. Allein schon, um Zeit zu gewinnen. Er starrte in den dunklen Raum und hörte den anderen atmen. Es war ein schweres Atmen, ein Keuchen. Der musste über den Balkon gekommen sein. Aber verdammt, was sollte er sagen? Struve atmete tief durch.

»Hören Sie, ich bin Polizist. Sie machen sich nur Ärger.«

Sekundenlang geschah nichts.

Struve starrte in den Raum. Er sah einen Schatten, der sich langsam wieder entfernte. Genauso lautlos, wie er gekommen war. Am Ende stand das Fenster weit geöffnet und kalter Wind wehte herein.

Noch immer hielt der Kommissar das Wasserglas fest umklammert. Er zitterte am ganzen Körper. Konnte sich vor Angst nicht bewegen.

Nach einer gefühlten Ewigkeit fanden seine Hände endlich die Klingel. Er knipste das Licht an. Wenig später stand die Schwester vor ihm.

»Wären Sie bitte so freundlich, das Fenster zu schließen? Es weht etwas kalt herein.«

KAPITEL 14: STUTTGARTER NÄCHTE HABEN ES IN SICH

An Schlaf war auch für Luca Santos in Stuttgart nicht zu denken. Er wartete stundenlang in der Königsstraße darauf, dass die Christuskriegerinnen mit Julia in Aktion traten, aber nichts tat sich. Luca schaute auf die Uhr seines Smartphones: 4.30 Uhr. Nur noch er trieb sich in der Fußgängerzone herum, ihm war langweilig. Er rieb sich die Augen, die ständige Angst aufzufliegen und die Flucht aus dem Haus hatten ihn mehr Nerven gekostet, als er sich eingestehen wollte. Er gähnte und vergaß für einen Moment, sich auf die Umgebung zu konzentrieren. Ein Tippen auf seiner Schulter riss ihn aus seiner Müdigkeit. Er wollte aufstehen und aufspringen, doch es war zu spät. Die Hand drückte ihn auf die Bank, ein dumpfer Schmerz durchzuckte seinen Kopf und er verlor das Bewusstsein.

Als Luca erwachte, lag er in einer Zelle. Er war allein, sein Schädel brummte und er hatte Hunger. Er stellte fest, dass er stark nach Bier roch, auch seine Kleidung stank. Man hatte ihn von oben bis unten besudelt.

Das kalte Scheppern eines Schlüsselbundes kündigte Besuch an.

»Na, ausgeschlafen?«, sprach ihn ein Uniformierter an.

»Geht so. Weshalb bin ich hier?«

»Sie lagen bewusstlos vor dem Eberhardsdom, jemand hat die Tür vollgesprayt. Das waren nicht zufällig Sie, oder?«

»Doch. Leider bin ich bei der Aktion eingeschlafen«, witzelte Luca.

»So, so.« Der Polizist, ein bullig wirkender Mittfünfziger, schien die Version nicht für unmöglich zu halten. »Sie sollten halbwegs ernst bleiben, wir nehmen jetzt Ihre Aussage zu Protokoll.«

Seine Personaldaten hatten sie schon erfasst. »Hier sind Ihre Papiere, Herr Santos.«

Er nahm sein Portemonnaie entgegen und stellte fest, dass wenigstens noch sein ganzes Geld da war.

»Was hatten Sie um diese Zeit eigentlich dort verloren, so ganz allein?«, fragte ihn der Polizist.

Luca überlegte. Er war ja sonst nicht schlecht darin, Storys zu erfinden. Er durfte sich jetzt aber nicht in Widersprüche verwickeln.

»Mir fiel die Decke auf den Kopf, da bin ich noch ein bisschen raus.«

»Und dann haben Sie sich die Türe des Doms angeschaut?«

»Die und auch andere Dinge am Schlossplatz. Was ist denn passiert?«

»Das kann ich Ihnen sagen: Da, sehen Sie mal!« Der Polizist hatte den Computerbildschirm gedreht und deutete auf ein Foto. Tatsächlich, sie hatten es getan! Ein wenig kunstvolles violettes Frauenpower-Zeichen entstellte das schmiedeeiserne Portal.

»Also, kommen Sie schon, lieber Freund, was wissen Sie? Das ist doch kein Zufall, dass Sie ausgerechnet dort eins auf die Mütze bekommen haben.«

Luca befühlte seinen Kopf. Ein pochender Schmerz strahlte von der Wunde aus. »Es tut mir leid, ich kann Ihnen nicht helfen.«

Nach einigen bohrenden Nachfragen wurde Luca entlassen. Er schlenderte über die Königsstraße, wo er eine Weile brauchte, bis er den teilnahmslosen Strom der Passanten akzeptieren konnte. Es war inzwischen 9.30 Uhr, seine Gedanken kreisten um Julia und darum, dass sie im Frauenkloster sein Fehlen schon bemerkt haben mussten. Würde es besser sein, Flagge zu zeigen und Julia einfach rauszuholen? Oder sollte er ihnen als Maria Espina Fuentes irgendeine Geschichte erzählen und sich wieder inkognito ins Getümmel stürzen? Julia und ihr Verhalten wollten ihm nicht aus dem Sinn. Womöglich hatte sie zugesehen, wie man ihn verletzt hatte, aber ihn in der Hektik nicht erkannt. Sein Kopf dröhnte.

Dass diese fanatischen Emanzen vor Körperverletzung nicht zurückschreckten, machte ihn wütend. Das Motto der Bergpredigt »Selig sind die Friedfertigen, denn ihrer ist das Himmelreich« kam ihm in den Sinn, während er den Plan entwickelte, das trügerische Gebäude der Christuskriegerinnen zum Einsturz zu bringen. Er fuhr mit der

S-Bahn an den Freiberger Bahnhof und nahm sich ein Taxi, wenig später stand er vor der Türe am Wilhelmshof. Er klingelte, aber niemand öffnete.

»Aufmachen, verdammt noch mal!«

Luca lief um das Haus, das genauso unbewohnt schien wie der Nebentrakt. Die Vögel waren also ausgeflogen. Er griff zum Mobiltelefon, um Julia zu kontaktieren. Vergeblich. Alles, was er hörte, war die Mailbox. Guter Rat schien teuer. Was war in der Nacht wirklich passiert? Hatte Julia überhaupt an der Aktion teilgenommen? Und wie mochten Pawlowskaja und Co. reagiert haben, als sie die Utensilien der falschen Maria Fuentes gefunden hatten? Er konnte ja auch ein verdeckt ermittelnder Polizist sein, was wiederum das fluchtartige Verlassen des Hauses erklären könnte. Genau das musste es sein. Die Truppe brach ihre Zelte ab, weil sie in Panik geraten war. Aber wo steckte Julia? Mitgegangen, mitgefangen. Luca wurde immer unruhiger. Er hatte mit seiner Verkleidungsaktion alles vermasselt. Er kam wohl nicht drum herum, die Polizei einzuschalten. Hätte er doch gleich Struve Bescheid gesagt!

Er wählte die Nummer des Kommissars, mit dem er bereits öfter zu tun gehabt hatte.

»Struve.«

»Santos hier. Ich brauche Ihre Hilfe.«

»Lassen Sie mich raten: Sie stecken in der Patsche. Jedenfalls klingen Sie so.« Struve selbst saß erstmals wieder angezogen im Krankenzimmer. Marie holte gerade ihren Wagen, sie war bereit, ihm einige Tage Asyl zu gewähren und ihm mit ihren neu erworbenen Kartoffelkenntnissen den Gaumen zu kitzeln. Das Angebot hatte Struve nicht ausschlagen können. Besonders auf den Matjessalat mit Zwiebeln, Lauch und Gurken sowie auf die mehligkochenden Kartoffeln der Marke Christa freute sich der gebürtige Westfale.

»Sie sagen es.«

»Wo klemmt's denn, Herr Schreiberling?«

»Meine Freundin ist da in was hineingeraten, ist irgendeine ominöse Frauensekte.«

»Sie meinen diese Kaffeekränzlein, in denen sich die Weiber treffen, um über unkultivierte Bartträger abzulästern?«

»Nicht ganz. Es sprengt den bürgerlichen Rahmen, fürchte ich.«

Struve schwieg. Er wartete darauf, dass Santos jetzt endlich seine vagen Andeutungen in konkrete Fakten verwandeln würde.

»Es ist wirklich eine Sekte, Christuskriegerinnen, irgendetwas zwischen Emanzentum, christlicher Meditation und krimineller Aktion.«

»Na, für den Namen braucht man ja schon einen Waffenschein«, scherzte Struve. »Wo liegt das Problem?«

Luca erzählte von seiner Maskerade am Wilhelmshof, den Exerzitien, Julias Mitläufertum und der Aktion am Portal des Doms.

»Da kam sogar schon was im Radio«, erinnerte sich der Kommissar. »›Frauenpower am Domportal‹, lautete die Nachricht. Der Reporter stellte die Frage: Nur Graffiti oder nachhaltiger Protest gegen die Unterdrückung der Frau in der katholischen Kirche?«

»Mag ja journalistisch alles ganz reizvoll sein. Aber es ist noch lange kein Grund, mir nachts den Kopf einzuschlagen.«

»Sie haben ja recht, Herr Santos, dann erstatten Sie doch einfach im nächsten Revier Anzeige wegen Körperverletzung.«

»Das würde ich auch tun, aber verstehen Sie denn nicht meine Sorge: Julia ist verschwunden und die Sekte auch. Was ist, wenn sie in Gefahr schwebt?«

»Was befürchten Sie denn? Sie hat im schlimmsten Fall bei der Aktion mitgemacht, vielleicht nur Schmiere gestanden, und jetzt schläft sie womöglich und hat das Handy ausgestellt.«

»Mensch, Struve, bis Sie Ihren Polizistenarsch mal hochkriegen, ist es längst zu spät. Warum rufen Sie diese Christuskriegerinnen nicht zur Fahndung aus? Angst vor der Blamage?«

»Nein, weiß Gott nicht. Warum schreiben Sie nicht einen Artikel über Ihre Erlebnisse? Den lesen morgen alle – und dann warten Sie ab, was passiert.«

»Ignorant!«, rief Luca zornig und legte auf. Nach einigen Minuten des Grübelns fand er Struves Idee nicht mehr so schlecht wie im ersten Moment. Er überlegte. Es war Freitagvormittag. Sein Chef Zorn hatte bei der Blattplanung vermutlich noch genügend Spielraum, die Ausgabe mit seinem Artikel zu füllen. Dass ein eigener Mitarbeiter die Geschichte der Schmierereien am Dom in deren intimen Details kannte, würde den Leseanreiz sicherlich nur noch steigern.

»Machen Sie mal, Santos«, frohlockte der Redaktionsleiter, der bis dahin noch nichts Zündendes im Blatt hatte. »Sagen wir, 120 Zeilen. Um das Bild kümmert sich unser Fotograf, Herr Kohner, wir spiegeln ein Hochformat ein.«

»Nehmen Sie noch ein kleines Bild von dem Haus am Wilhelmshof und dazu ein Mini-Format vom mutmaßlichen Fluchtwagen. Ich habe ihn am Parkplatz mit dem Handy fotografiert.«

»Okay. Ich hoffe nur, die ganze Geschichte stimmt, Herr Santos, wir erzählen in unserer Zeitung keine Ammenmärchen. Aber das brauche ich Ihnen ja nicht zu sagen.«

KAPITEL 15: STRUVE HÄLT NICHTS MEHR IM KRANKENBETT

Dieser Freitag lief für Melanie Förster alles andere als gut an. Ihr Teampartner Hans Kottsieper fiel aus. Er hatte beim Versuch, seinen gestrigen ganztägigen Einsatz mit einem Merlot chilenischer Provenienz abzurunden, ein Debakel erlebt. Dabei waren die hässlichen Rotweinflecken auf seinem Dienstanzug weitaus weniger ärgerlich als der Trümmerbruch im linken Knie und die tiefen

Schnittwunden samt Sehnenabriss an der rechten Hand. Die Weinflasche war ihm, als er sie in seiner gierigen Vorfreude bereits auf der Kellertreppe öffnen wollte, abgerutscht, er dabei in die Scherben gestürzt. Eine Operation im Robert-Bosch-Krankenhaus nahm an diesem Vormittag ihren Lauf. Da Littmann immer noch jeglichen praktischen Einsatz ablehnte und die Mordkommission wegen diverser Skiurlaube unterbesetzt war, sah sich Melanie Förster gezwungen, die Hilfe ihres – im strengen Sinne – immer noch nicht voll einsatzfähigen Kollegen Peter Struve in Anspruch zu nehmen.

Schwungvoll bog die Kommissarin mit ihrem hellgrünen Dreier-BMW auf den Parkplatz des Krankenhauses ein. Immer noch pfiff ein böiger Wind um das Hospital. Der sichtlich fahle Struve schnaufte tief durch, als er sich zu ihr in den Wagen setzte.

»Schön, dass es wieder losgeht«, begrüßte der Kommissar seine Kollegin, wobei er sich längst nicht so fit fühlte, dass er diesen Satz bedingungslos unterschrieben hätte. Die gestrige Nacht hatte nicht zu seinem Wohlbefinden beigetragen, und er fühlte sich hundeelend. An Schlaf war nach dem Erscheinen des ungebetenen Gastes nicht mehr zu denken gewesen. Struve konnte sich keinen Reim auf den Besuch machen. Er erzählte seiner Kollegin davon.

»Peter, du bist sicher, dass du das nicht geträumt hast?« Melanie Förster meinte die Frage durchaus ernst, schließlich war mit Nachwirkungen des Narkotikums nicht zu spaßen.

»Ich wünschte, ich hätte das alles nur geträumt, Melanie. Aber glaube mir, ich wäre im Bett fast gestorben.«

»Was ich mich frage: Warum kommt jemand zu dir, will dich offenbar umbringen, überlegt es sich aber anders, als du ihm sagst, dass du Polizist bist?«

»Ich habe mich das auch schon gefragt. Ich kann nur sagen: Der hat gedacht, ich wäre ein anderer.«

»Ja. Aber wer hättest du sein sollen?«

»Eigentlich kann das alles nur in Zusammenhang mit unserem Fall stehen.«

»Sehe ich auch so. Denn dass sich einer mit Schießeisen einfach so in ein Krankenhauszimmer verirrt, können wir ausschließen.«

»Wenn wir von einer Verwechslung ausgehen – und es sieht ganz danach aus – kann es sich nur um den Mord an Roloff handeln. Jemand wollte nacharbeiten.«

Melanie Förster nickte. »Ganz genau. Vielleicht jemand, der befürchtet, du könntest ihn wiedererkennen.«

Struve dachte nach. Wen hatte er in der Nähe der Sakristei gesehen? Aber er konnte sich an nichts mehr erinnern. »Die Mühe hätte sich der Mann sparen können. Stehe vor einem Rätsel.«

»Hm, er geht, als du ihm sagst, du bist Polizist.«

Struve kratzte sich am Hinterkopf. Draußen lief ein Taxifahrer vor ihnen über den Parkplatz. Er suchte offenbar seinen Fahrgast, sprach einen Raucher am Eingang an. Struve schwieg und beobachtete die Szene. Er war abwesend und hörte nicht das, was seine Kollegin zu ihm sagte, es drang wie unbedeutender Bahnhofslärm in sein Bewusstsein. Struve war ganz damit beschäftigt, den Taxifahrer bei dessen Versuch zu verfolgen, den Richtigen zu finden. Der Raucher, gekleidet in einen dunklen Jogginganzug, nickte und schien dem Fahrer folgen zu wollen. Da öffnete sich die Schiebetüre des Krankenhauses und eine Frau drängte sich zwischen die beiden. Sie gestikulierte, blickte zuerst den Taxifahrer fragend an, dann drehte sie sich herum und hob drohend die Hand, stach fast mit dem Zeigefinger auf den Mann im Jogginganzug ein.

»Peter, was ist denn?« Melanie Förster tippte ungeduldig mit ihrem rechten Zeigefinger gegen seine Schulter.

»Ach, ich glaube, ich habe eine Idee.«

»Sag schon.«

»Wenn der mich für den Roloff gehalten hat, dann kannte er ihn nicht.«

»Du meinst, der Mörder hat sein Opfer vorher nie gesehen. Dann …«

»… dann war es eine Auftragsarbeit.«

»Ein Killer.«

»Nur so ist zu erklären, dass mein Besucher gestern sein Ding nicht durchgezogen hat. Der wollte einfach keinen Fehler machen.«

Melanie Förster nickte.

»Wir sollten Littmann informieren. Er muss die Computerdatei nach alten Bekannten auf dem Gebiet durchforsten.«

»Ist auch eine Sache für Interpol«, ergänzte Struve, der seine Kollegin zum Handy greifen sah.

Trotz dieser Erkenntnis folgten sie dem Rechercheplan, den Melanie Förster ausgearbeitet hatte. Zeit hatten sie nicht zu verlieren. Hans-Peter Roloff war an drei Orten Geistlicher gewesen: in Radolfzell, Leonberg und Kornwestheim. Am Bodensee waren keine Zwischenfälle bekannt. Roloff war dann Ende der 90er-Jahre von der Erzdiözese Freiburg ins Bistum Rottenburg/Stuttgart gewechselt. Seine Einsatzorte Leonberg und Kornwestheim hatte er nach jeweils zwei Jahren wieder verlassen. Vor sechs Jahren war er in Marbach als Pfarrer eingesetzt worden.

»Wie sieht es in Leonberg und Kornwestheim aus? Gibt es da schon Ergebnisse, Melanie?« Struve legte den Gurt an.

»Wir fahren nach Kornwestheim, dort haben die Kollegen mithilfe der Pfarrsekretärin etwas herausgefunden.« Eine halbe Stunde später standen sie im Pfarrbüro einer Frau gegenüber, die aufgrund einer Querschnittslähmung an einen Rollstuhl gefesselt war. Sie stellte sich ihnen als Nadine Schomberger vor, war etwa 50 Jahre alt und wirkte alles andere als frustriert. Im Gegenteil: Struve, selbst oft brummelig, wusste es sehr zu schätzen, dass ihre Gesprächspartnerin sie freundlich empfing und ihnen aus einer Espressomaschine einen duftenden Muntermacher anbot. Ohne Umschweife kamen sie auf Hans-Peter Roloffs Zeit in Kornwestheim zu sprechen.

»Anfangs war er noch etwas menschenscheu. Nach einem halben Jahr hatten wir ihn so weit, dass er Spaß an seinen Aufgaben hier hatte.«

Struve lächelte ihr zu. Er wusste, auch sie wollte ihm eine gute Nachricht verkaufen. Wie viele andere, die durch solche Befragungen aus ihrer bürgerlichen Welt ins

Schattenreich der Kriminalität gerufen wurden. »Dann gab es aber ein Problem mit ihm«, schob er ein. »Können Sie das beschreiben?«

»Ja, natürlich. Herr Roloff hatte eine Freundin.«

Struve wunderte sich, wie schnell die herzlich-seriöse und möglicherweise in manchen Dingen auch verschwiegene Pfarrsekretärin umschalten konnte. »Sie meinen, er hatte sich verliebt.«

»Sozusagen.« Nadine Schomberger lächelte verlegen und errötete dabei. Struve musterte sie, wobei sich ihre Blicke erneut begegneten.

»War er in Sie verliebt?«

Sie zögerte. »Na ja …«

»Und Sie auch in ihn?«

»Ich wollte nicht, aber es hat mir ein unglaublich befreiendes Gefühl gegeben. Ach, es war einfach unbeschreiblich schön, wenn wir zusammen waren. Ja, wir waren ineinander verliebt, haben uns geliebt und …«

Struves Stirn legte sich in Falten. »Die Geschichte ging nicht gut aus, oder?«

»Die wirklich guten Liebesgeschichten gehen nie gut aus, Herr Struve.« Sie senkte den Blick.

»Lassen Sie mich raten: Er bekam Stress, ließ sich versetzen – und Sie sind hier geblieben.«

»Es war am besten so.«

»Hatten Sie nicht mehr von ihm erwartet?«, fragte Melanie Förster.

»Nein. Wissen Sie, als Behinderte lernt man, mit wenig zufrieden zu sein.«

»Aber Sie haben sich doch geliebt, da steht man füreinander ein, egal, was alle anderen denken«, argumentierte die Kommissarin.

»Ich wollte von ihm nicht verlangen, dass er sein Priestertum aufgibt. Er ging ganz darin auf, sah in der Nachfolge Jesu die Erfüllung seiner Träume. Mir bleibt die Erinnerung an eine wahnsinnig schöne Zeit.«

»Er ging nach Marbach, Sie hätten sich weiter treffen können.«

»Frau Förster, am Anfang haben wir das auch getan, aber Sie sehen ja, wie eingeschränkt ich bin – und es war zu auffällig, wenn Hans-Peter so häufig hier herübergefahren kam.«

»Sein Wegzug hat Sie beide auseinandergerissen.«

»Ja, aber es war besser so. Nur wer einen anderen loslassen kann, liebt ihn wirklich.«

So viel Edelmut erschütterte Peter Struve. Christliche Hingabe schön und gut, aber bei diesem Maß an Selbstverleugnung kam er nicht mehr mit.

»Gibt es sonst noch eine Auffälligkeit, die Ihnen von Hans-Peter Roloffs Zeit in Kornwestheim in Erinnerung geblieben ist? Hatte er vielleicht Probleme mit Minderjährigen?« Es gab Momente, in denen Struve seinen Beruf hasste. Aber er war nicht hier, um sich mit kitschigen Liebesgeschichten abspeisen zu lassen.

»Nein, ich weiß nur Gutes über ihn zu berichten. Es tut mir leid, wenn ich Ihnen nicht mehr helfen kann.«

Im Auto fasste Melanie Förster ihre Eindrücke zusammen: »Wir haben eine Heilige, die einen anderen Heiligen geliebt hat. Rührende Geschichte, aber weiter sind wir nicht gekommen.«

»Sehe ich auch so – trotzdem sollten wir uns hier noch etwas umhören. Welche Informanten hat Littmann dir noch angegeben?«

»Auf der Liste steht der Organist Hermann Ehlers, er ist seit 40 Jahren in der Gemeinde.«

Sie trafen den etwa 70-jährigen Musiker im Gotteshaus an. Struve und Förster standen suchenden Blickes mitten im Kirchenschiff, als ein mächtiger Orgelakkord so unerwartet über sie hereinbrach wie ein Wolkenbruch an einem Sommertag. Ehlers beugte sich beim Intonieren vergnügt über die Balustrade und wartete, bis sich die beiden Fremden näherten. Er kostete den Schlusston aus und beendete seinen Vortrag, die Augen dabei hingebungsvoll geschlossen.

Als Ehlers seine Augen öffnete, blickte er in zwei Dienstausweise. Schmunzelnd stellte Struve seine Kollegin und sich vor.

»Ja, dann schießen Sie mal los, aber bitte ohne Ihre Waffen!«, kalauerte der Alte im verschlissenen beigen Cordanzug.

»Die lassen wir stecken«, beruhigte ihn Struve. »Sagt Ihnen der Name Hans-Peter Roloff etwas?«

»Sie meinen den ermordeten Pfarrer von Marbach? Klar, der war ja auch mal bei uns. Ist noch nicht so lange her.«

»Richtig. Welchen Eindruck hatten Sie denn von ihm?«

»Einen guten, er war für mich ein besonderer Mensch.«

»Wie hat sich das gezeigt?«

»Na ja, es gibt ja ausgesprochene Wortakrobaten unter den Theologen. Es gibt aber auch welche, die tun was und sind für andere da, wenn sie gebraucht werden. Ich weiß nicht, ob Sie das Gleichnis vom barmherzigen Samariter kennen, es steht im Lukas-Evangelium. Da ist eigentlich alles drin, was wir Christen brauchen: Liebe Gott und liebe deinen Nächsten wie dich selbst.«

Struve erinnerte sich: »Sie meinen die Story vom Schwerverletzten, erst ging der Priester vorbei und dann der Samariter, der dem Verletzten schließlich half.«

»Genau«, freute sich Ehlers. »Sie sind ja richtig bibelfest, Herr Kommissar. Ihrem Tonfall nach stammen Sie aus dem frommen Münsterland.«

»Sie sagen es – aber lassen Sie uns doch noch über Hans-Peter Roloff reden. War es wirklich nötig, dass er wegging, wenn er hier so überzeugend gewirkt hat?«

»Ach, Herr Struve, manchmal wünschte ich mir, er wäre noch da, aber die Sache mit Frau Schomberger …«

»Ja, wir kennen die Geschichte, sie hat sie uns erzählt.« Struve nickte ihm zu, er schätzte seine Ehrlichkeit.

»Das hat uns im Kirchengemeinderat alle berührt, aber so ist das bei uns Katholiken: Der Priester muss für die Sakramente da sein und nicht für Ehe und Familie oder irgendetwas anderes.«

»Hat ja auch Vorteile, so alleine«, merkte Struve an, der dafür einen argwöhnischen Seitenblick seiner Kollegin kassierte.

»Ja – wenn man beide Lebensformen tolerieren würde, so wie sie sind, wäre die Diskussion nicht so schwierig«, meinte Hermann Ehlers. »Ich fürchte nur, dass die

Menschen immer das Negative sehen wollen und nicht die Chancen.«

Struve merkte, dass er es mit einer geballten Ladung Altersmilde zu tun bekam. Er beschloss, das Gespräch abzukürzen. Ob ein Priester heiraten sollte oder nicht – er wusste es nicht. Entscheidend war doch, was man daraus machte.

»Hatten Sie den Eindruck, dass Frau Schomberger sehr unter der Trennung litt?«

»Wie ich schon sagte, wir müssen uns damit abfinden, dass unsere Priester …«

»Ach, jetzt hören Sie doch auf mit dem klerikalen Geschwafel! Herr Ehlers, wir ermitteln in einem Mordfall und Sie wissen ganz genau, worauf ich hinaus will.«

Ein strenger Blick des Angegangenen strafte Struve für seinen energischen Einwurf. Ehlers musterte ihn mit einer Mischung aus Vorwurf und Angst. »Was wollen Sie denn von mir?«

»Sagen Sie uns, ob Frau Schomberger wirklich so gut loslassen konnte, wie es vermutlich alle hier so gerne hätten.« Er wusste, er wühlte im Dreck, und es kam ihm wie ein Holzweg vor. Umso mehr, nachdem er von der Pfarrsekretärin einen lebensbejahenden Eindruck gewonnen hatte. Aber der Ermittlerinstinkt trieb ihn genau dorthin, wo scheinbar alles glänzte. Er konnte sich wegen solcher irrationaler Momente oft selbst nicht verstehen. Warum setzte er diesem integeren Mann so zu? Wollte er ihm zeigen, dass er die Abgründe eines auf Sauberkeit bedachten örtlichen Katholizismus kannte? Beweisen, dass jeder Mensch fähig wäre, ein Verbrechen zu verüben – auch eine Nadine Schomberger, die fraglos eine tragische Existenz führte? Möglicherweise hatte sie allen Grund, einen Ex-Geliebten wie Hans-Peter Roloff zu ermorden, wenn er sich von ihr absetzte, um den Schein für die Öffentlichkeit zu wahren.

In Ehlers Mimik spiegelte sich zunehmend Ablehnung. Diese Gefühlslage gab ihm den Mut, Struve Kontra zu geben. »Ihre Frage erscheint mir spekulativ. Sie suchen an der falschen Stelle, Herr Kommissar, da bin ich mir sicher.«

Ehlers blickte Struve fest an. Der wiederum merkte, dass er bei dem Alten auf Granit biss, wollte sich aber nicht geschlagen geben. »Was gibt Ihnen diese Sicherheit?«

»Nennen Sie es Erfahrung, nennen Sie es Menschenkenntnis. Frau Schomberger ist behindert. Wie sollte sie einen Pfarrer in der Kirche umbringen? Außerdem glaube ich nicht, dass sich ihr Herz von der enttäuschten Liebe hat verdunkeln lassen. Ihr Herz schlägt für Christus, damals wie heute.«

Wenn er ehrlich war, schied auch für Struve Nadine Schomberger aus dem Kreis der Tatverdächtigen aus. Zwar hätte ein Killer in ihrem Auftrag Roloff in den Glockenturm befördern können, aber das ganze Erscheinungsbild dieser Frau bot tatsächlich wenig Anlass, sie zu verdächtigen.

»Es sei denn, sie hatte Komplizen.« Melanie Förster schmunzelte, als sie das sagte, während sie zum Wagen liefen. Sie ahnte, was ihrem Kollegen durch den Kopf ging.

»Sag mal, seit wann kannst du Gedanken lesen?« Struve schaute sie überrascht an.

»Manchmal schon. Aber jetzt mal im Ernst: Die Schomberger und der Roloff, das ist nicht unsere Spur, das siehst du doch ein, oder?«

Struve nickte. »Ich sehe es auch so. Vielleicht sollten wir noch abwarten, was Besold feststellt, wenn er die Festplatte von Roloffs Computer untersucht hat.«

»Du denkst, sie hatten noch Kontakt?«

»Möglich, dass wir auf eine Korrespondenz stoßen. Du weißt ja, der Ton macht die Musik.«

Struve setzte sich ans Steuer und schob eine CD ein. Kräftiger, gefühlvoller Bluesrock erfüllte den Dienstwagen. Er hatte die Künstlerin mit der Wahnsinnsröhre auf dem Gaildorfer Bluesfestival erlebt. Jetzt lehnte er sich zurück, schloss die Augen und dachte nach.

»Warum fährst du nicht los, Peter?« Melanie Förster kannte die Allüren ihres Partners, dessen Phlegma in verschiedenen Situationen sehr unterschiedlich zutage treten konnte. Oft waren es Momente des absoluten Stillstandes, die sie immer wieder aufs Neue befremdeten. Die ihr wie sinnlose Zeitverluste erschienen, die sie nur schwer tolerieren konnte, da sie sich in einem steten Wettrennen wähnte mit denen, die sie zu verfolgen hatten. Sie versuchte sich in solchen Augenblicken der Ratlosigkeit vorzustellen, wie viel Zeit mit einem klaren Gedanken einzusparen wäre.

Nach gefühlten fünf Minuten, die tatsächlich eher 20 Sekunden entsprachen, öffnete Peter Struve wieder die Augen, ließ den Motor an und fuhr los.

»Entschuldige, Melanie. Mir ist soeben bewusst geworden, dass wir hier gerade eine wesentliche Frage nicht gestellt haben. Und dass es besser ist, wenn wir sie jemandem stellen, der darüber gut Bescheid weiß.«

»Ich verstehe gerade nur Bahnhof.«

»Du erinnerst dich an die Erpressung Roloffs durch diese Frau. Wir brauchen unbedingt eine Einschätzung, ob Roloff diesen Jungen nur geschlagen oder ob er sich an ihm vergangen hat.«

»Wie willst du darankommen?«

»Ich sehe nur einen Weg – wir müssen zum Bischof. Er sollte wissen, wer von seinen Priestern etwas auf dem Kerbholz hat. Und er wird sich möglicherweise an den Fall Roloff erinnern. Vielleicht kommen wir so an die Erpresserin.«

»Stimmt. Wir brauchen höchsten Beistand. Wenn schon nicht von ganz oben, so doch vom höheren Bodenpersonal.« Melanie Förster fasste sich ans Halfter, wo die Dienstwaffe saß. Ein unmerklicher Reflex, der sich am Tag etwa 20-mal ereignete. So als ob jemand schaute, ob er ein Taschentuch gegen die nächste Niesattacke dabeihatte. Eigenartigerweise spürte sie tatsächlich einen gewissen Reiz in der Nase, der sich aber nicht entlud. Meistens fasste sie an die Waffe, wenn sie losfuhren. Und das nicht nur bei brisanten Einsätzen. Der Besuch beim Bischof stellte natürlich kein Risiko dar, dennoch fühlte sie ein Unbehagen, wie sie es schon öfter erlebt hatte, wenn es darum ging, Würdenträger oder andere Mächtige zu befragen. Politiker etwa, die es als lästig empfanden, von Polizisten behelligt zu werden. Jetzt also besuchten sie den obersten Kirchenpolitiker der katholischen Kirche in Stuttgart. Würde so jemand überhaupt Zeit haben oder steckte er in einem engmaschigen Terminnetz, das ihn gefangen nahm?

»Littmann soll uns ankündigen«, wies Struve sie an. Die Kommissarin war sich sicher: Ihr Kollege kannte diese Skrupel nicht. Er liebte es, hochdekorierte Promis aufzustöbern und sie im Namen von Recht und Gesetz aus ihrer Ruhe zu reißen. Struve war eben eine echte Bullensau.

KAPITEL 16: DIE CHRISTUSKRIEGERINNEN MÜSSEN SICH ENTSCHEIDEN

Zufrieden betrachtete Maria Pawlowskaja auf dem Bildschirm ihres Laptops das Foto vom Stuttgarter Domportal. Einige Zeitungen verbreiteten die Nachricht schon in den Online-Ausgaben. Violett leuchtete das Frauenpower-Zeichen. Um das kleine Kunstwerk herum bildeten sich immer wieder Menschentrauben. Das suggerierte ein kleiner Video-Stream, der ebenfalls abrufbar war. Die Türe war mit einem rot-weißen Band, wie es an Baustellen verwendet wurde, abgesperrt worden. In den Dom gelangte man nur noch durch ein Seitenportal.

»Schaut euch das an!«, rief die oberste Christuskriegerin ihren Vertrauten Sabine Mowes und Marita Stöhr zu.

»Es wirkt«, freute sich die Mowes. »Endlich ein Zeichen gegen den überkommenen Patriarchen-Clan, der von uns allen mitfinanziert wird, solange wir noch nicht ausgetreten sind.«

»Ja, endlich ein Zeichen«, stimmte ihr Marita Stöhr zu. »Wenn wir jetzt noch über Facebook einen Aufruf zum Happening vor dem Domportal lancieren, haben wir im Nu eine stimmungsvolle Kulisse.«

»Genau so«, murmelte die Pawlowskaja angetan. »Vielleicht springt ja *Wir sind Kirche* auf den Zug auf, dann gibt es so etwas Ähnliches wie Montagsdemos.«

Die drei Frauen standen noch eine Weile beisammen, um über den Verlauf der Aktion zu sprechen.

»War es wirklich nötig, dem jungen Mann eins über die Rübe zu ziehen?«, fragte Maria Pawlowskaja, die selbst nicht an der Aktion teilgenommen hatte.

»Er saß mitten davor, wir haben noch echt lange gewartet, aber dann mussten wir ihn ausschalten«, antwortete Sabine Mowes.

»Es war unvermeidlich«, bestätigte Marita Stöhr. Immerhin habe man nur einen Knüppel aus leichtem Abachiholz genommen. Auch habe sie den Schlag so angebracht, dass er keine schweren Verletzungen zur Folge haben konnte. Als Schwarzgurtträgerin verfügte sie über das notwendige Know-how. Sie hatte mit dem Stock notfalls Zeugen ausschalten wollen. In der Kombination mit dem Bier sollte es so aussehen, als ob ein Betrunkener im Suff hingefallen wäre.

»Der Erfolg gibt uns recht«, verteidigte Sabine Mowes das Vorgehen. »Sonst hätten wir jetzt nicht ein derart hervorragendes Ergebnis. In den Medien steht bisher jedenfalls nichts von dem Penner.«

»Was ist mit Julia?«, wollte die Pawlowskaja wissen.

»Sie hat sich kurz vorher doch noch geweigert mitzumachen«, berichtete die Mowes.

»Warum wollte sie nicht?«

»Na, du hast es ja selbst bei ihr gesehen: Sie ist eben eine Zauderliche. Die wird immer einen Grund finden, uns hängen zu lassen.«

»Wie siehst du es, Marita?«

»Ich glaube nicht, dass sie uns hängen lassen wollte, aber wer nicht in der Protestkultur aufgewachsen ist, wird sich bei Graffiti-Aktionen schwertun.«

»Vielleicht haben wir ihr auch ein bisschen viel zugemutet«, lenkte die Pawlowskaja ein. Sie erkundigte sich nach dem Verbleib des hoffnungsvollen Nachwuchsmitglieds.

»Sie schält gerade in der Küche Kartoffeln«, wusste Sabine Mowes.

»Na, so viel zu kochen braucht sie ja nicht mehr. Diese verfressene Spanierin hat Reißaus genommen«, erzählte Marita Stöhr und machte eine abfällige Handbewegung.

»Wir haben das schon heute Morgen bemerkt. Etwas seltsam fand ich das ja schon, sich einfach so davonzumachen.«

»Meinst du, sie hat unsere Aktion bemerkt?«

»Kann ich mir nicht vorstellen, es hat ja alles wie am Schnürchen geklappt, wenn man von diesem Kerl absieht.«

»Apropos Kerl. Da ist heute Morgen einer vor unserem Haus rumgeschlichen, ich habe aber alle Jalousien unten gelassen und die Klingel ausgeschaltet.«

»Das war bestimmt richtig, wir mussten alle noch Schlaf nachholen. Julia hat doch die WCs geputzt, oder?«

»Ja, ja, sie war im Keller und hat von dem oben nichts mitbekommen.«

Maria Pawlowskaja wirkte gereizt. Nervös tippte sie mit den Fingern auf das Lederetui, in dem sie das kirchliche Stundengebetsbuch aufbewahrte. Sie hatte es schon lange nicht mehr benutzt, der Organisierstress für diesen Haufen würde sie irgendwann sicherlich auffressen. Vorerst hatte sie aber mehr Vergnügen an dem Halligalli, als sich auf die beschwerliche Suche nach Gott zu begeben. Das Spirituelle überließ sie ihren Ordenskolleginnen, sie war die Frau für Entscheidungen – und das genoss sie. Manchmal jedoch hasste sie die Last der Verantwortung. Fragen stellten sich nach dieser Aktion, die weitaus anonymer hätte ablaufen sollen, als tatsächlich geschehen.

»Wir haben einige Sicherheitslücken, die wir schließen müssen, meine Schwestern«, hob sie an. »Ich weiß nicht, wie ich es euch erklären soll, aber ich habe einfach das saudumme Gefühl, dass wir eine Weile untertauchen sollten. Dieser Typ heute Morgen kam aus heiterem Himmel, hier verirrt sich doch sonst niemand hin.«

»Aber er ist doch wieder gegangen«, meinte Sabine

Mowes. »Ich glaube, wir brauchen uns da keine Sorgen zu machen.«

Ein Klopfen an der Tür unterbrach das Gespräch. Julia, die Schürze über dem grauen Ordensgewand, trat ein. »Ich habe das Zimmer von Frau Fuentes aufgeräumt«, hauchte sie unterwürfig. »Das hier hat sie vergessen.«

»Sehr schön, mein Kind, wir werden es ihr nachsehen«, versprach Maria Pawlowskaja, die den Koffer mit der Kleidung der Vermissten sogleich öffnete. Die beiden Gummibusen kamen ebenso zum Vorschein wie die Ordenstracht und die Kleider der Vermissten. Das Staunen erreichte seinen Höhepunkt, als vor aller Augen eine Visitenkarte aus einer Seitentasche des Koffers zu Boden fiel. Marita Stöhrs Schraubstockhände griffen zu.

»Luca Santos, Marbacher Kurier, Lokalredaktion.«

»Aber das ist doch mein Freund!«, rief die völlig überraschte Julia.

Maria Pawlowskaja war die Erste, die wieder zu einem klaren Gedanken fähig war. »Diese Spanierin war also ein Kerl, der hier herumspioniert hat – eine saudumme Geschichte.«

Julia, immer noch im Glauben, der Frauenorden verfolge ehrenwerte Ziele, ärgerte sich, konnte sich aber nicht verkneifen, die Maskerade als gelungen zu bezeichnen: »Ach, das macht er öfter, er ist ja Reporter. Zu blöd, dass ich nicht selbst darauf gekommen bin. Ich hätte ihn erkennen müssen.«

»Quatsch nicht«, zischte Sabine Mowes, »wer sagt uns, dass ihr nicht gemeinsame Sache macht?«

»Wieso gemeinsame Sache? Du spinnst ja.«

»Na ja. Du hättest uns seine Sachen nicht unbedingt bringen brauchen. Spricht für dich, entschuldige.«

»Ich verstehe nicht, was er hier wollte. Für einen Artikel gibt ein meditativer Orden doch überhaupt nichts her – und kirchliche Themen macht bei der Zeitung immer sein Kollege.«

»Wie dem auch sei, dein Freund darf keine Zeile über uns schreiben. Er hat sich hier aufgehalten, ohne sich als Journalist zu erkennen zu geben. Aber wenn davon etwas in der Zeitung erscheint, verklagen wir ihn.«

»Ich kann ihm nicht verbieten, worüber er schreibt. Das müsst ihr schon selbst mit ihm klären.«

»Hast du seine Handy-Nummer?«

»Ja, natürlich.« Julia konnte sie auswendig und nannte sie.

»Wir werden mit ihm reden. Ich bin sicher, wir werden für alle eine gute Lösung finden«, versprach Maria Pawlowskaja. »Julia, wir werden nachher besprechen, wie wir uns heute organisieren. Wir müssen noch ein, zwei Dinge klären, dann kommen wir zu dir in die Küche und helfen dir.«

»Gut, bis später dann.« Julia wusste nicht, was sie von ihren Mitschwestern halten sollte. Warum wurde sie bei wichtigen Themen ausgeschlossen? Sah so die Basisdemokratie im Matriarchat aus? Dass sich Luca hier eingeschlichen hatte, war natürlich ein dickes Ding. Sie würde ihn anrufen, sobald sie mit der Küchenarbeit fertig war. Na, der konnte ein Donnerwetter erleben!

Unter den drei führenden Christuskriegerinnen entlud sich schon jetzt die Anspannung der vergangenen Tage in einem handfesten Streit. Während Sabine Mowes darauf drängte, den getürmten Eindringling unter Androhung juristischer Konsequenzen unter Druck zu setzen, plädierte Marita Stöhr für einen diplomatischeren Kurs: »Zeitungsleute reagieren auf so etwas meistens genau so, wie wir es nicht wollen. Es ist einfach klüger, wir bagatellisieren alles. Und sagen ihm: Es war ein netter Streich, Schwamm drüber, sei unser Freund.«

Für Maria Pawlowskaja kam diese Lösung jedoch überhaupt nicht infrage. »Der Santos wird von Julia erfahren haben, dass wir sie bei der Spray-Aktion am Dom einsetzen wollten. Schon jetzt bringen die Zeitungen Berichte, die öffentliche Aufmerksamkeit ist hoch. Ich befürchte, wir müssen zu härteren Mitteln greifen, um da ungeschoren rauszukommen.« Sie blickte ihre Glaubensschwestern entschlossen an.

Die Worte der Ordenschefin waren für Sabine Mowes Wasser auf die Mühlen der eigenen Argumentation. »Stimmt, Maria. Wenn die Kleine nicht schon längst ausgepackt hat. Das würde auch erklären, warum heute Morgen ein Typ um unser Haus geschlichen ist. Das könnte durchaus dieser Santos gewesen sein.«

»Ja, klar, er wollte Julia hier rausholen.« Maria Pawlowskaja kombinierte und kam zu der aus ihrer Sicht einzig richtigen Lösung: »Ich sag's ja, Schwestern, die Sache hier wird allmählich zu heiß, wir sollten erst einmal für eine Weile abtauchen.«

»Wir könnten in unser Haus in die Nähe von Nagold«, schlug Sabine Mowes vor.

»Und was machen wir mit Julia? Wir müssen unbedingt verhindern, dass sie diesen Journalisten mit Infos füttert«, warnte Marita Stöhr. »Aber eventuell kriegen wir sie ja so weit, dass sie ihn davon abbringt, über uns zu berichten.«

»Eine wirklich gute Idee, Schwester«, lobte Maria Pawlowskaja. »Wir fahren in den Schwarzwald und nehmen Julia mit. Wir sagen ihr einfach, wir machen Schweigeexerzitien. Das interessiert sie schon seit Langem und wir wollten es sowieso als Kurs anbieten. Wir sagen ihr, wir führen sie in eine höhere Stufe unserer Glaubensgemeinschaft ein.«

KAPITEL 17: BESUCH BEIM BISCHOF

Der Gang zum Bischof fiel Peter Struve schwerer als erwartet. Auf den Stufen zum Ordinariat spürte er, dass er sich einer Wirklichkeit näherte, die er längst abgeschlossen glaubte, die ihn jetzt aber, nach fast 30 Jahren, einholte. Im Jesuitenkolleg in Münster hatte er bar jeder Privatsphäre ein Ziel verfolgt, das er heute um einiges kritischer betrachtete. Er war damals um die 20, er wollte in die Welt hinaus, und das Priestertum lockte ihn in dieser Zeit ungestümen Drängens. Und nun drängte er zum Bischof, immer noch mit dieser ungezügelten, unbefriedigten Grundhaltung, die ihn zwar nicht zum Menschenfischer, so doch zum Menschenjäger hatte werden lassen. Nüchtern betrachtet, hatte er sich zu einem durchaus nützlichen Bestandteil dieser Gesellschaft entwickelt. Leicht daran zu erkennen, dass er Fälle löste, hin und wieder sogar Morde aufklärte, die dann zu Prozessen und Haftstrafen führten. Manchmal stand er vor dem Spiegel und fragte sich, warum er diesen aufreibenden Job ausübte, sich mit dem Bodensatz der Gesellschaft abgab und nicht einfach ein ruhiges Leben hinter irgendeinem Schreibtisch führte. In sentimentalen Momenten schwebte ihm eine philologische Abteilung einer Hochschule in einer Weltstadt wie Berlin vor. Und manchmal fragte er sich, ob es nicht besser gewesen wäre, er hätte dem Kloster den Vorzug vor der bürgerlichen

Existenz gegeben. Die Seelenruhe vertrug sich nicht mit dem, was ihm das Ganoventum vorgab. Dinge, um die er sich zu kümmern hatte. Ohne irgendeinen Überbau, der seinen Einsätzen noch einen tieferen Sinn gegeben hätte. Wie schön war es dagegen in der Kirche in Münster gewesen, wenn sich das Licht der Sonne in den bunten Fenstern der altehrwürdigen Lambertikirche brach und er Momente mystischer Einheit erlebte, in denen es ihm schien, als ob Gott ihm so nahe sein wollte, dass er ihn in den Händen halten konnte.

Ja, diese Gedanken, umhüllt von Gefühlen, die Bedauern und Sehnsucht spiegelten, befielen ihn auch jetzt wieder. Melanie Förster, die von all seinen Fragen nichts mitbekam, weil er sie ihr nicht zumuten wollte, schwieg ebenfalls, als sie die Stufen emporschritten. Wäre er ein anderer Mensch geworden? Feinsinniger, humorvoller? Struve bezweifelte das, es war ihm, als ob er in diesem Moment, als er die Treppe des Gebäudes fast vollständig erklommen hatte, einen tiefen Zug einer Zigarette nahm und erhaben auf die Welt, auf allein seine Welt, blickte, die er aus seiner subjektiven Sicht zu betrachten hatte, aber auch zugleich durfte. Kurzum: als ob er einen Gipfelblick vornahm und dabei feststellte, dass sich im Vergleich zu den 30 Jahren zuvor im Jesuitenkolleg zwar eine Menge um ihn herum geändert hatte, er selbst aber im Wesen gleich geblieben war und wahrscheinlich bis zu seinem Lebensende gleich bleiben würde: ein mystisch Suchender.

Aber hatte sich nicht seine Art der Welterkundung zwischenzeitlich merklich entspannt? Er war, auch wenn er sich oft als Büromensch fühlte, in den Ermittlungen vor Ort respektloser vorgegangen. Ein Cop, der mit Melanie als Teampartnerin noch rauer geworden war. Er gestand sich ein, ihr mit einer coolen Art imponieren zu wollen. Er war älter und sie sollte sich an ihm orientieren, damit niemand sie verscheißerte. Er war ein Bulle, ein fieser, muffeliger, direkter Westfale aus den Moorgebieten des Münsterlands, in dessen Nebelschwaden jegliche Gedanken an sonnigere Welteinsichten allenfalls als weit entrückte Urlaubslandschaften ohne Alltagsbezug erscheinen konnten. Oder als intellektuell glänzende, aber letztlich weltfremde Theoreme, die man als Klosterschüler im Jesuitenkolleg wie Hustensaft eingeträufelt bekam. Galt nicht viel mehr das, was die alten Griechen schon festgestellt hatten: *Panta rei, alles fließt?* Und fühlte er sich nicht dann lebendig, wenn er gebraucht wurde? Aber bei ihm lief wenig, mal abgesehen vom Bier, das er sich nach Dienstschluss in irgendwelchen Lokalen der Ludwigsburger Innenstadt genehmigte, um abzuschalten.

Der Alkohol bot ihm jedoch nicht wirklich Trost. Wie auch? Er brauchte den wachen Blick auf das, was er sehen wollte. Die nüchterne Art, mit der er das Geschäftsgebaren skrupelloser Turbokapitalisten aus sicherer Entfernung analysierte, führte zur vollkommenen Bedürfnislosigkeit. Eine Art Emigrantentum, von Marie im Laufe der Zeit als depressiver Wesenszug erkannt und als unlösbares Eheproblem definiert, sie konnte Struve wochenlang befallen. Er lag dann in seinen freien Stunden einfach rum, löste Kreuzworträtsel und verlor sogar die Lust, auf seiner Gitarre alte Rocksongs nachzuspielen. Die Lockrufe der Konsumwelt drangen nicht mehr durch. Gemeinsam einkaufen oder ausgehen – geschenkt! Struve brauchte nicht aus dem Haus zu gehen, er schaute fern und freute sich an alten Filmen. Ihm reichte, seine Ruhe zu haben, im 17. Stock des Marstall-Centers.

Seltsam, dass ihn diese Regungen ausgerechnet an diesem sonnigen Frühlingstag beschlichen. Hatte er nicht längst damit abgeschlossen, von Selbstbespiegelungen einen Zugewinn an Lebensqualität zu erwarten? Und so war es doch auch. Sein Leben verlief viel zu dynamisch, als dass er wie ein Hase versuchen konnte, den gelebten Moment eines Igels einzuholen. Er hatte sich an die genialen griechischen Philosophen gehalten, diese Mathematiker des Daseins und Soseins. Kennengelernt hatte er sie vor 30 Jahren. Ihre damals als wegweisend empfundenen Gedankengebäude erschienen ihm heute wie blasse Zeichnungen, mit denen er sich in die Tonne legen konnte, um ein wenig am Hier und Jetzt zu verzweifeln, wenn er sich schon nicht gestattete, vor lauter Trübsal in einen tiefen See zu starren. Dann doch lieber rasch die Shorts an und auf einer Welle dionysischen Weins surfen. Verdammtes Leben, verdammte Praxis, aus der es kein Entrinnen gab.

Was also würde ihnen dieser Bischof erzählen? Belanglosigkeiten, um seine »Firma« einmal mehr vor Rufschädigungen zu schützen. Mut machte ihm, dass dieser Geschäftsführer der schwäbischen Regionalabteilung eines weltweit operierenden Konzerns für religiöse Bedürfnisse inzwischen so etwas wie die Wende eingeleitet hatte. Zwar noch keine kopernikanische, jedenfalls nicht in dem Sinne, dass die Welt eine runde geworden wäre nach all dem, was geschehen war, aber immerhin, das hatte er Presseberichten entnommen, war die katholische Welt selbst erleichtert, dass die Würdenträger nun aber zuerst auf Seiten derer standen, deren Leben durch sexuelle Übergriffe ein anderes geworden war, als vom Lebensgeber gedacht. Und als Peter Struve am Portal des Ordinariats klingelte, tat er dies mit einem Gefühl der Zuversicht.

Das Arbeitszimmer von Arnold Grosinius wirkte auf Struve nicht unbedingt so dekoriert, wie er es erwartet hatte. Statt schwerer Eichenmöbel und Ölbilder mit früheren Bischöfen quer durch die Jahrhunderte, wie sie in manchen Domnebenräumen leider immer noch Düsternis verbreiteten, hatte Grosinius ein Design gewählt, das Struve aufmerken ließ und unweigerlich an die Fantasie und Kunstfertigkeit eines Friedensreich Hundertwasser erinnerte.

Tatsächlich hing ein großformatiges Gemälde des Künstlers an einer Wand. Die mit begrünten Dächern und Fassaden durchsetzte Stadtansicht von Wien gefiel dem Naturliebhaber Struve. Wie sich herausstellte, stammte Grosinius aus der Metropole in der Alpenrepublik, er hatte jedoch darauf verzichtet, sein Theologiestudium allzu heimatnah zu absolvieren, was ihn verändert habe, erzählte er den beiden Besuchern.

»Mich hat's halt zu den Armen gezogen – und davon gibt es in der Welt nicht wenige«, ließ er die Polizisten im Warm-up ihres Gesprächs wissen.

Struve selbst wunderte sich über seine eigene Geduld und Höflichkeit, denn normalerweise kam er ohne Umschweife auf den Punkt. Möglich, dass er seine Zielgerichtetheit immer dann infrage stellte, wo das Erbe jesuitischer Strenge und Logik auf metaphysisch höher zu bewertende Erfahrungen stieß. Und überhaupt: Warum sollte er diesmal nicht Melanie den Vortritt lassen? Er beschloss, sein abwartendes Zuhören zur Methode werden zu lassen. Feldversuch Bischof, der erste, bitte schön!

»Wo sind Sie denn überall gewesen?«, fragte die Kollegin.

»Ich wollte mich berühren lassen vom Leid anderer und versuchte es in Südamerika, in Argentinien. Dort gibt es vor allem im Norden viele Buschbewohner, die ein Leben am Rande des Existenzminimums fristen.«

»Konnten Sie helfen?«

»Ja, so gut es eben ging. Wir haben eine Schule gegründet und eine Genossenschaft, um Baumwolle besser verkaufen zu können. Dann war uns wichtig, Trinkwasserbrunnen anzulegen.«

»Und jetzt sind Sie auch noch für die Armen da, hier in Deutschland?« Melanie Förster fragte sich warm. Eine Beobachtung, die dem Kommissar wegen des Zeitverlustes normalerweise Sorgen bereitet hätte. Aber er fühlte sich kraftlos und schlapp, leer und ausgebrannt. Er hatte sich doch zu viel zugemutet, und das Gift aus dem Messkelch wirkte nach.

»Wissen Sie, Frau Förster, ich sehe mich tatsächlich als Anwalt der Armen, aber als katholischer Bischof muss es mir gerade in unserem wirklich wohlhabenden Land vor allem darum gehen, geistlicher Gleichgültigkeit zu begegnen.«

Melanie Förster stutzte: »Heißt das, wir müssen jetzt

alle möglichst fromm sein und ständig das Vaterunser und den Rosenkranz beten?«

Der Bischof, jetzt ganz in der Rolle des theologischen Aufklärers, kam in Fahrt. »Nein. Niemand muss beten, niemand muss überhaupt etwas tun, um vor Gott glücklich zu sein, Frau Kommissarin. Stellen Sie sich unser Gottesverhältnis als große Freundschaft vor: Sie haben einen Begleiter, der nichts anderes von Ihnen will, als dass es Ihnen gut geht.«

»Eine Art Bodyguard?«

»Von mir aus können Sie ihn so nennen, oder besten Freund oder einfach ein Du in der Liebe.«

»Hm. Das erscheint mir irgendwie unnatürlich, wozu brauche ich denn einen Typen um mich herum? Ich bin doch letztlich auf mich allein gestellt. Alles andere wäre Einbildung. Entschuldigen Sie, bitte!«

Der Bischof lächelte milde. »Sie sind niemals alleine, glauben Sie mir. Wir alle dürfen uns als angesehen betrachten.« Er lächelte. »Aber Sie sind sicher nicht zu mir gekommen, um Glaubensgespräche zu führen.«

»Genau.« Peter Struve lehnte sich nach vorne. »Herr Grosinius, wir brauchen Ihre Hilfe.« Der Kommissar erzählte von dem Mord und den bisherigen Ermittlungen. Er erwähnte Renate Dorsch, die Erpressung und den Austausch der Glocken. »Wussten Sie von all dem?«

»Nein, ich muss gestehen, dass ich mir die Akte von Herrn Roloff erst nach dessen Ermordung genauer angeschaut habe. Tatsächlich habe ich dort eine Notiz aus dem Jahr 1999 gefunden. Herrn Roloff muss die Hand ausgerutscht sein. Ein Drittklässler hatte ihn auf die Palme gebracht, in der Schule hat es deshalb ein Riesentheater gegeben.« Die Bistumsleitung habe Roloff wenig später abberufen müssen. »Ich selbst war damals als Austauschpriester in Argentinien und habe von dem Vorfall nichts mitbekommen.«

Der Bischof nahm die Akte in die Hand und blätterte darin. »Anhand der Berichte wird deutlich, dass der Vorfall innerhalb der Schule und der Kirchengemeinde zwar einigen Wirbel verursachte, aber ansonsten nicht öffentlichkeitswirksam geworden ist.«

Öffentlichkeitswirksam, was für ein Unwort, dachte Struve. Es roch nach Verschleierung. Wie viele Sexualdelikte waren in der Kirche wohl unter diesem Gesichtspunkt beurteilt worden? »Sie meinen, die Zeitungen haben nichts darüber geschrieben?«, vergewisserte er sich bei seinem Gegenüber.

»Ja. Das ist *ein* Kriterium. Und dass im Gemeinderat nicht öffentlich darüber gesprochen wurde – das hätte uns sehr geschadet.«

»Hat Herr Roloff sich damals einem dienstrechtlichen Verfahren stellen müssen?«, fragte Melanie Förster.

»Ja, er wurde ermahnt. Das steht hier vermerkt. Wissen Sie, auch wenn in den vergangenen Monaten sehr viel von Vertuschung solcher Übergriffe in unserer Kirche die Rede war – es gab und gibt bei uns die Praxis, die Mitarbeiter sehr strikt zu disziplinieren.«

»Was hätte Herrn Roloff denn im Wiederholungsfall gedroht?« Auf die Kommissarin wirkten die Worte des Kirchenchefs wie Phrasen aus Hochglanzbroschüren.

»Er ist ja vom Dienst suspendiert worden, damit er gar

nicht erst in die Schusslinie öffentlicher Kritik kam, aber wenn er es noch einmal getan hätte, wären wir sicherlich nicht bereit gewesen, ihm eine neue Stelle anzuvertrauen.«

»Seitdem ist nichts mehr vorgefallen?«, hakte Melanie Förster nach.

»Nein. Im Gegenteil. Wir haben sehr viel Gutes über Herrn Roloff gehört.«

Der Kommissar notierte sich die wesentlichen Aussagen des Bischofs. Sie fügten sich in das Bild, das sich Struve von dem Ermordeten bisher bot: ein äußerlich korrekter und konservativer Pfarrer, der offenbar persönliche Probleme mit der strengen Moral seiner Kirche hatte, sich im Rahmen des Legitimen bewegte, aber in Extremsituationen zu übertriebenen Aktionen neigte.

»Wir brauchen den Namen des Jungen und den seiner Mutter«, forderte Melanie Förster. »Stehen sie in der Akte?«

»Der Junge heißt Daniel Viel, seine Mutter Carola Viel. Beide haben damals in Leonberg-Ramtel gewohnt.«

»Haben sich Mutter oder Sohn zwischenzeitlich bei Ihnen gemeldet, um die Dinge nachträglich aufzuarbeiten?« Peter Struve hielt es für möglich, dass die Viels nicht selbst als Erpresser aufgetreten waren, sondern irgendwelche Trittbrettfahrer. Mit seiner Frage wollte er ausloten, ob die Viels den seriösen Weg über die offizielle Kirche gewählt hatten. Aber der Bischof verneinte. Er habe von der Familie nichts mehr gehört.

Der Kirchenmann schaute auf die Uhr. »Tja, ich fürchte, hier trennen sich unsere Wege.«

Sie verabschiedeten sich.

Struve bat seine Kollegin darum, Littmann auf die Spur der Viels anzusetzen. »Er soll im Vorstrafenregister nachschauen, ob die etwas auf dem Kerbholz haben. Und dann das Übliche: Berufe, soziales Umfeld, Nachbarschaft.«

Als die beiden Polizisten nach draußen traten, sahen sie, wie Arbeiter mit einem Dampfstrahlgerät das violette Zeichen auf dem Domportal entfernten.

»Schöne Sauerei«, murmelte Struve, »aber vielleicht erfahren wir ja morgen Genaueres aus der Zeitung. Herr Santos hat sich das unbedingt mit eigenen Augen ansehen wollen.«

»Ach ja, er war dabei? Dann hat er womöglich mitgesprüht, damit er einen Artikel schreiben kann. Das würde zu ihm passen«, witzelte Melanie Förster.

DER AUFSEHER

Wie ich bereits sagte, ich werde einen Teufel tun und natürlich kein Geständnis ablegen. Unterstellen Sie mir jetzt, ablenken zu wollen, lasse ich das unwidersprochen stehen. Aber haben Sie sich überhaupt schon gefragt, wie dieser Roloff die Schillerglocke einfach so verschachern konnte, ohne dass es jemand merkte, wie diese Konkubine von Pfarrhaushälterin behauptet hat? So eine Glocke wiegt fast eine Tonne. Und an wen hat er sie verhökert? Leser, übernehmen Sie!

Allerdings muss ich in diesem Zusammenhang zugeben, dass ich Glocken mag. Was einigermaßen verwundert. Denn eigentlich hätte ich Grund, sie zu hassen. Ja, ich muss eingestehen, dass ich diese Metallkolosse verabscheue, man also von einer Hassliebe sprechen sollte. Die Gründe für meine zwiespältigen Gefühle liegen in meiner Kindheit. Ich schlief quasi unter einem Kirchturm. In jeder Nacht hörte ich diesen entsetzlich scheppernden Schlag, mit der Glocke stimmte etwas nicht, aber es fehlte an Geld, sie zu sanieren oder zu ersetzen, erfuhr ich später. So wurde sie zu meiner allnächtlichen Begleiterin. Ich weiß nicht warum, aber meine Nerven waren so schlecht, dass ich viertelstündlich zusammenzuckte, wenn das Geräusch einsetzte. Manchmal lag ich stundenlang so da, bevor ich einschlief, oder ich wachte mitten in der Nacht auf und ängstigte mich fürchterlich. Andere Kinder im Dorf hatten diese Probleme nicht. Meinen Eltern brauchte ich mit meinen Beschwerden nicht zu kommen. Reiß dich zusammen, lautete die Order. Ich erfuhr also keinerlei Unterstützung. Heute bin ich mir sicher: Das war das eigentliche Problem. Ich fühlte mich im Stich gelassen und dadurch steigerte sich mein Hass auf die Glocke, die mich bis ins Unendliche tyrannisierte. Meine Erzieher und Lehrer wunderten sich über meine Konzentrationsstörungen, fanden aber keine Erklärung. Freunde hatte ich so gut wie keine. Ach, ich will nicht herumflennen. Den Rest meiner Problembiografie können Sie sich ausmalen. Aber Sie dürfen mich nicht für völlig gestört halten. Ich bin nicht einer dieser Verrückten, die in der Kindheit schlimme Dinge erlebt haben, die dann Jahre später in Gewalttaten umschlagen. Wer das behauptet, bekommt es mit mir zu tun! Wenn ich etwas aus meiner verpfuschten Kindheit unter der Dorfglocke gelernt habe, dann das: Lass dir nichts gefallen und hau zurück!

Bestimmt haben Sie sich schon die Frage gestellt, ob ich ein Junge oder ein Mädchen war. Ein für das Lösen dieses Kriminalfalls nicht unerhebliches Detail. Allzu leicht möchte ich es Ihnen jedoch nicht machen. Oder zählen Sie auch zu den Krimilesern, die das Buch auf der letzten Seite anfangen, um mit der Lösung des Falls im Rücken den Roman von vorne zu lesen? Na, dann wissen Sie ja schon Bescheid! Ich jedenfalls halte mich an die Spielregeln und verderbe dem Rest der Leserschaft nicht die Lektüre!

Bestimmt haben Sie sich auch schon gefragt, ob ich der Killer bin. Diese Lösung scheidet jedoch aus, das haben Sie wahrscheinlich längst gemerkt. Der Killer ist nicht mehr und nicht weniger als ein Instrument in meiner Hand. Er gehorcht mir aufs Wort. Sollte er mir Probleme bereiten, werde ich mich seiner entledigen – so einfach ist das!

KAPITEL 18: EINE MISSGLÜCKTE GELDÜBERGABE

Es war Abend geworden, den Tag hatte er in der Stuttgarter Innenstadt verbracht. Nach der nächtlichen Aktion im Marbacher Krankenhaus suchte er das Weite. Er hätte den Bullen abknallen können, und es hatte Situationen gegeben, in denen er so gehandelt hatte. Wenn es sich aber vermeiden ließ, brachte er niemanden ohne Grund um. Ein gewaltiger Zorn stieg in ihm auf, weil seine Auftraggeber ihn wie eine Marionette behandelten. Er hätte misstrauisch sein sollen, nachdem die Anweisungen über eine unterdrückte Handynummer bei ihm eingetrudelt waren. Dann diese ominöse Verwechslung, die er ihnen aber nicht mehr abkaufte, nachdem er sich in den Zeitungen über seine Tat ein objektives Bild gemacht hatte. Er würde an sein Geld kommen und er würde für seinen Einsatz im Krankenhaus eine Zulage fordern. Dass sie ihn am Morgen mit einer SMS erneut vertröstet hatten und den Übergabezeitpunkt auf den Abend verlegt hatten, steigerte seine Wut. Er hatte genug.

Die blaue Stunde setzte ein, der Killer postierte sich am Ebnisee an gewohnter Stelle. Er schaute auf die Uhr. Kurz vor 19 Uhr. Wieder der weiße BMW. Wieder ein Mann, der etwas in den Mülleimer warf und sich aus dem Staub machte. Diesmal ließ er, der Killer, den Abfall dort, wo er hingehörte. Er würde später danach schauen, ob der Cashflow endlich eingesetzt hatte. Zunächst musste er herausfinden, wer ihn die ganze Zeit zum Narren gehalten hatte. Er startete den Wagen, schoss aus dem Waldstück heraus und klemmte sich hinter den BMW, der mit Vollgas über die enge Straße im Welzheimer Wald glitt.

Er war ein geübter Fahrer. Verfolgungen gehörten zum Geschäft. Offiziell arbeitete er ja als Privatdetektiv. Diese Berufsbezeichnung gab eine brauchbare Tarnung ab. Manchmal nahm er tatsächlich Aufträge an wie die Beschattung untreuer Ehepartner. Das machte Spaß und war leicht verdientes Geld. Aber diesen Miskerl da vorne, den würde er durchschütteln. Hatte noch gar nicht geblickt, dass er ihn verfolgte. Und selbst wenn. Er ließ sich nicht abschütteln. Er würde ihn stellen. Aha, der andere zog das Tempo an. Er drückte das Gaspedal durch. Unerbittlich, wie ein Bussard eine Maus verfolgte, jagte er hinter dem BMW her. Aber was machte der andere denn? Der Hang, die Grasnarbe, wow – wohl übers Ziel hinausgeschossen …

Er hielt in dem Waldstück an und blickte hinunter. Der BMW hatte sich mehrfach überschlagen und lag auf dem Dach etwa 20 Meter weiter unten. Dampf entwich aus dem Inneren. Wer immer auch drinsaß, er hatte ein Problem. Vorsichtig kletterte er an den Baumstämmen entlang den Hang hinunter. Er blickte in das Auto und erkannte einen Mann mit ungewohnt langen dunkelbraunen Haaren, er war so um die Ende 30. Seine lockigen Haare verdeckten sein Gesicht. Bewusstlos hing er in seinem Sicherheitsgurt. Aus der Stirn tropfte Blut. Er öffnete die Türe, holte den Fahrer heraus und trug ihn ins Freie. Man konnte nie wissen bei diesen Schrottkisten.

Er durchsuchte den Mann, fand keine Waffe, dafür aber eine Brieftasche mit Papieren. Georg Schulz, wohnte in Stuttgart, arbeitete offenbar bei der katholischen Kirche als Hausmeister, worauf ein kirchlicher Dienstausweis mit Chipschlüssel für diverse Gebäude hinwies. Falsche fromme Brut, dachte er. Und fragte sich, warum sie ihn auf den Polizisten losgehetzt hatten.

»Du hast deinen Job nicht gemacht.« Voller Verachtung äffte er den Ton nach. Am liebsten hätte er ihn abgeknallt. Die Memme sah nicht danach aus, als ob er es alleine mit ihm aufgenommen hätte, da gab es bestimmt mindestens noch einen Typen. Er durchsuchte seine Brieftasche weiter und stieß auf das Porträtbild eines Mannes, der ihm bekannt vorkam.

»Aha, du schwule Sau!«

Immer noch war der Mann bewusstlos. Er hätte ihn gerne in die Mangel genommen. Im Auto fand er zwar kein Geld, aber einen Fahrzeugschein mit Namen und Adresse, die nicht mit dem von Georg Schulz übereinstimmten und möglicherweise zu dem Typen in der Brieftasche gehören könnten. Er notierte sich die Daten. Höchste Zeit, sich vom Acker zu machen. Was sollte er mit dem Mann machen? Es wäre leicht, ihn für immer zum Schweigen zu bringen. Er schaute ihn an, er könnte ihn später vor Gericht belasten. Es geht nicht anders, dachte er, dann fasste er ihn am Genick, so wie er es in der Nahkampfausbildung in Jekaterinburg gelernt hatte. Er schaute in die Ferne, als er tat, was er glaubte, tun zu müssen. Er durfte keine Spuren hinterlassen, und dieser Mann war definitiv eine Spur. Bevor er ging, fühlte er dessen Puls, der nicht mehr zu spüren war. Mit einer Sorge weniger verließ er den Unfallort.

Er stieg in seinen Wagen, fuhr zurück zum Ebnisee und vergewisserte sich, dass im Plastiksack wie erwartet kein Geld zu finden war. Er nahm Kurs auf Stuttgart, denn er glaubte, den Mann auf dem Foto erkannt zu haben. Dieses Gesicht gehörte jemandem, den er in einem anderen Zusammenhang kennengelernt hatte. Er wusste, die Spur zu den 50 000 Euro führte zu ihm. Und er wusste, wo er wohnte. Wenn er sein Geld eintreiben wollte, musste er ihn möglichst schnell erreichen. Die beiden Männer steckten unter einer Decke, da war er sich sicher. Er musste ihn als Boten losgeschickt haben. Und er hielt die Fäden in der Hand, blieb im Hintergrund. Das passte zu ihm, andere die Drecksarbeit machen lassen, selbst den feinen Herrn spielen. Aber dem würde er seine Meinung schon geigen.

KAPITEL 19: LUCA SANTOS WARTET AB

Es war schon dunkel, als die Christuskriegerinnen in ihrem Haus in der Nähe von Nagold ankamen. Julias anfängliche Bedenken, der Ausflug könne sie zu viel Zeit kosten, wich einer zunehmenden Begeisterung dafür, tiefer in die Geheimnisse des feministischen Herzensgebets einzutauchen. Maria Pawlowskaja widmete sich der wissbegierigen Alumna mit mütterlicher Fürsorge. Während der Fahrt in dem alten Fiat Ducato brandmarkte sie immer wieder die Verfehlungen der männlich dominierten katholischen Kirche, die Hexen und Ketzer gefoltert und verbrannt habe. Die oberste Christuskriegerin zweifelte die klösterlichen Überlieferungen der alten Bibel-Handschriften als »von patriarchalischen Interessen« geleiteten Fälschungsapparat an und ermutigte ihre Schwestern, diese von griechischen Logos-Philosophien überhöhte kirchliche Christusverkündigung ad acta zu legen, um den historischen Jesus von Nazareth für ihren Glauben zu entdecken.

»Erst wenn ihr Gott als irdischen Bruder an eurer Seite spürt, werdet ihr wirklich frei. Nun lasst uns im Schweigen seine große Liebe zu einer jeden von uns finden.«

Julia empfand es als großes Glück, die Worte der Oberin auf sich wirken lassen zu dürfen. Diese Nähe zu Menschen, die für den christlichen Glauben alle Brücken hinter sich abbrachen, beflügelte auch sie. Was diese Woche im Schwarzwald wohl bringen würde? Sie hatte schon oft von diesem Haus gehört, immer sprachen die Schwestern von einem »Refugium«. Sie würden sehr abgeschieden leben. Ein Zustand, den sie sonst nur schwer aushielt. Aber sie war bereit, diese Zeit der Entbehrungen auf sich zu nehmen, um Gottes Nähe stärker zu erfahren, als ihr – wie ihr schien – oberflächliches Leben es ihr bis jetzt erlaubt hatte. Sie dachte an Luca und seine Spionage-Aktion, die einigen Mut erforderte. Suchte er sie oder nur eine Geschichte für die Zeitung? Wie auch immer: Er musste lernen, ihre Entscheidungen zu respektieren.

»Es geht nicht nur um uns. Wir könnten ein Leben völlig ohne Gott führen und uns trotzdem prächtig fühlen«, stellte die Pawlowskaja in der ersten abendlichen Ansprache fest. Zuvor hatten sie ihre Sachen in der Hütte verstaut und ein kärgliches Abendbrot eingenommen.

»Und es ist doch so, dass wir ohne Gott als unsere freundliche Stimme, also seinen Heiligen Geist, auch anderen Menschen wenig von seiner Liebe verkörpern können – mit anderen Worten: Wir werden unseren Nächsten nicht gerecht.«

Die Pawlowskaja legte eine bedeutungsschwere Pause ein, die eine gefühlte Minute anhielt. Dann holte sie tief Luft und betonte mit kräftiger Stimme und einladender Gestik ihr Credo: »Umso schöner ist es, wenn wir in uns gehen, uns seinen Rat holen und damit zum Ausdruck seiner ewigen, das heißt nie enden wollenden Liebe werden.«

Maria Pawlowskaja redete etwa 20 Minuten lang frei, dann kündigte sie ein 24-stündiges Schweigen an, das nur für dringende organisatorische Fragen gebrochen werden durfte. Und das auch nur dann, wenn sie es vorher erlaubte.

Gegen 22 Uhr gingen in der Hütte die letzten Lichter aus. Na endlich, dachte Luca Santos, der in Bietigheim an der Einfahrt zum Wilhelmshof lange gewartet, die Frauen abfahren gesehen und über die Autobahn verfolgt hatte. Die letzte Strecke legte er zu Fuß zurück. Glücklicherweise besaß er eine Stirnlampe, die er sonst zum Joggen bei Dunkelheit benutzte. So konnte er sich in der Dunkelheit einen Weg durchs Geäst bahnen, wobei er annahm, dass es sich um die ausgeschilderte Adelindis-Hütte handelte, nach seinem Ermessen die einzige weit und breit. Er hatte die Hütte vor etwa einer Stunde erreicht und im Schutze der Dunkelheit abgewartet. Die Frauen fühlten sich wahrscheinlich völlig unbeobachtet, jedenfalls ließen sie die Fensterläden geöffnet, sodass Luca die Pawlowskaja bei ihrer Ansprache sehen konnte. Nicht zu fassen, wie viel Macht eine willensstarke und rhetorisch versierte Frau wie sie in einer religiös fanatisierten Kleingruppe ausüben konnte. Er musste Julia da rausholen – und wenn er sie eigenhändig tragen müsste. Allerdings fehlte ihm ein Plan, gestand er sich ein. Eine Waffe wäre gut, aber woher nehmen? Er könnte mit einem Imitat bluffen, maskiert. Aber alles, was er hier auftreiben konnte, war ein morscher Ast. Und damit würde er sich vor den vier Frauen nur lächerlich machen. Was konnte er also tun? Sich in seinen Wagen legen und die Nacht abwarten. Dann, am frühen Morgen, sich in die Hütte schleichen und die schlaftrunkene Julia ins Auto tragen, um mit ihr nach Hause zu fahren. Ob die Hütte abgeschlossen war? Alles hing vom Überraschungseffekt ab. Er musste noch abwarten. Wenig später legte er sich in sein Auto und fiel in einen tiefen Schlaf. Dabei träumte er von einer sommerlichen Wiese voller Klatschmohn, auf der Julia und er Hand in Hand dem zartblauen Himmel entgegenliefen. Sie rannten und lachten, umarmten und küssten sich. Ihm war, als ob sie auf dem Klatschmohn schwebten, auf dessen leichten leuchtenden Blütenblättern sie mit jedem Sprung weiter federten.

Alles um sie herum vergaßen sie, und es gab nur noch Julia und ihn. Eine Traumwelt ohne fanatisierte Sektiererinnen, fordernde Zeitungschefs und nervige Telefonate. Die Klatschmohn-Blüten wurden immer elastischer und so sprangen Julia und er höher und höher, dem Himmel entgegen, dessen Blau mit jedem Sprung intensiver wurde. Luca fühlte sich, als ob er Flügel hätte, und als er zu Julia schaute, waren ihr wirklich zwei Schmetterlingsflügel gewachsen, groß und durchsichtig. Sie zeigte mit einem Finger staunend auf ihn und rief: »Du kannst ja fliegen, Luca!«

»Wundert dich das?«, gab er fast jubelnd zurück. »Lass uns noch höher steigen!«

Er flatterte mit seinen Flügeln, doch hielt er jäh inne und verlor sofort an Höhe. Ein schwarzer Schatten hatte sich über sie gelegt. Er gehörte zu einer fetten Krähe, die über ihnen flog. Als der Vogel seinen Kopf nach unten beugte, erkannte Luca das Gesicht von Maria Pawlowskaja, die hämisch krächzte und nach einer weit ausholenden Kehre auf sie zugeschossen kam.

»Flieg du da runter und versteck dich, Julia!«, schrie Luca und steuerte auf die Krähe zu, die ihren Schnabel weit aufgerissen hatte. Es gab kein Entrinnen, die gierigen Augen der Pawlowskaja fixierten ihn, zogen ihn magnetisch an. Er brüllte seine Angst heraus, aber längst steckte er im Schlund der Angreiferin. Lucas Flügel wurden abgerissen und von einer milchigen Säure weggespült, hinein in den Abgrund des Vogelschlundes, der sich unter ihm im Sekundentakt öffnete und schloss. Angesichts des tödlichen Kraters rechnete er sich kaum Chancen aus. Mit aller Kraft klammerte er sich an einen Ast, der aus unerfindlichen Gründen in dem Vogelmaul steckte. Gegen den sabbernden Speichelstrom fand Luca jedoch kein Mittel. Ein langgezogener Schrei begleitete seinen Sturz ins namenlose Nichts.

Schweißgebadet wachte er auf, nicht fähig, an etwas anderes als an den schwarzen Vogel und die von ihm ausgehende tödliche Gefahr zu denken. Luca, dessen Handy ohne Strom war, schaltete die digitale Anzeige seines Wagens ein. Es war 1 Uhr und er fror.

KAPITEL 20: NEUE ERKENNTNISSE

Littmanns Anruf riss Struve aus seiner Lethargie, in die er nach einem mehr als mäßig schmeckenden Döner an einer Kebabbude in der Nähe des Stuttgarter Hauptbahnhofs zu versinken drohte. Den Mund noch mit den letzten Resten des Krautsalats gefüllt, nahm er hastig ab und grummelte mit undefinierbaren Labiallauten seinen Namen.

»Ah, guten Appetit, mein lieber Struve«, hörte er die ihm nur allzu vertraute Stimme des Kollegen, der sich noch so viel Mühe geben konnte, wie er wollte. Selbst seine besten Wünsche klangen wie Ausgeburten reiner Schadenfreude – und das nervte den Außendienstler Struve gewaltig. Er spülte die Krautfetzen mit einem Schluck lauwarmer Cola herunter, um sich endlich artikulieren zu können. Melanie Förster, die neben ihm stand, putzte sich den Mund ab und blickte erwartungsvoll zum telefonierenden Kollegen.

»Schon gut. Was gibt's Neues, Monsignore?«

»Viel, sehr viel zu Familie Viel«, ulkte Littmann, der nur mühsam seine Freude über sein wenig originelles Sprachspiel verbergen konnte.

»Nun schießen Sie schon los, alter Geheimniskrämer.«

»Die Viel und ihr Sohn haben bis vor Kurzem noch in Ramtel gewohnt. Leider tauchen beide nicht mehr im Melderegister auf.«

»Sonderbar«, wunderte sich Struve.

»Es gibt in Deutschland 23 Carola Viels und 34 Daniels

mit diesem Nachnamen. Wir haben sie alle überprüft. Alles Leute, die uns nicht interessieren«, fuhr Littmann fort.

»Das kann im Umkehrschluss nur bedeuten: Entweder die beiden sind ausgewandert oder aus speziellen Gründen von der Bildfläche verschwunden.«

Littmann räusperte sich. »Das scheint zumindest auf Daniel Viel zuzutreffen. Wir haben nämlich die Nachbarn befragt, und die haben uns einiges erzählt.«

»Ach nee.« Struve hatte Littmann diese Eigeninitiative gar nicht zugetraut. Aber dass er ihm jetzt alles aus der Nase ziehen musste, war mal wieder typisch für die Schlafmütze vom Dienst. »Was haben Sie denn herausgefunden?«

»Wie sich herausstellte, hatte Daniel Viel Selbstmord begangen. Wir haben den Therapeuten erreicht, bei dem er in Behandlung war.«

»Er war beim Seelendoktor?«

»Sogar zeitweilig stationär, in Weinsberg. Er muss starke Depressionen gehabt haben. Sie rührten nach Ansicht der behandelnden Psychotherapeuten von einer seelischen Verletzung in jungen Jahren. Offenbar ein sexueller Übergriff einer männlichen Person. Es könnte ein Erzieher oder Seelsorger gewesen sein.«

»Also doch!« Struve nahm einen großen Schluck aus der Colaflasche. »War es Roloff?«

»Der Name fiel, der Therapeut erwähnte ihn in Zusammenhang mit dem Übergriff.«

»Wann hat sich der Selbstmord ereignet?«

»Vor etwa drei Jahren. Der behandelnde Psychologe ist

überzeugt, dass der sexuelle Übergriff die Biografie des Patienten entscheidend beeinflusst habe. Viel litt unter starken Minderwertigkeitskomplexen. Insbesondere bei Frauen blitzte er immer wieder ab – ein Spiegelbild seiner Persönlichkeitsstörung. Der Therapeut spricht von einer tiefen Entfremdung, einer Kernschattenstörung mit aggressiven Auswüchsen, wie er sie bei diesem Krankheitsbild selten erlebt habe.«

»Wenn er noch leben würde, wäre er unser erster Tatverdächtiger«, sinnierte Struve.

»Was ist mit der Mutter?«, fragte Melanie Förster so laut, dass Littmann sie hören musste.

»Über Carola Viel wissen wir kaum etwas. Sie ist tatsächlich weggezogen. Aber um mehr herauszukriegen, müsste man vielleicht doch noch mit den Nachbarn reden.«

»Also, mein lieber Littmann, haben unsere Leute da nicht weitergebohrt? Das kann ich mir nicht vorstellen.«

»Kollege Struve, Sie wissen doch selbst, wie solche Befragungen am Telefon oder an der Haustüre ablaufen. Wir stoßen auf Reserviertheit, erwischen die Leute vielleicht gerade beim Abendbrot oder beim Versöhnungssex. Das Leben ist keine Exceltabelle!«

»Schon klar. Dann nennen Sie uns bitte die Nachbarn, bei denen am meisten herauszukriegen ist. Wir fahren gleich hin.«

»Am meisten wusste bisher Eleonore Ruhland, Hirschberger Straße 23, Rentnerin, sie lebt allein. Bitte mehrmals klingeln, sie ist etwas schwerhörig.«

Wenig später saßen Struve und Förster im Wohnzimmer der alten Dame.

»Carola war oft bei mir und hat sich bei mir ausgeheult«, erzählte die rüstige Frau, die für die jüngere Nachbarin eine Art Muttterersatz gewesen sein musste. »Der Mann hat sie früh sitzen lassen, der kleine Daniel war ihr Ein und Alles.«

»Dann kam die Sache mit dem Priester«, unterbrach Melanie Förster. »War es nur eine Ohrfeige oder steckte mehr dahinter?«

»Eine Ohrfeige?« Eleonore Ruhland hätte wohl am liebsten laut losgelacht. »Das war doch nur die offizielle Version. Daniel ist von dem Roloff …, also, ersparen Sie mir die Details. Es ging wohl über Monate, immer nach der Messdienerstunde, da hat er ihn mit zu sich genommen. Der Junge war ja über Jahre hinweg völlig verstört.«

»Was für ein Mensch war Frau Viel? War sie nicht völlig außer sich?«

»Na, Frau Kommissarin, wer wäre da nicht zornig geworden? Der Kerl war ja plötzlich weg und gar nicht mehr greifbar. Damals wurde doch alles, was Kindern angetan wurde, unter den Teppich gekehrt.«

»Aber Frau Viel hat doch die Sache nicht einfach so geschluckt?«

»Doch, am Ende schon. Sie wollte ihr Kind in Ruhe großziehen. Echt tapfer gewesen, die Carola.«

»Und warum ist Frau Viel dann weggezogen?«

»Es war vor einem halben Jahr, sie hatte diesen Kontakt zu einer Frauengruppe, irgendwas Spirituelles, ein bisschen spleenig-feministisch, man blickt da heute ja gar nicht mehr durch. Aber ich hatte den Eindruck, dass sie durch diese Gruppe regelrecht aufblühte. Sie übernahm sogar Aufgaben, entwarf Broschüren. Dann ist sie wohl auf einen Bauernhof gezogen, muss bei Bietigheim sein – ach, ich hab's: Wilhelmshof hieß der Ort, glaube ich.«

»Wissen Sie, wie sich die Frauengruppe nennt? Damit würden Sie uns sehr helfen, Frau Ruhland.«

»Ach, warten Sie einen Augenblick. Sie hat mir vor einiger Zeit so ein kleines Programmheft gegeben. Carola wollte immer, dass ich auch mal einen Kurs belege. Aber in meinem Alter macht man so etwas nicht mehr.« Die Rentnerin lachte. Sie konnte sich beim besten Willen nicht vorstellen, auf einem Meditationsbänkchen auf Erleuchtung zu warten. Wenig später hatte sie die Broschüre gefunden.

»Hier steht's: *Christuskriegerinnen*. Also, allein der Name, das klingt so nach Pfeil und Bogen. Ehrlich gesagt, da hat sich bei mir etwas gesperrt.«

»Verstehe«, bestätigte Melanie Förster, die sich den Prospekt ebenso wie ihr Kollege aufmerksam zu Gemüte führte. »Sie haben also diesen Zirkel nie näher kennengelernt?«

»Nein. Ich bin nämlich kirchentreue Protestantin. Ich bete im stillen Kämmerlein, lese regelmäßig in der Bibel, gehe sonntags in die Kirche und wenn jemand meine Hilfe braucht, bin ich für ihn da. Mehr will der liebe Gott nicht von mir, da bin ich mir ganz sicher.«

»In dem Prospekt taucht der Name Carola Viel nicht auf«, stellte Peter Struve fest.

»Ich kenne die Leute dort nicht, da fragen Sie am besten die Frau, die dafür zuständig ist«, empfahl Eleonore Ruhland.

Melanie Förster hatte inzwischen zum Handy gegriffen. Sie wählte die Nummer der Christuskriegerinnen, aber niemand nahm ab. »Sieht so aus, als ob wir denen mal einen Besuch abstatten sollten.«

Peter Struve nickte. »Danke, Sie haben uns sehr geholfen, Frau Ruhland.«

Kaum waren die beiden Ermittler in den Wagen gestiegen, schlug sich Struve mit der flachen Hand gegen die Stirn. »Mensch, Melanie, die Christuskriegerinnen, von denen hat doch der Santos erzählt! Du erinnerst dich an die Geschichte mit dem beschmierten Domportal, irgend so eine Sekte. Und seine Freundin hängt da mit drin.«

»Die Julia? Ich erinnere mich an sie. Ja, aber davon hast du mir nie etwas erzählt.«

»Nein? Ach, ich werde auch immer seniler. Jedenfalls muss es da irgendeinen Zusammenhang geben. Ich rufe ihn an, vielleicht weiß er etwas.«

Niemand nahm ab. »So weit das Thema Erreichbarkeit eines Reporters«, stellte Struve ernüchtert fest. »Dann fahren wir also zu dem Laden nach Bietigheim, irgendjemand wird schon da sein, und Santos wird sich hoffentlich bald melden.«

KAPITEL 21: DIE VÖGEL SIND AUSGEFLOGEN

Die dunklen Umrisse des Gebäudes wirkten wenig vertrauenerweckend. Struve hasste unübersichtliche Situationen. Auch wenn diese Ansammlung von meditierenden Emanzen auf den ersten Blick wenig Gefahrenpotenzial vermuten ließ, strahlte der verlassene Backsteinbau mit den verschlossenen Fensterläden etwas Beklemmendes aus.

Er klingelte, aber niemand öffnete, was um diese Uhrzeit, es ging auf die 23 Uhr zu, zunächst nicht verwunderte. Als sich aber nach mehrmaligem Läuten immer noch nichts tat, kramte Struve Taschenlampe und Dietrich hervor. Den missbilligenden Blick seiner Kollegin quittierte er mit Kopfschütteln.

»Die Sache stinkt zum Himmel, wir müssen etwas tun.«

»Sehe ich doch auch so, Peter.« Die Kommissarin zog ihre Dienstwaffe und entsicherte sie.

Auch Struve nahm seine Walther, die er jedoch äußerst ungern benutzte. Er war nicht der Typ, der schnell drauflos ballerte. Käme es zum Schusswechsel, würde er trotzdem funktionieren. Es war ein innewohnender Reflex, lange trainiert, mit Tausenden von Schüssen am Trainingsstand, den er regelmäßig aufsuchte, um im Ernstfall Paroli bieten zu können. Trotz dieser Vorbereitung fürchtete er sich. Er hatte Angst, im entscheidenden

Moment zu spät zu reagieren. Vielleicht, weil er sich kannte. Seine Hemmungen im Umgang mit anderen. Sein Phlegma, das ihn dazu verleiten könnte, Situationen falsch einzuschätzen. Vor seinem eigenen Tod war ihm weitaus weniger bange als davor, dass Melanie etwas zustoßen könnte.

Endlich, der Dietrich knackte, die Tür sprang auf. Struve tastete nach einem Lichtschalter, er fand ihn, aber die Lampe funktionierte nicht.

»Hallo, hier ist die Polizei, wir haben Schusswaffen. Bitte kommen Sie mit erhobenen Händen heraus!«, rief er in den Lichtkegel seiner Taschenlampe, die den Flur nur schwach ausleuchtete, weil die Batterien ihren Geist aufgaben. Wortlos bedeutete er seiner Partnerin, ihm ihre Taschenlampe zu geben, doch zuckte sie nur mit den Schultern. Offenbar lag Melanies Lampe im Wagen, es gab aber jetzt kein Zurück.

Nichts regte sich. Sie traten ein, geduckt, er voran, sie hinter ihm, um ihn abzusichern. Oft hatten sie solche Situationen trainiert. Struve wusste, er konnte sich auf Melanie verlassen. Sie schoss besser als er, hatte weniger Hemmungen. Sich noch in gebückter Haltung befindend, stieß er eine Tür auf. Der schwache Lichtstrahl der Taschenlampe war kaum eine Hilfe. Die Odyssee durch das Erdgeschoss wollte nicht enden, da fand er schließlich den Sicherungskasten. Er legte alle Hebel um. Überall Licht. Nach einer Runde durchs Haus waren sie sich endgültig sicher, dass sich niemand hier aufhielt, und steckten die Pistolen weg.

Blinzelnd betrachtete Struve die spärliche Möblierung der Meditationsräume. Plakate mit ebenso plakativen Beschriftungen dominierten die Wände, an denen Sätze wie *Dein Wille geschehe* oder *Wir sind eins in Christus* prangten. Nichts Ungewöhnliches für Exerzitienhäuser, dachte er. Wenngleich er den auffordernden Charakter als dogmatisierend empfand und sich vorstellen konnte, dass ein Frauenbund damit unmenschlich konsequent umgehen konnte. Nichts für Julia, dieses zarte Mädel, sie war ja schon beim Mord im Marbacher Literaturarchiv vor einigen Jahren entführt worden. Hoffentlich steckte sie jetzt nicht schon wieder in der Klemme.

»Hier werden wir nicht fündig«, stellte Melanie Förster treffend fest.

»Jedenfalls ist hier niemand. Aber vielleicht gibt es Hinweise, wohin die Vögel ausgeflogen sind.«

Rasch durchsuchten sie alle Räume, fanden aber nichts Brauchbares. Struve kramte sein Handy hervor. »Wenn Santos einen Artikel geschrieben hat, der morgen in der Zeitung steht, könnte er jetzt schon online verfügbar sein«, vermutete er. Einige Sekunden später bestätigte ihm die E-Paper-Ausgabe des Marbacher Kuriers die Vermutung. Luca Santos hatte die Geschichte unverblümt erzählt, ja sogar die Namen der Christuskriegerinnen eins zu eins veröffentlicht. Ein amüsant zu lesender Erfahrungsbericht des potenziellen »weiblichen« Sektenopfers Maria Espina Fuentes, die sich einen Spaß daraus machte, die Sekte in die Opferrolle zu drängen. Struve las den Artikel auszugsweise vor, damit Melanie Förster auf denselben Informationsstand kam.

»Von seiner Julia schreibt er aber kein Wort«, wandte die Kollegin ein.

»Natürlich nicht – sie macht ja auch keine glückliche Figur.«

»So weit die journalistische Wahrheitspflicht. Du an seiner Stelle hättest sie bestimmt dringelassen.«

»Ach, Melanie, wir haben jetzt keine Zeit für solche Spielchen. Wie können wir herausfinden, wo dieser Frauenorden hingepilgert ist?«

»Wir brauchen das Fahrzeugkennzeichen, dann können wir eine Fahndung rausgeben.«

»Gute Idee. Veranlasst du es?«

»Noch was, Peter. Wenn Santos an der Sache drangeblieben ist, könnte er sich in der Nähe dieser Frauen aufhalten.«

»Das würde bedeuten, wir könnten über sein Handy seine GPS-Position bestimmen.«

»Kümmere mich auch darum.«

Struve warf einen Blick auf seine Uhr. Mitternacht. Ihn beschlich ein ungutes Gefühl. Die Zeit arbeitete gegen sie. Wo steckte Santos und wo verkrochen sich diese gottverdammten Schwestern? Nach seinen Erfahrungen würde es mindestens eine halbe Stunde dauern, um zu dieser Uhrzeit an die notwendigen Informationen zu kommen. Dünn waren die Dienststellen nachts besetzt, obwohl sich um diese Zeit viel ereignete. Er hatte das Problem schon oft bei Dienstbesprechungen anklingen lassen, war aber immer auf taube Ohren gestoßen. Die Kollegen sollten tagsüber arbeiten, das sei für die Masse der Polizisten gesünder, hieß es. Das Land zahlte nicht genügend Zulage für die Nachtschichten, um die Nachteile des aufreibenden Dienstes wenigstens mit Geld aufzuwiegen. So blieben die Ermittler in wichtigen Phasen ihrer Arbeit oft auf sich allein gestellt.

»Ich habe das Fahrzeugkennzeichen, ein weißer Kleinbus, Fiat Ducato, LB-CH 847. Geht an alle Dienststellen raus«, murmelte Melanie Förster.

»Gut. Gibt es schon Neuigkeiten zu Santos?«

»Moment, ich habe gerade eine SMS bekommen. Hier, lies selbst.«

Struve schaute auf das Display. »Es ist in der Nähe von Nagold. Meines Wissens reicht der Marbacher Lokalteil des Stuttgarter Kuriers nicht so weit.«

Melanie Förster rollte mit den Augen. »Natürlich nicht. Du bist wohl auch so ein Zeitungsleser, der den Landesteil immer überblättert, wenn er vom Sportteil zu den Lokalnachrichten springt.«

»Hm. Ehrlich gesagt …«

»Schon gut, Peter. Jetzt dürfte klar sein, dass wir uns auf diesen Bereich konzentrieren müssen. Oder siehst du eine Alternative?«

»Wir haben keine andere Spur. Littmann soll die Kollegen in Nagold alarmieren. Wir brauchen alle verfügbaren Kräfte. Die sollen auch an die Wärmebildkameras für die Helis denken, falls die sich irgendwo im Wald versteckt halten.«

Struve setzte sich selbst ans Steuer, um mit Blaulicht über die Autobahn zu jagen. Er schätzte sich so ziemlich als das genaue Gegenteil eines Sebastian Vettel ein, aber seine Kollegin war beschäftigt und der Verkehr um diese Uhrzeit überschaubar.

KAPITEL 22: BRENZLIGE LAGE IN DER HÜTTE

Vorsichtig befühlte Luca Santos die Kopfwunde, die ihm vor dem Domportal zugefügt worden war. Die Stelle schmerzte immer noch, er legte keinen gesteigerten Wert darauf, Ähnliches ein zweites Mal zu erleben. Wie aber konnte er zu Julia vordringen, ohne ihre Bewacherinnen auf den Plan zu rufen? Er beschloss, nicht weiter zu verharren. Die Überraschung war diesmal auf seiner Seite. Schlimmstenfalls hatte er sich verirrt oder er würde ihnen eine andere Geschichte auftischen. Feindeten sie ihn an, würde Julia zu ihm halten.

Lautlos schlich er in Richtung Hütte. Es war stockdunkel, sodass er sicher war, sich unbemerkt nähern zu können. Santos wählte die Rückseite, um sich heranzupirschen. Nur ein kleines Fenster – vermutlich das der Toilette – lugte zu ihm hin. Ein Zweig knackte, als er kurz vor der Veranda den Fuß aufsetzte. Der warnende Schrei eines Vogels und aufgeregtes Geflatter zerrten an seinen

Nerven. Die Geräusche kamen ihm ungeheuer laut vor in dieser Stille, in der nur das entfernte Rauschen eines Baches zu hören war.

Endlich hatte er das Fenster erreicht. Jemand hatte einen Vorhang vorgezogen, aber so nachlässig, dass er einen Teil des Raumes sehen konnte. Seine Augen hatten sich inzwischen an die Dunkelheit gewöhnt, aber es war schwer, überhaupt etwas zu erkennen. Er strengte sich an, das Innere des Raumes zu erfassen. Da lag Julia in einem Stockbett, und zwar im unteren. Der Anblick erinnerte ihn daran, wie sie durch Holland getrampt waren und in der Jugendherberge von Apeldoorn in einem Raum für Männer und Frauen gelandet waren. Auch damals hatte sie das untere Bett gewählt. Weibliches Fluchtverhalten, die Suche nach einem schnellen Rettungsweg? Diese Frage hatte er sich seinerzeit nicht gestellt, jetzt lag sie auf der Hand. Jedenfalls erleichterte ihre Schlafposition in der unteren Etage seine Aufgabe, sie da rauszuholen. Er stellte sich den Grundriss der Hütte vor und bewegte sich auf Zehenspitzen in Richtung Eingangstüre.

Er durfte jetzt kein Geräusch verursachen!

Die Türe war nicht verschlossen. Luca atmete erleichtert durch. Frauen achteten sonst darauf, dass sie sich sicher fühlen konnten. Die Christuskriegerinnen ahnten wohl nicht, dass ihnen jemand auf den Fersen war. Vielleicht hatten sie sich auch aufeinander verlassen und vergessen abzuschließen. Es konnte ihm egal sein, hier zählte nur das Ergebnis. Notfalls musste er Julia kidnappen.

Er tastete sich in das Dunkel der Hütte hinein. Dabei traute er sich kaum zu atmen. Zentimeterweise drang er vorwärts, sah fast nichts. Eine Kuckucksuhr hing auf Augenhöhe, aber niemand hatte sich die Mühe gemacht, den Zapfen hochzuziehen, sodass sie stillstand. Wozu auch, wenn Nachtruhe angesagt war? Sachte berührte er die Türe, die in das Zimmer führte, in dem Julia schlummerte. Aber nicht nur sie, auch die drei anderen Frauen übernachteten in dem Raum. Er würde äußerst vorsichtig vorgehen müssen, um Julia so zu wecken, dass sie keinen Schrecken bekam und die anderen aus dem Schlaf riss.

Lautlos beugte er sich über sie und hielt ihr mit einer Hand den Mund zu. Er näherte sich ihr mit seinem Gesicht, sodass sie ihn erkennen konnte, wenn sie wach würde. Nach einem kurzen Moment öffnete sie die Augen und stemmte sich in panischer Angst gegen ihn, er aber hielt sie fest. »Julia, ich bin's«, flüsterte er, worauf sie innehielt.

»Komm mit!«, raunte er und sie standen auf, um den Raum zu verlassen. Dabei gab jedoch das wackelige Gestell des Bettes so laut nach, dass die Schläferin in der oberen Etage aufschreckte.

»Was ist denn?«, rief ein Schatten, gerade als Luca mit Julia die Türe erreicht hatte. Noch bevor Julia antworten konnte, stand ein anderer Schatten neben dem Eingang und knipste das Licht an. Aufs Höchste erstaunt, blickte ihn Maria Pawlowskaja misstrauisch an.

»Wer sind Sie und was wollen Sie hier?«

Der Ton passte Luca überhaupt nicht. Er beschloss, forsch dagegenzuhalten. »Meine Freundin und ich müssen dringend etwas besprechen. Wir werden das draußen tun, dann können Sie in Ruhe weiterschlafen.«

»Moment mal! Was Sie hier tun, ist Hausfriedensbruch, wir können Sie dafür vor Gericht bringen!«

»Rufen Sie nur die Polizei, aber rechnen Sie dann nicht damit, den Rest der Nacht hier verbringen zu können.« Die kleine Drohung würde ihre Wirkung nicht verfehlen, dachte Luca.

Maria Pawlowskaja machte auch im Nachthemd nicht den Eindruck, klein beigeben zu wollen.

»Also, ich weiß nicht, worauf Sie anspielen, aber ich ersuche Sie jetzt zum letzten Mal, uns nicht in unserem Schlaf zu stören und unsere Räume umgehend zu verlassen. Sie haben nicht das Recht, hier mitten in der Nacht in unsere Privatsphäre einzudringen!«

Luca Santos fasste Julia an der Hand. »Komm, wir gehen jetzt raus. Das ist mir zu blöd hier.«

Julia hingegen blieb stehen und schüttelte seine Hand ab. »Also, Luca, ich finde es auch ein starkes Stück, dass du bei uns einbrichst. Wir haben Schweigeexerzitien, und du platzt hier voll egoistisch rein und meinst, wir müssten alle nach deiner Pfeife tanzen.«

»Nein, Liebste. So meine ich es doch gar nicht.«

»Oh, doch«, unterbrach ihn Sabine Mowes, die inzwischen ebenfalls aufgestanden war und sich zwischen ihn und Julia drängte. »Julia ist alt genug, um selbst zu entscheiden, mit wem sie wann und wie ihre Zeit verbringen möchte. Das sollten Sie als ihr Partner akzeptieren.«

»Das ist doch lächerlich!«, schimpfte Luca. »Julia, du wirst ja wohl kaum in Gesellschaft solcher Graffiti schmierender Frauenrechtlerinnen bleiben wollen! Außerdem möchte ich mit dir alleine reden. Eher gehe ich nicht weg.«

Auch Marita Stöhr war aufgestanden und gab sich zum Erstaunen aller kompromissbereit. »Also gut«, meinte sie, »bevor wir uns hier die halbe Nacht herumzanken, schlage ich vor, gehen Sie mit Julia in den Nachbarraum und unterhalten sich kurz mit ihr, dann werdet ihr schon eine Lösung finden. Morgen ist auch noch ein Tag.«

Maria Pawlowskaja nickte zustimmend, während sich Sabine Mowes einen Bademantel überzog und Luca beiseite schob. »Hier geht's lang!«, rief sie und öffnete eine Tür, durch die Luca in einen muffig riechenden Raum trat. Er war viel zu überrascht, um zu merken, dass in dem Zimmer weder Tisch noch Stühle standen. Diese Nachlässigkeit bereute er Augenblicke später. Hinter ihm knallte die Türe zu. Er fand sich in einer Abstellkammer wieder, zwischen Kompottgläsern, Putzlumpen und Eimern. Sie hatten ihn also in eine Falle gelockt, diese Weiber, und er hatte sich so trottelig angestellt, dass er blind hineingetappt war.

»He, was soll das? Lasst mich hier sofort raus!«, brüllte er und schlug gegen die Türe, die jedoch aus schwerem Eichenholz war und keinen Zoll nachgab. »Julia, jetzt mach schon und rede denen diesen Mist aus!«

Aber er konnte rufen und gegen die Wände schlagen, so oft er wollte, niemand öffnete.

»Geben Sie Ruhe, Mann, wir werden morgen alles klären! Da ist eine kleine Matratze in dem Raum, legen Sie sich schlafen!«, herrschte ihn Sabine Mowes an.

Luca hörte von draußen nur noch das Gekichere der Frauen. Dass Julia sich an dieser Gemeinheit beteiligte oder sie zumindest tolerierte, verletzte ihn tief. Das war also von ihrer Liebe übrig geblieben! Nun war er nur noch irgendein Kerl, der ihre Exerzitien störte.

»Was ihr hier macht, ist Freiheitsberaubung. Dafür wandert ihr in den Knast!«, schrie er, worauf eine ganze Weile wieder nur albernes Gegacker zu hören war. Sie amüsierten sich also prächtig über ihren Gefangenen. Wütend trat er gegen die Türe. Na, die konnten was erleben, wenn er sie morgen zu packen bekam! Nach 20 weiteren cholerischen Minuten verließ ihn die Kraft, er setzte sich auf die Matratze und deckte sich mit einigen leeren Kartoffelsäcken zu, um sich vor der Kälte zu schützen, die sich in ihm breitmachte. Ermattet schlief er ein, nicht ahnend, dass ihn schon bald jemand wecken würde.

Die Tür öffnete sich einen Spalt, der fahle Schein der Flurlampe fiel auf sein Gesicht. Luca blinzelte, er konnte nicht erkennen, wer ihn besuchte.

»Julia?«

»Komm schon, Schreiberling!«, krächzte die Frauenstimme, die zu Maria Pawlowskaja gehörte, wie Luca nach einigen Sekunden der Benommenheit feststellte. Sie hielt eine Schusswaffe in der Hand, die sie auf ihn gerichtet hielt. »Mach jetzt keine Dummheiten, die ist echt, und ich möchte nicht, dass du mich zwingst, sie zu benutzen.«

Luca verstand nicht, was das Ganze sollte, aber die Waffe verhieß nichts Gutes. »Sind Schießeisen bei Sekten gerade en vogue?«, fragte er sarkastisch.

Ansatzlos verpasste ihm die Pawlowskaja mit der linken Hand eine Ohrfeige, dass es nur so klatschte. »Werde nicht unverschämt, Schreiberling!«

Luca wurde in den Hauptraum geführt. Dort saß Julia, gefesselt und mit Klebeband geknebelt, auf einem Stuhl, die Stöhr und die Mowes standen mit starrem Blick hinter ihr.

»Sie wollte dich aus der Kammer holen, das dumme Ding«, brummte die Pawlowskaja. Hart drückte sie ihm den Lauf der Waffe in den Rücken. »Los, setz dich! Bindet ihn fest!«

Rücken an Rücken mit Julia wartete Luca schlaftrunken ab, was geschehen würde. Kühl schaute die Pawlowskaja auf die Uhr. »Wo du uns schon um die halbe Nacht gebracht hast, lohnt es sich nicht mehr, groß zu warten. Wir servieren euch lieber jetzt schon ab.«

»Was? Ihr wollt uns töten? Ihr seid ja wahnsinnig!« Luca spürte, wie ein Adrenalinschub ihn schlagartig in einen Zustand wacher Abwehrbereitschaft versetzte.

»Das hättest du dir eher überlegen sollen, du Schmierfink!«, giftete ihn Sabine Mowes an.

»Oder sollen wir dich lieber Maria Espina Fuentes nennen?«, legte Marita Stöhr nach.

»Sehr witzig«, entgegnete Luca. »Macht keine Dummheiten. Bisher habt ihr höchstens eine Kirchentüre auf dem Gewissen. Ich verstehe eure Panik überhaupt nicht. Selbst wenn ihr Leute sektenmäßig steuert, kann euch wahrscheinlich niemand so richtig an den Karren fahren. Warum also dieser Unfug?«

»Red kein Blech!«, fuhr ihn Sabine Mowes an. »Du

hast uns ausspioniert. Uns reicht's jetzt mit dir.« Sie schnitt einige lange Streifen von der Klebebandrolle und presste sie auf Lucas Mund, sodass auch er zum Schweigen verurteilt war.

»Wir müssen sehen, dass wir wegkommen, Schwestern«, mahnte Maria Pawlowskaja.

»Und was machen wir mit den beiden?«, fragte Marita Stöhr.

»Sie hier zu lassen, wäre zu riskant. Und sie mitzunehmen auch«, antwortete die Sektenchefin.

»Dann haben wir keine Wahl«, mischte sich Sabine Mowes ein, die ihren Blick auf die Waffe richtete.

»Aber sie umzubringen, fände ich zu hart«, hielt die Stöhr dagegen. »Ich meine, Julia hat uns unterstützt, und dieser Mistkerl würde wahrscheinlich seine Großmutter ins Grab bringen, um an eine gute Geschichte zu kommen. Wir sollten sie einfach hierlassen.«

»Du bist mal wieder zu weich, Marita«, hielt ihr Sabine Mowes entgegen. »Denk doch einfach mal nach. Wir müssen unseren Arsch retten und du schwafelst immer noch von Fairplay. Für uns heißt es jetzt, rüber nach Frankreich und von dort weiter in Richtung Marokko. Erst da können wir verschnaufen. Die beiden werden uns mit Sicherheit verpfeifen, wenn wir jetzt nicht den Mumm haben, das Ding durchzuziehen.«

Aber Marita Stöhr ließ sich nicht überzeugen. »Wenn wir sie hier zurücklassen, wird es vielleicht Tage dauern, bis sie gefunden werden. Das wird uns reichen, um bis nach Marokko zu kommen.«

»Zu unsicher«, urteilte Maria Pawlowskaja. »Sabine

hat recht. Lasst uns die Sache hier schnell hinter uns bringen.«

»Da mache ich nicht mit!«, protestierte Marita Stöhr. »Die beiden sind doch harmlos. Wir würden außerdem gegen unser eigenes Statut verstoßen. Denkt daran: Nur wer Jesus Christus beleidigt, soll sterben. Wir haben kein Recht, uns an diesen unschuldigen Seelen zu vergehen und ihr Blut zu vergießen!«

»Ach, papperlapapp! Du siehst doch selbst, was dieser Kerl hier veranstaltet hat. Der hetzt uns die Polizei auf den Hals und schon sind wir dran«, unterstrich Sabine Mowes.

»Wenn wir die Sache mit Roloff nicht gemacht hätten, wären wir jetzt nicht in Zugzwang. Ich war ja gleich dagegen.«

»Ha. Das ist ja wieder typisch. Du willst immer vorne dran sein, aber wenn es hart auf hart kommt, kneifst du.« Sabine Mowes blickte erwartungsvoll zu Maria Pawlowskaja, von der sie offenbar ein Machtwort erhoffte.

»Ach, du Kommando-Schnepfe, jetzt geht das wieder los«, polterte Marita Stöhr und hob drohend ihren Zeigefinger. »Ich habe dir doch schon gesagt, dass mir euer blödsinniges Hierarchie-Getue völlig egal ist. Damit das klar ist: Hier geht es um Mord. Wie konnte ich nur so naiv sein, dich in deinen kranken Racheplänen zu unterstützen? Ich schäme mich für mein Mitläufertum!«

»Ja, ja. Jetzt willst du dich reinwaschen, du Memme. Aber du steckst genauso tief drin wie wir.«

Maria Pawlowskaja schlug einen moderateren Ton an: »Meine lieben Schwestern, wir sollten auf keinen Fall das

Band des Heiligen Geistes zwischen uns im Zorn zerschneiden. Es sieht doch ganz gut aus. Wir haben alle Trümpfe in der Hand. Niemand weiß, wo wir stecken, unsere Flucht wird unbemerkt bleiben. Und was unsere beiden Gefangenen angeht, denke ich, sollten wir einfach einen kleinen Unfall inszenieren.«

Die letzten Worte nahm Sabine Mowes mit sichtlicher Genugtuung zur Kenntnis, während Marita Stöhr grimmig schaute. »Also, ohne mich!«, fauchte sie.

»Da ist die Türe, du kannst gehen!«, rief ihr Maria Pawlowskaja zu. »Aber sieh zu, dass du nicht auffällst, hier hast du den Autoschlüssel.«

Mit einem Reflex fing Marita Stöhr den ihr zugeworfenen Schlüssel auf.

»Braucht ihr denn nicht den Wagen?«, fragte sie überrascht.

»Nein, geh nur. Pass auf dich auf. Leb wohl.«

»Danke. Ich wünsche euch viel Glück.« Marita Stöhr verließ schnell das Haus, kam aber nicht weit. Maria Pawlowskaja, die hinter ihr hergegangen war, zog ihre Waffe und verpasste der Aussteigerin zwei Schüsse in den Rücken. Marita Stöhr fiel wie in Zeitlupe auf die Knie und dann nach vorne. Blut rann aus ihren Mundwinkeln, ihr Blick war schon gebrochen, als sich die beiden anderen Christuskriegerinnen über sie beugten.

»Ganz schön naiv von ihr, zu glauben, wir würden ihr unseren Wagen geben!«, triumphierte Sabine Mowes.

»Sie wusste, dass wir das Urteil Gottes vollstrecken mussten, denn sie war uns anvertraut.« Maria Pawlowskaja standen die Tränen in den Augen. »Es ist meine höchste Pflicht, euch vor dem Wandel auf dunklen Pfaden zu bewahren, damit ihr unserer Majestät erhalten bleibt.«

DER AUFSEHER

Ich bin's wieder. Sie wissen, dass ich mich nie in einen Kriminalroman einmischen würde, wenn es den Autor nicht gäbe, der über mich in absolutistischer Weise verfügt. Es sieht also ganz danach aus, als ob diese Christuskriegerinnen dick im Fall drinstecken und mit mir gemeinsame Sache machen. Was soll ich sagen? Ich selbst würde mir niemals die Hände für einen Mord schmutzig machen. Komme ich dann überhaupt als Täter infrage?, meinen Sie jetzt. Bin ich etwa nur ein Anstifter, der sich diesen Ehrentitel »Mörder« zu Unrecht anheftet? Ich würde ja gerne, aber ich darf es Ihnen nicht sagen. Außerdem, Sie erinnern sich: Ein Geständnis gibt es nur über meine Leiche. Was ich mit den Christuskriegerinnen zu tun habe, erkläre ich Ihnen, wenn mich die Polizei gestellt hat. Oder besser: Struve und Förster sollen das übernehmen, die werden dafür bezahlt. Bereuen werde ich meine Tat aber nicht, damit das schon mal klar ist. Denn meine Motive sind ehrenwert. Auge um Auge, Zahn um Zahn, heißt es ja schon in der Bibel. Ein fantastisches Buch übrigens, dessen Lektüre ich Ihnen nur wärmstens ans Herz legen kann. Natürlich, man muss es lesen lernen. Sich ein bisschen auskennen in der Geschichte Israels, damit man da nichts durcheinander wirft. Manchmal scheinen sich die Aussagen ja fast zu widersprechen. Aber ich bleibe dabei: Es ist die Liebesgeschichte Gottes mit den Menschen. Hm, ich schweife vom Thema ab. Diese Christuskriegerinnen, vor denen hätte sich die Julia lieber in Acht nehmen sollen. Glauben Sie nur nicht, ich wolle von mir ablenken: Aber finden Sie es nicht auch merkwürdig, dass Carola Viel, die Mutter des jungen Mannes, der sich selbst umgebracht hat, bisher im Kreis der Christuskriegerinnen überhaupt nicht vorkam? Sie als geübte Krimi-Leser werden darauf sicher schon eine Antwort gefunden haben. Wie auch immer: Ich bin überzeugt, wenn die Julia etwas von diesen Verflechtungen erfahren hätte, sie hätte sich mehr auf ihre berufliche Karriere konzentriert und wäre nicht diesen Weibsbildern nachgelaufen.

KAPITEL 23: CHRISTUSKRIEGERINNEN AUF DER FLUCHT

Inzwischen hatten die Kollegen der Nagolder Polizei den Wagen des Journalisten entdeckt. Peter Struve und Melanie Förster trafen bald darauf ein.

»Der Standort stimmt genau mit den GPS-Daten des Handys überein«, stellte Melanie Förster fest.

»Das heißt im Umkehrschluss, das Handy müsste im Wagen sein.«

»Wir haben das Auto geöffnet und das Mobiltelefon gesichert«, teilte Harry Wolf, Einsatzleiter des Polizeireviers, mit.

»Okay«, sagte Struve. »Wir haben ein Auto mitten im Wald, wir haben einen Journalisten, der seine Freundin sucht. Und wir haben drei oder vier Frauen, die irgendwo untergekrochen sind. Haben Sie eine Idee, wo hier so etwas sein kann?«

»Es gibt einige Wochenendhäuser im Forstgebiet. Alle von Jagdgemeinschaften gepachtet, da geht's zum Teil tief in den Wald hinein«, berichtete Wolf.

»Gut – aber vielleicht gibt es ein Objekt, das für die Frauen besonders interessant sein könnte.«

»Da müsste ich mit unserem Revierförster Eberhard Kaiserling telefonieren. Der hat bestimmt den Überblick.«

In diesem Moment fielen zwei Schüsse.

»Verdammt, die sind bewaffnet!«, rief Struve.

»Wie viele Beamte können Sie auftreiben?«, fragte Melanie Förster.

»Wir haben zehn Leute hier. Wenn Sie mehr brauchen, müssen Sie mit dem LKA Kontakt aufnehmen.«

»Ich denke, wir brauchen den Hubschrauber und ein Einsatzkommando. Außerdem sollten wir die Waldausgänge abriegeln, um die Flucht mit dem Auto zu unterbinden.«

»Das mit den Einsatzkräften um diese Uhrzeit wird schwierig, aber Sie haben recht, Herr Struve. Wir sollten die Situation dort oben klären und gleichzeitig das Hinterland absichern. Kann sein, dass die dann schnell aufgeben, wenn die merken, dass sie umstellt sind.«

Inzwischen lag die Leiche Marita Stöhrs in der Abstellkammer, in der zuvor Luca Santos eingesperrt war.

»Sie hat uns keine Wahl gelassen«, bemerkte Maria Pawlowskaja trotzig.

»Wir mussten sie eliminieren«, bestätigte Sabine Mowes, die auf die Uhr schaute.

»Gleich 5 Uhr. Die Schüsse hat wohl niemand gehört, aber wir sollten sehen, dass wir wegkommen.«

»Zu zweit fallen wir weniger auf, aber was machen wir mit den beiden?« Sabine Mowes Frage zwang Maria Pawlowskaja zu einer Entscheidung.

»Eigentlich spielt es keine Rolle mehr, ob wir ein, zwei, drei oder vier umlegen.«

»Wenn wir erst einmal in Marokko sind, nehmen wir ein Schiff nach Südamerika. Dann haben wir es geschafft, Maria.«

»Ja, in Südamerika sind die Menschen offen für unsere Botschaft. Wir werden den Herrn verkündigen und die römische Kirche mit einer weiblichen Spiritualität neu gestalten.«

»Die Frauen warten auf ihre Befreiung und wir werden sie ihnen schenken.« Die Augen von Sabine Mowes glänzten.

»Vamos – bringen wir es hinter uns. Das Weizenkorn muss sterben, damit es neue Frucht hervorbringt.« Maria Pawlowskaja nahm ihre Waffe und trat mit ernster Miene wieder in den Raum, in dem Luca und Julia gefesselt saßen.

»Nun, meine beiden«, eröffnete die Ordensoberin das Gespräch, »wenn es nach uns ginge, würden wir das Verfahren gegen euch mit einer Begnadigung beenden.«

Das war's dann wohl, dachte Luca, der sich trotz aller Verrenkungen nicht von seinen Fesseln befreien konnte und die Aussichtslosigkeit seiner Lage akzeptieren musste.

»Leider hat Gott, der Allmächtige und Unfassbare, mit euch andere Pläne«, erklärte die Pawlowskaja. »Pläne, die wir vollenden müssen.« Sie entsicherte die Waffe. Entgeistert starrten Luca und Julia ihre fanatische Henkerin an.

In diesem Moment durchdrang das gewaltige Dröhnen eines Hubschraubers die unheimliche Stille der Hütte.

»Verdammt!« Sabine Mowes stürzte zum Fenster. »Die Bullen. Wir müssen sehen, dass wir zum Wagen kommen. Schnell!«

»Wir nehmen Julia als Geisel mit – den Jungen brauchen wir nicht.«

Die Mowes löste Julias Fußfesseln, nahm das Mädchen vom Stuhl und zerrte es zum Ausgang, um mit ihm zum Auto zu laufen. Die Pawlowskaja fixierte ihren Gefangenen. Sie hielt die entsicherte Waffe in der Hand und richtete sie auf ihn. Verzweifelt versuchte sich Santos von seinen Fesseln zu befreien. In Panik bewegte er sich so stark, dass der Stuhl umkippte, sodass er hart auf dem Boden aufprallte. Im gleichen Moment fiel ein Schuss. Lucas Ohren begannen zu pfeifen. Er starrte in die plötzliche Finsternis.

»Verflucht!« Die Stimme der Pawlowskaja hatte ihre Sicherheit verloren. Das Dröhnen des Hubschraubers wurde immer lauter.

Schemenhaft bewegte sich die Schützin vor Lucas Augen. Noch ein Schuss fiel, dann sah er den Schatten durch die Türe entschwinden.

Immer noch lag er hilflos da. Er lebte, die Kugeln hatten ihn verfehlt. Aber warum war das Licht ausgegangen? Er sah, wie ein Scheinwerfer die Lichtung von oben in gleißendes Licht tauchte. Auf dem Boden liegend und nach oben schauend, erkannte er ein Loch im Sicherungskasten.

»Ich kenne einen Weg, der hinten raus aus dem Wald führt und ziemlich unbekannt ist«, rief Sabine Mowes, während sie zum Fiat Ducato liefen. Sie bugsierten Julia in den Laderaum und fuhren los. Dabei ließen sie das Licht aus, um den Hubschrauber abzuschütteln. Was nicht gelang, denn das stählerne Ungetüm verfolgte sie konsequent.

»Mach das Fenster zu, man versteht ja sein eigenes Wort nicht!«, schrie Sabine Mowes ihrer Mitschwester zu.

»Gleich! Erst muss ich denen mal ein bisschen Angst einjagen.« Maria Pawlowskaja feuerte vier Schüsse auf das Cockpit ab. Sie hoffte, damit die Verfolger einzuschüchtern und zum Abdrehen zu zwingen.

»Das Unangenehme an dem Vogel ist, dass die da oben ständig unsere Daten durchgeben und die Bullen ein Fahndungsnetz aufbauen können«, erklärte die Pawlowskaja.

»Aber dann haben wir keine Chance«, antwortete Sabine Mowes verunsichert.

»Doch. Du musst nur einigermaßen ruhig fahren. Hier kannst du eine Abkürzung nehmen. Ich versuche es gleich noch mal. Unsere Chance ist, dass der Heli immer wieder abdrehen muss. So kann ich ihn vielleicht treffen.«

Ihre Möglichkeiten, einen Helikopter des Typs McDonnell MD 902, wie er von der Polizei in Baden-Württemberg verwendet wurde, mit einer kleinkalibrigen Waffe auszuschalten, waren gleich null. Das wusste auch Sabine Mowes. Aber welche Möglichkeiten hatten sie sonst?

Einige Projektile schlugen in die gepanzerte Haut des lästigen Verfolgers ein, aber sie konnten sie nicht durchdringen.

»Fahr da rechts ran!«, befahl Maria Pawlowskaja. Sie stieg aus, öffnete den Unterboden des Kleintransporters und wickelte einen länglichen Gegenstand aus einer Plastikfolie.

»Was hast du vor?«, fragte Sabine Mowes, als sie sah, dass ihre Partnerin ein Sturmgewehr auspackte.

»Wir müssen sie abschütteln, sonst haben wir verloren.« Die Russin kniete sich hinter dem Heck hin und wartete, bis der Hubschrauber in der Nähe war. Das Sturmgewehr G36 der Marke Heckler und Koch hatte sie über dunkle Kanäle aus Tschetschenien bekommen. Der Pilot würde nicht mit einer Waffe dieser Durchschlagskraft rechnen. Sie musste nur lange genug zielen. Langsam näherte sich der Helikopter.

Tatsächlich fühlte sich der Pilot Wolfgang Hanninger relativ sicher.

»Siehst du, die paar blauen Bohnen können uns nichts anhaben«, hatte er noch vor wenigen Minuten augenzwinkernd seinem Co-Piloten zugerufen, nachdem die ersten Schüsse gefallen waren.

Als der Helikopter nur noch etwa 30 Meter über ihnen war, sprang Maria Pawlowskaja aus der Deckung und feuerte, was das Zeug hielt. Sie hatte im Tschetschenien-Krieg diese Situationen selbst erlebt. Das Überraschungsmoment war auch diesmal auf ihrer Seite. Der Pilot reagierte wie erwartet überhastet. In der Dunkelheit verlor er kurzzeitig die Kontrolle, der Hubschrauber geriet ins Schlingern und sank ab. Das Korrigieren kostete so viel Konzentration, dass der Pilot eine Stromleitung übersah. Dieses Hindernis hatte die Pawlowskaja für ihre Attacke mit dem Instinkt einer Kriegerin ausgesucht. Die Flugmaschine schmierte ab und krachte in eine Baumgruppe mitten im Wald. Der Absturz endete für die Piloten mit einigen Knochenbrüchen glimpflich. An eine weitere luftgesteuerte Verfolgung der Flüchtigen war jedoch nicht mehr zu denken.

»Verflucht noch mal!«, wetterte Struve, der die Aktion aus der Ferne beobachtet hatte und seine Felle davonschwimmen sah. »Wir sind noch völlig unorganisiert, es war eh schon Glück, dass wir sie gefunden haben – und nun diese Pleite.«

»Wir sollten zu dieser Hütte. Vielleicht können wir aus der Position und dem Absturzpunkt des Hubschraubers die Fluchtbewegung ableiten«, meinte Melanie Förster.

Wenig später fanden sie die Hütte, ein Einsatzkommando stürmte die verlassene Behausung. Die Uniformierten entdeckten Luca Santos und befreiten ihn.

»Wie ist das passiert?«, fragte Struve den Journalisten und zeigte auf den Leichnam von Marita Stöhr. Santos schilderte den Hergang des kaltblütigen Mordes.

»Und was ist mit Julia?« Lucas Stirn legte sich in Falten.

»Wir haben die Spur verloren«, gab Struve zu und erwähnte den Absturz des Hubschraubers.

»Sie haben etwas von Frankreich und Marokko als mögliche Fluchtziele gefaselt.«

»Die grobe Richtung deckt sich mit den bisherigen GPS-Daten, die wir haben«, schaltete sich Melanie Förster ein.

»Sag Wolfs Leuten, sie sollen sich an der westlichen Flanke des Waldgebietes positionieren. Hoffentlich schlagen diese Frauen keine Haken.« Struve rechnete nicht mit einem schnellen Erfolg. Ihm fehlte das Personal, um eine

Fahndung konzentrisch anlegen zu können. Wolf meldete, er habe die Verstärkung vom Landeskriminalamt angefordert, aber es würde dauern, bis die Straßensperren aufgebaut sein würden.

KAPITEL 24: EINE LANGE NACHT

Es war ein Abend, wie ihn Sergej Kobljew liebte, wenn er in Baden-Baden herumstromerte. Der Gedanke, dass Dostojewski hier sein Erspartes im Spielcasino verbraten hatte, gefiel ihm. Wenn Kobljew an einem solchen Abend mal wieder einige 500-Euro-Jetons auf Rot setzte, dachte er an seinen Landsmann und dessen Spielleidenschaft. Er selbst neigte ebenfalls dazu, die Kontrolle über seine Einsätze zu verlieren. Nie wählte er Kleinvieh, wie er die Spielsteine im Wert von 50 oder 100 Euro nannte. Im Spielsaal liebte er es, mit vierstelligen Beträgen zu posen. Er verdoppelte sofort, wenn er verloren hatte. Kleine Gewinne interessierten ihn nicht, er erlebte desaströse Abende ebenso wie unerklärliche Glückssträhnen. Oft trieb er es auf die Spitze und verlor alles wieder. Er fragte sich manchmal, warum er diesen destruktiven Zug hatte, dachte sich aber nichts dabei und spielte weiter. Das ging so lange gut, wie Geld keine Rolle spielte.

Längst kannten ihn alle Croupiers, denn Kobljew gestaltete seine Aufenthalte in Baden-Baden stets nach dem gleichen Muster. Er besuchte das Friedrichsbad, nahm ein reichhaltiges Abendessen in einem der feinen Lokale ein, um schließlich zu spielen. Auch an diesem Abend genehmigte er sich zunächst einen Wodka, um das Hirschragout abzutöten, das er zuvor in einem Feinschmeckerlokal verzehrt hatte und das ihm wie immer schwer im Magen lag. Dann trieb er sich stundenlang in dem Casino herum. Die Frauen, oft fein herausgeputzte Schönheiten aus Osteuropa, die seinem Geschmack entsprachen, interessierten ihn am meisten. Manche Nächte endeten bei Krimsekt und Kaviar auf dem Hotelzimmer, er hatte Übung darin. Dieser Abend war jedoch unspektakulär verlaufen, wenngleich er im Casino durchaus erfolgreich agiert hatte. Glück im Spiel, Pech in der Liebe, murmelte er, als er sich mit langsamen, aber angesichts diverser Drinks nicht hundertprozentig kontrollierten Schritten auf seinen BMW in der Tiefgarage zubewegte.

Anders als Dostojewski litt Kobljew normalerweise nicht unter Geldnot. Im Gegenteil, die Geschäfte gingen gut. Er hatte sich ein tragfähiges Vertriebsnetz aufgebaut. Alles ganz diskret und mit einem Gewirr von Firmenverflechtungen getarnt, sodass niemand auf die Idee kommen konnte, dass er mit Waffenschiebereien seine Brötchen verdiente. Vielleicht fanden das andere unmoralisch, für ihn, der im armenisch-aserbaidschanischen Grenzkonflikt eine Kugel abbekommen und nur durch ein Wunder überlebt hatte, war es die einzige Chance gewesen, aus den mehr als bescheidenen Verhältnissen seiner Heimatstadt Eriwan zu entkommen. Es hatte ihn Jahre gekostet, die Kontakte nach Grosny aufzubauen, um die tschetschenischen Rebellen mit Waffen aus dem Schwarzwald zu versorgen. Aber er hatte die Chance genutzt. Trotzdem blieb sein aufwendiger Lebensstil ein Problem. Bei schlechter Auftragslage nahm er gut bezahlte Nebenjobs an, die ihm nicht zuletzt wegen des damit verbundenen Nervenkitzels eine willkommene Abwechslung boten.

Kobljew wollte den Wagen gerade starten, da vibrierte sein Handy in der Jackentasche.

»Sergej, bist du es?«, hörte er eine ihm bekannte Frauenstimme auf Russisch flüstern.

»Was willst du? Habe ich dir nicht gesagt, dass du mich nicht anrufen sollst?«

»In Notfällen wolltest du für mich da sein, hast du versprochen. Also?«

»Ja, das habe ich vor ein paar Jahren gesagt. Jetzt hat sich die Lage geändert, das weißt du selbst. Wir dürfen keinen Kontakt mehr haben.«

»Die Polente ist hinter uns her, wir brauchen für eine Nacht ein Versteck. Wir sind in der Nähe deiner Firma.«

Kobljew schluckte. Diese Nachricht versprach Ärger. Die Nähe der Polizei war genau das, was seiner entspannten Lebenslage zuwiderlief. Er konnte aber auch kein Interesse daran haben, dass die Polizei Maria schnappte. »Wie viele seid ihr?«

»Wir sind zu dritt, du weißt doch, der harte Kern der Christuskriegerinnen.«

»Und wie lange wollt ihr bleiben?«

»Nur kurz. Wir brauchen die Nacht und vielleicht einen Tag, um nicht in Straßensperren zu geraten.«

»Gut. Du weißt, wie du in die Halle gelangst. Ich komme.«

Inzwischen hatten sich Struve und seine Kollegen im Nagolder Polizeirevier eingefunden. Der Pott Kaffee tat gut, denn der Kommissar kämpfte gegen seine Müdigkeit an. Verfluchter Messwein, dachte er und unterdrückte ein Gähnen nach dem anderen.

»Wir sollten versuchen, über die Handys eine Ortung hinzukriegen«, gab Melanie Förster zu bedenken.

»Wir haben keine Nummern«, hielt Struve dagegen, »aber wie ist es mit dem Handy Ihrer Freundin, Herr Santos? Es kann sich ja nicht in Luft aufgelöst haben.«

Santos gab ihnen Julias Nummer. »Sie werden es ihr abgenommen haben.«

»Möglich, aber wir müssen jede Chance nutzen«, entgegnete der Kommissar, der sich immer noch über den verpatzten Einsatz ärgerte. Es half nichts. Sie kamen nicht weiter. Die Fahndung war vorerst im Sande verlaufen. Struve und Förster blickten sich wissend an. Sie vermieden, über die wenig Erfolg versprechende Lage unnötig viele Worte zu verlieren. Struve dachte nach. Für ihn bestand kein Anlass, seine Gegnerinnen zu unterschätzen. Wer einen Helikopter vom Himmel holte, war vermutlich noch zu ganz anderen Dingen fähig. Er ließ die Erkenntnisse der letzten Stunden Revue passieren. Es gab einen unmittelbaren Zusammenhang zwischen der sexuellen Nötigung Daniel Viels, seinem Selbstmord und der Erpressung. Welche von den Frauen damit zu tun hatte, würde sich zeigen. Struve hielt die Frau an der Seite von Maria Pawlowskaja für die Schlüsselfigur des Falles. War sie Carola Viel? Eine Führung durch die bizarre Landschaft ihrer rachedurstigen Seele würde aufschlussreich sein. Er musste die Frauen jedoch zunächst zur Aufgabe zwingen.

»Sie wollen über die Grenze«, war Melanie Förster überzeugt. »Abtauchen.«

»Das werden wir verhindern«, gab Harry Wolf zu verstehen. »Früher oder später werden sie uns ins Netz gehen.«

Auf Typen wie Wolf konnte man sich verlassen, dachte Struve, während Melanie Förster sich etwas abseits mit Luca Santos unterhielt. Spürhunde, denen brauchst du nicht viel zu erklären. Die bringen eine Fahndung handwerklich sauber zu Ende.

»Passen Sie auf die Kleine auf!«, warnte Struve. »Sie wissen ja, die Priorität bei Geiselnahmen liegt klar auf Lebenserhalt.«

»Das brauchen Sie mir nicht zu erzählen, Mann«, gab Wolf raubeinig zurück. »Hab schon an die 20 Banküberfälle in vorderster Linie mitbekommen, davon die meisten mit Geiseln. Die hab ich alle durchgebracht. Nicht jeden unverletzt, aber dafür sind sie heute noch am Leben und die Täter hinter Schloss und Riegel.«

»Schön. Entschuldigen Sie mein besorgtes Nachfragen. Der junge Mann da und seine Freundin sind mir persönlich bekannt. Wäre schade, wenn es ausgerechnet diesmal schiefgeht.«

»Na klar, verstehe.« Wolf bot ihm eine Zigarette an, die Struve jedoch dankend ablehnte.

»Wissen Sie Näheres über diese Christuskriegerinnen?«, fragte Wolf. »Man hört ja immer wieder von Sekten. Schon verrückt, was sich zwischen den Mitgliedern manchmal abspielt.«

Der alte Haudegen lag wohl gar nicht so verkehrt. Struve rief sich das Personendreieck Pawlowskaja, Mowes, Stöhr in Erinnerung. Er kam dabei auf eine starke Bindung zwischen der Russin und Mowes. Die Stöhr fiel heraus, war verstoßen worden und das sogar tödlich. Santos, der ihm von der Auseinandersetzung erzählt hatte, konnte froh sein, dass sie ihn nicht ebenfalls kaltgemacht hatten. Und viel hatte ja nicht gefehlt und er selbst wäre jetzt bei den Engeln. Ach, diese verflixte Müdigkeit. Es lag wohl nicht nur an dem Betäubungsmittel. Struve war der Elan verloren gegangen, mit dem er früher wie elektrisiert Fahndungsnächte durchwacht hatte.

DER AUFSEHER

An dieser Stelle wird es mal Zeit, Ihnen eins klarzumachen: Diesen verrückten Christuskriegerinnen ist nicht über den Weg zu trauen. Ich rede nicht von den Schmierereien am Domportal, die völlig ohne Absprachen geschahen. Sie wundern sich, dass ich Absprachen verlange? Na, was dachten Sie denn! Die Christuskriegerinnen wollten doch nur davon ablenken, dass es eine Verbindung zu mir gab. In Wahrheit hatten wir gleiche Interessen. Dieser Roloff hat uns übel mitgespielt. Ich kann Sabine Mowes gut verstehen. Wenn ich sie wäre, ich hätte den Roloff bestimmt 20-mal an seinem Schwengel am Glockenseil auf- und niedergezogen. Ich selbst habe sie nur einmal gesehen und das war vor Gericht, als sie um Schmerzensgeld klagte, weil ihr Sohn sich selbst das Leben ausgehaucht hatte und sie das uns in die Schuhe schieben wollte. Nur nebenbei: Es war unserem Justitiar ein Leichtes, die Klage vom Tisch zu bekommen. Wäre ja noch schöner, wenn's wie in den Staaten zuginge, wo es wegen jedem Dreck Schadensersatz gibt! Mein Gott, wie viele unglückliche Seelen haben wir? Wenn da jede zu entschädigen wäre, wir würden mit unseren Finanzen gar nicht mehr nachkommen. Ich sagte Ihnen ja bereits, dass ich der Chef eines auch im Großraum Stuttgart operierenden Franchising-Unternehmens bin. Genau das ist unsere Gesellschaft nämlich. Die Steuern fließen, aber wer weiß, wie lange noch. Unsere Immobilien werfen zwar einiges ab, wenn wir sie veräußern, aber das Ganze ist natürlich nicht unendlich. Da müssen wir das Geld beisammenhalten. Unsere Filialen sind gottlob sonntags im ländlichen Gebiet immer noch gut frequentiert, wenn man die Verkaufsangebote zugrunde legt, die im seelisch-geistlichen Bereich bestimmte Bedürfnisse bedienen. Sie liegen also nicht falsch, wenn Sie die Stichworte Glauben, Kirche, Gottesdienst für Ihre weiteren Spekulationen nutzen.

Höchstwahrscheinlich haben Sie meine Identität schon längst herausgefunden und fragen sich jetzt, warum ich vom engagierten Anwalt der Armen in den Slums zum ökonomisch denkenden Lederkoffer-Arsch mutiert bin. Tja, schlechte Zeiten für Sozialschwärmer. Darf ich in diesem Zusammenhang daran erinnern, dass das moralisch wohl am meisten unterbewertete Tier das Chamäleon ist. Ich brauche Ihnen nicht zu erzählen, wie schnell es seine Hautfarbe an äußere Einflüsse anpassen kann. Tarnen und täuschen, das ist auch meine Devise. Als mich diese junge Kommissarin befragte, war mir klar, dass sie voll auf meinen Einsatz in den Favelas und die Predigt der Nächstenliebe abfahren würde. Alles Nebelkerzen. Sehen Sie: Ich bin wandlungsfähig. Überhole auch rechts, wenn es links nicht vorwärtsgeht. Hm, langsam beginnen Sie mich zu verachten, stimmt's? Na, dann will ich noch nachlegen, bevor Sie mein Erschaffer im Schlussspurt des Romans mit Verfolgungsjagden, Schießereien und Geistesblitzen seines Hätschelkindes Struve traktiert. Denn Sie fragen sich natürlich, ob der Killer mich an diesem Abend in Stuttgart überhaupt angetroffen hat und warum das wichtig für das Verständnis dieses Falles ist. Ich gebe Ihnen einen Tipp: Sie sollten sich vor Augen halten, dass die eigentliche Gefahr nicht von Kobljew droht, der wie eine aufgeschreckte Wildsau verrückt spielte und mir zusetzen wollte. Bevor ich Ihnen aber weitere Hinweise gebe, möchte ich ausnahmsweise meinen Schreiberling, der mich immerhin schon mehrmals und recht lange zu Wort hat kommen lassen, ausdrücklich loben. Er gibt mir Gelegenheit, mich verantwortlich zu erklären für das, was ich getan habe. Sehen Sie, die Eskapade meines Geliebten Georg war nicht geplant. Eigentlich hätte er einfach nur die Plastiksäckchen am Ebnisee übergeben müssen – und zwar mit Inhalt. Dann wäre alles glattgegangen. Kobljew hätte Ruhe gegeben, und die Sache mit

Roloff wäre undurchschaubar geblieben. Niemand wäre auf mich gekommen. Klar, ich hätte ihn gerne aus seinem Priesteramt geschmissen, er hatte ja auch genug auf dem Kerbholz. Die Sache mit seiner Haushälterin, dann die Geschichte mit der Schillerglocke, die er verscherbelt hatte, wovon mir unser Glockensachverständiger dann auch berichtet hat. Ich meine, ich habe zwar selbst in meinem Leben eine Menge Mist gebaut, aber Roloff war einfach nicht über den Weg zu trauen.

Oh, jetzt verrate ich Ihnen schon zu viel. Warten Sie nur die weiteren Recherchen Struves ab. Dann werden Sie verstehen, warum ich so handeln musste.

Aber Sie wollen natürlich wissen, wie der Abend mit Kobljew lief. Gut, ich erzähl's Ihnen. Ich wollte ihn mit kleinen pekuniären Ködern aus der Reserve locken und so zähmen. Ich war gut gelaunt, als ich in meiner Dienstwohnung in Stuttgart saß. Es klingelte, und ich sagte zu meiner Haushälterin Irma: »Schau mal, ob es Georg ist, er müsste so langsam wieder zurück sein.« Aber es war nicht Georg, es war dieser Killer. Der stand auf einmal in meinem Wohnzimmer und drückte sein Gewehr gegen meinen Hals. So etwas kannte ich bisher nur aus Filmen, und ich muss Ihnen gestehen, ich war ganz schön nervös.

»Gib mir endlich meine Kohle!«, schrie er mich an.

Irma, meine Haushälterin, hatte er gleich in den Schwitzkasten genommen und ins Zimmer gestoßen. Sie fing an, ganz bitterlich zu weinen.

»Verehrter Herr, Sie meinen sicherlich das Honorar für den Auftritt in der Kirche«, versuchte ich ihn augenzwinkernd zu beruhigen. Schließlich sollte Irma nicht zur

Mitwisserin werden. Ich gebe zu, es war ein kritischer Moment, denn der junge Mann machte tatsächlich den Eindruck, als ob er unser kleines Geheimnis im Rausch des Ärgers hinausposaunen würde. Aber ich muss ihm ein Kompliment machen, er kriegte gerade noch mal die Kurve.

»Ja, nenn's von mir aus Honorar und Auftritt, aber rück's raus, und zwar sofort!«

Ich brachte ihn dazu, dass er mich zu meinem Haustresor begleitete. Irma musste leider in die Toilette, obwohl sie kein Bedürfnis angemeldet hatte. Sie verstehen bestimmt: Der Schlüssel steckte außen. Und um ehrlich zu sein, es war mir sehr recht, dass sie nicht mehr mitbekam.

Mein kleiner Stier Kobljew bekam ganz glänzende Augen, als ich ihm die zugesagten 50 000 Euro mit den Worten übergab: »Sie hatten eine Menge Unannehmlichkeiten. Verzeihen Sie die Verzögerungen im Zahlungsverkehr. Es musste sich um ein Missverständnis gehandelt haben.«

»Das kannste singen, Alter!«, rief der ungehobelte Kerl. Ich muss sagen, wenn ich um seine Umgangsformen gewusst hätte, ich hätte ihn nicht beauftragt. Aber was sollte ich machen, Kobljew hatte das Sagen und mit ihm war nicht gut Kirschen essen.

»Dein Bürschchen Georg hat's ganz schön auf die Spitze getrieben, alter Herr.«

»Wie meinen Sie das?«

»Jetzt tu nicht so unschuldig, du kleiner geiler Kauz.« Kobljew zwinkerte mir mit seinen Augen gemein zu und lachte dreckig.

Ich schwieg, wusste ja nicht, was ich darauf sagen sollte.

»Na, ist ja nicht schlimm, wenn ihr's miteinander getrieben habt, Alter.«

»Ich finde, das geht Sie nichts an.«

»Ach so, na gut, dann will ich dir mal was sagen: Mich geht das sehr wohl etwas an, wenn ihr mich verarschen wollt.« Kobljew packte mich wütend am Kragen und drückte mich gegen die Wand. »Dein Georg ist jetzt bei den Engeln und da bist du auch, wenn du's noch einmal bei mir versuchst.«

Ich wusste nicht, was ich sagen sollte. Georg bei den Engeln? Ich verstand es nicht.

»Was ist mit Georg?«

»Totgefahren, Verkehrsunfall.«

»Aber …«

»Ist noch nicht so lange her.« Kobljew ließ mich los. Er wollte schon gehen, als er sich noch einmal umdrehte. »Was wolltet ihr eigentlich mit der Nummer im Krankenhaus?«

»Welche Nummer, junger Mann?«

»Ich sag nur: Zimmer 221. In dem Raum lag ein Bulle. Und ihr wolltet mir weismachen, dass der Roloff noch lebt.«

»Hm, ich vermute, da muss etwas in der Kommunikation schiefgelaufen sein. Sie hatten Ihre Arbeit doch ganz vernünftig erledigt.«

»Und warum bekam ich diese komische Nachricht, ich hätte den Falschen erwischt und sollte meinen Job machen?«

»Von mir haben Sie solche Botschaften nicht erhalten, Ehrenwort.«

»Aha, dann ist das wohl auf dem Boden Ihres kleinen Liebhabers gewachsen, der den Zaster zum Treffpunkt bringen sollte?«

»Georg hatte Anweisungen, Ihnen den Betrag auszuzahlen. Ich habe dann zu ihm gesagt: Das war so gute Arbeit, da legen wir noch mal 10 000 Euro drauf. Hat er Ihnen das nicht gesagt?«

»Nein, Ihr Gespiele war nicht mehr so ganz ansprechbar.«

»Was genau ist passiert?«

»Das werden Sie schon noch erfahren. Ich muss jetzt los.«

Als ich Irma aus ihrem Verlies befreite, schaute sie mich an, als ob ich für diesen unangenehmen Besucher verantwortlich wäre. Ich lächelte sie an und sagte zu ihr: »Mach dir keine Sorgen: Der junge Mann hatte Ärger mit Georg – alles wird gut.«

KAPITEL 25: EINE HALLE WIRD ZUR FALLE

Schweißgebadet erreichten Maria Pawlowskaja und Sabine Mowes mit dem Fiat Ducato die verlassene Fabrikhalle in der Nähe von Forbach. Den Wagen stellten die Frauen in eine Garageneinfahrt, die von der Straße aus nicht einsehbar war. Unter einem Felsen, etwa 200 Meter von der Halle entfernt, fand die Russin den Schlüssel, den Kobljew dort für Notfälle hinterlegt hatte. Sie kannte das Gebäude von verschiedenen Waffengeschäften, die sie für den Armenier eingefädelt hatte. Offiziell diente es als Lager für Feinbleche, importierte Stahlwaren und Antiquitäten. Kobljew hatte sie als Großhandel deklariert. Auf einem großen Schild vor der Halle stand *Kein Werksverkauf – Vorsicht, bissiger Hund!* Damit hielt er neugierige Besucher fern. Das Lager war fensterlos und damit das ideale Versteck.

Sie holten die verängstigte Julia aus dem Auto und sperrten sie in einen muffigen abgedunkelten Raum.

»Verhalt dich bloß ruhig, sonst knallen wir dich gleich ab! Wir beschäftigen uns später mit dir«, schüchterte Sabine Mowes die Gefangene ein, deren Hände noch immer gefesselt waren.

Julia dachte daran, wie wenig zimperlich die beiden Frauen mit ihrer Glaubensschwester Marita Stöhr umgegangen waren. Und jetzt war sie in den Händen dieser skrupellosen Weibsbilder. Verzweiflung machte sich in ihr breit. Nur mit Mühe konnte sie ein Schluchzen unterdrücken. Wie hatte sie sich nur so täuschen können? Ihr tat es um Luca leid, dessen Warnungen sie in den Wind geschlagen hatte. Hoffentlich ging es ihm jetzt gut, nachdem ihn diese skrupellosen Mörderinnen verschont hatten.

Draußen brach inzwischen der neue Tag an. Es war wolkig, und Maria Pawlowskaja kochte im Büro in einer alten, verdreckten Maschine Kaffee. Die ordnende Hand einer Frau fehlte hier völlig, das hatte sie schon beim ersten Besuch vor einigen Jahren erkannt. In der Zwischenzeit blickte sich Sabine Mowes in der Industriehalle um. Dabei schweifte ihr Blick über Stapel mit alten Autoreifen, herumliegende längliche Bleche und ausgebaute Automotoren, über Karosserien von Motorrädern bis hin zu einem größeren Bereich, in dem auf einigen Paletten etwa 50 Glocken abgestellt worden waren.

»Schau mal, Maria, da hinten stehen Glocken, der hat sich eine richtige Sammlung aufgebaut!«, rief sie ihrer Mitschwester zu.

»Das ist Sergejs ganzer Stolz. Er steht unheimlich auf diese Dinger. Was meinst du, warum er so scharf auf die Schillerglocke war!«

»Steht sie auch dort?«

»Ja, komm. Ich zeige sie dir.«

Sie nahmen den Kaffee mit und betrachteten die Glocke, die im Mittelteil der Präsentation einen herausragenden Platz einnahm, weil sie als einzige an der Decke befestigt war und damit andeutungsweise über den abgestellten Glocken hing.

»Das ist also das Original!«, staunte Sabine Mowes. »Ich bezweifele, dass in Marbach irgendjemand merkt, dass ihnen eine Fälschung untergejubelt wurde.«

»Nun, Sergej hat seine Kontakte. Und da für ihn Geld keine Rolle spielt, hat er sich den Spaß, eine perfekte Nachbildung machen zu lassen, ein bisschen was kosten lassen.«

»Dafür hat er jetzt eine Glocke aus dem Jahr 1859, mit einem echten Abbild des Dichterfürsten.«

»Genau. Wiegt, glaube ich, 'ne knappe Tonne und ist von Deutschen, die in Moskau Schiller verehrt haben, gespendet worden. Allein, dass Sergej etwas aus Moskau erbeutet hat, macht ihn happy.«

»Und die anderen Glocken hier? Sind das alles Nachbildungen oder hat unser Glockensammler von irgendwoher noch weitere Originale?«

»Nein, natürlich sind das alles Plagiate. War ja schwer genug, daranzukommen. Aber die Glocke ist doch auch für dich ein besonderes Symbol, oder?«

Sabine Mowes wusste darauf nichts zu sagen. Tränen stiegen in ihr auf, sie schluchzte. Verlegen kramte sie ein Taschentuch hervor.

Maria Pawlowskaja nahm sie in den Arm, um sie zu trösten. »Ich weiß, wie dir immer noch zumute ist.«

»Ich denke noch immer so oft an Daniel, er will mir nicht aus dem Sinn«, seufzte Sabine Mowes. »Jetzt sehe ich diese Glocke, und ich werde wieder traurig, weil sie mich daran erinnert, wie sehr er mir fehlt.«

»Das kann ich gut verstehen, meine Liebe.« Sie streichelte den Rücken ihrer Glaubensschwester, fasste sie dann fest an den Schultern und blickte sie dabei freundlich an. »Was wir getan haben, haben wir getan, Sabine. Wir haben Daniel Genugtuung verschafft, und daran soll dich diese Glocke immer erinnern.«

Quietschende Reifen kündigten Besuch an.

»Sergej?« Maria Pawlowskaja eilte zum Eingang. Sie erkannte Kobljew und öffnete die Tür.

»Schön, dass du kommst«, begrüßte sie ihn.

»Schön. Schön. Nichts ist schön. Die Bullen suchen euch und ihr hockt hier seelenruhig herum. Ihr müsst weg!«

»Aber ich habe dir doch schon gesagt, dass sie die Straßen absperren. Es ist zu gefährlich.«

Sergej Kobljew ließ sich auf einen Stuhl fallen und lehnte sich zurück. Er schien nachzudenken. Die beiden Frauen setzten sich zu ihm.

»Was ist überhaupt passiert, dass ihr so in die Klemme geraten seid?«

»Wir waren in der Adelindis-Hütte. Dann kam dieser Journalist, der uns schon vorher beschnüffelt hatte. Das Ganze endete damit, dass wir ihn und seine Freundin eliminieren wollten, dann aber Marita ausgeflippt ist und abhauen wollte. Es blieb uns nichts anderes übrig, als sie zum Schweigen zu bringen.«

»Na, großartig! Und wie habt ihr es geschafft, auch noch die Polente dazuzuholen? Habt ihr Einladungskarten zu eurem Hüttenwochenende verschickt?«

»Du kannst dir deine Ironie sparen, Sergej. Sie müssen irgendwie auf den Journalisten aufmerksam geworden sein. Ein Artikel vielleicht, er hatte sich als Frau verkleidet und sich bei uns eingeschlichen.«

»Und ihr seid ihm aufgesessen. Sagt mal, wie einfältig seid ihr eigentlich? Überhaupt, diese ganze Christuskriegerinnen-Scheiße. Ich habe immer gesagt, sucht euch 'nen vernünftigen Job oder einen reichen Macker, aber dieses religiöse Getue, das bringt nichts als Verwirrung.«

»Also, Sergej! Von dir als Armenier hätte ich etwas mehr Feingefühl in religiösen Fragen erwartet!«, protestierte Maria Pawlowskaja.

»Nee!« Kobljew stand auf. »Erst baut ihr Mist, dann soll ich dazu noch gute Miene machen?« Unruhig streifte er durch die Halle. Warum hatte er sich bloß in diese Sache hineinziehen lassen? Gewiss, er verdankte Maria viel. Hätte sie nicht in Grosny für seine Sache geworben, stünde er heute mit leeren Händen da. Jetzt aber drohte ihm die Sache über den Kopf zu wachsen. Er war nicht der Typ, der lange fackelte.

»Wie lange wollt ihr noch hier bleiben?«, fragte er.

»So lange wie erforderlich«, antwortete die Pawlowskaja. »Du weißt selbst, dass wir jetzt nie durchkommen würden.«

»Ja, natürlich. Ihr müsst hier abwarten«, signalisierte Kobljew scheinheilig Verständnis. »Wahrscheinlich braucht ihr ein paar Lebensmittel. Die kann ich euch holen.«

»Gute Idee«, fand Maria Pawlowskaja. »Kriegst du's freihändig hin oder sollen wir dir eine Liste schreiben?«

»Nee, ist nicht nötig, ich schaff's schon so. Erwartet

aber keinen Luxus. Ich fahr zum Aldi-Markt, der ist am nächsten.«

Kobljew bewegte sich zum Ausgang. Maria Pawlowskaja und Sabine Mowes begleiteten ihn. »Danke, Sergej, ich wusste, wir können uns auf dich verlassen«, betonte die Russin fast schon im feierlichen Ton.

»Vielleicht nicht so ganz«, antwortete Kobljew, zog seine Ceska 83 mit Schalldämpfer und drückte ab. Die beiden Kopfschüsse aus nächster Distanz verlangten dem Killer nicht viel ab. Er lächelte verächtlich, als seine Opfer, ihn fassungslos anstarrend, zusammenbrachen. »Lästiges Pack«, murmelte er und begann, sich Handschuhe anzuziehen, um die Leichen in Plastiksäcke zu verfrachten. Er überlegte kurz, ob er sie in dem kleinen Nebenraum zwischenlagern sollte, verwarf diesen Plan aber wieder, weil eine solche Entdeckung an diesem Ort ihn schwer belasten würde. Die Leichen sofort irgendwo im Wald zu entsorgen, wäre jedoch wegen der Polizeikontrollen zu riskant. Er würde das später erledigen. Er nahm den Schlüssel des Fiat Ducato aus der Tasche von Maria Pawlowskaja und lud die Plastiksäcke dort ein. Den Wagen würde er heute Nacht in einer nahen Schlucht hinunterrollen lassen und anzünden.

Vergeblich kämpfte Julia gegen ihre Fesseln an. Ihre Handgelenke brannten wie Feuer. Die dünnen Seile hatten ihre Haut aufgescheuert. Hilflos lag sie in einer Ecke des stickigen Abstellraums. Mit den Armen war sie an ein Regal gebunden worden. Ihre Füße hatten sie so zusammengeschnürt, dass sie nicht aufstehen konnte. Das

Klebeband haftete schon seit Stunden unnachgiebig auf ihrem Mund, den ein hineingestopftes Taschentuch ausfüllte. Würde sie überhaupt lebend aus diesem Wahnsinn herauskommen? Schweißperlen tropften von ihrer Stirn. Geschockt von der Brutalität der beiden Frauen, haderte sie still mit ihrem Schicksal. Niemals hätte sie gedacht, dass hinter der Maske der religiös Suchenden eine derartige Kaltblütigkeit zum Vorschein kommen könnte. Sie dachte an die tote Marita Stöhr, mit der sie während der Exerzitien immer wieder angeregt geplaudert hatte. Und Luca kam ihr in den Sinn. Wie mutig er gewesen war, sie da rausholen zu wollen! Wie wenig sie zu ihm gehalten hatte! Julia kämpfte mit den Tränen. Ihre einzige Hoffnung war das Handy gewesen, das sie in der unteren Tasche ihrer Hose versteckt gehalten hatte. Sie hatte für das Mobiltelefon bewusst eine Hosentasche unterhalb ihrer Knie eingenäht, um mit den zentralen Stellen ihres Körpers weit genug von der Strahlung entfernt zu sein. Aber das Handy hatten sie entdeckt, als es auf der Fahrt ein Summen von sich gegeben hatte. Wieder versuchte Julia, ihre Fesseln zu lockern, aber sie erlaubten ihr nicht einmal, sich auch nur zentimeterweise zu bewegen.

KAPITEL 26: EINE NEUE SPUR

Struve und Förster waren sofort losgefahren, nachdem die Nachricht eingetroffen war, eine Streife habe Julias Handy gefunden. Sie nahmen Luca Santos mit, der nach seiner Befreiung aus der Hütte erstaunlich ruhig geblieben war.

»Kein bisschen Angst um Ihre Kleine?«, fragte der Kommissar, als sie zum Fundort fuhren.

»Julia darf nichts passieren, hören Sie!« Santos saß hinten, während Melanie Förster vorne eine Packung Kaugummis öffnete.

»Hier, nehmen Sie einen, der beruhigt.«

»Danke.« Der Journalist starrte schweigend in die undurchdringliche Finsternis des Schwarzwaldes, die jeden Anflug von Optimismus verschlang. Die Spur der Christuskriegerinnen roch blutig und es war anzunehmen, dass sie auf der Flucht Ballast abwerfen würden.

»Hier muss es sein.« Struve fuhr auf einen Wanderparkplatz. Das Blaulicht der Kollegen wies ihm den Weg. Wenig später hielt er das Mobiltelefon der Entführten in der Hand.

»Ist es das richtige?«, fragte der Kommissar seinen Begleiter.

»Ja, klar. Sie hat auch meine Nummer gespeichert, schauen Sie nur.« Luca Santos betastete mit zittriger Hand das Gerät.

Melanie Förster hatte inzwischen ihren Tablet-PC hervorgeholt. Sie gab die Koordinaten des Fundortes ein.

Auf dem Bildschirm erschien wenig später eine Karte. Konzentrisch angeordnete Kreise zeigten mögliche Fluchtwege an.

»Gibt es Neues von den Straßensperren?«, fragte Struve.

»Nein, keine besonderen Vorkommnisse«, antwortete die Kollegin, die durch Mails fortwährend auf dem Laufenden gehalten wurde.

»Sieht so aus, als ob wir die Spur verloren hätten.« Nichts ärgerte den Kommissar mehr als missglückte Verfolgungen.

»Wie lange liegt das Handy schon hier?«, wollte Luca Santos wissen.

»Wir haben vor 15 Minuten die letzte Bewegung dieses Telefons angezeigt bekommen.«

»Das heißt, die können noch nicht so weit sein.«

»Richtig, ein Radius von 20 bis 30 Kilometern ist realistisch.«

Struve sah die Straßensperren optimal angeordnet. Sollte er binnen einer halben Stunde keine Erfolgsmeldung bekommen, konnte das nur bedeuten, dass die Flüchtigen irgendwo untergetaucht waren.

»Wir müssen alles versuchen«, murmelte Struve, der um die Schwierigkeit der Aufgabe ebenso wusste wie um die Notwendigkeit, bald Ergebnisse zu erzielen, damit sich die Spur nicht ganz verlöre.

Julia hatte von Kobljew und den Schüssen nichts bemerkt. Erschöpft war sie eingeschlafen und wachte mitten in der Nacht wieder auf. Erst allmählich gewöhnten sich ihre Augen an die Finsternis. Das Klebeband an ihrem Mund hatte sich gelockert. Sie hätte es abstreifen und laut schreien können, doch wollte sie ihre Wächterinnen nicht auf den Plan rufen. Sie würde erst dann um Hilfe rufen, wenn sich ihr eine realistische Fluchtchance böte. Daran war aber in ihrer augenblicklichen Lage nicht zu denken. Das Regal gab keinen Zentimeter nach. Immer wieder rieb sie ihre zusammengepressten Handgelenke aneinander, um so vielleicht aus den dünnen Stricken zu schlüpfen. Ein Unterfangen, das ihr nicht gelingen wollte, aber dafür sorgte, dass die Fesseln anzogen und ihre Finger spürbar weniger durchblutet wurden.

Stunden vergingen, Julias Magen begann zu knurren. Sie wunderte sich, dass niemand kam, um sie zu versorgen. Sie hassen mich, und sie haben genug mit sich selbst zu tun, dachte Julia. Auch die Pawlowskaja und die Stöhr bräuchten Schlaf, bevor sie ihre Flucht fortsetzten. Julias Mund war ausgetrocknet, sie fühlte sich schwach und verzweifelt, Tränen kullerten ihre Wangen herunter. Seltsam, dass ausgerechnet das Ideal der christlichen Nächstenliebe sie in diese Situation gebracht hatte. Sie machte sich nichts vor: Wenn Pawlowskaja und Stöhr sie loswerden wollten, konnten sie sie für immer zum Schweigen bringen. Julias Nackenhaare sträubten sich. Nasser Angstschweiß perlte an ihrem Rücken herab und verklebte ihr T-Shirt. Sie musste von hier weg. Angestrengt versuchte sie, Gegenstände zu erkennen, die in ihrer Nähe lagen. Julia bemerkte einen schmalen Metallgegenstand. Ein Teppichmesser, das offenbar jemand im Raum liegen gelassen hatte. Es schmiegte sich an die Kante eines Regals, fast so, als ob es hinunterfallen wollte. Julia versuchte, ihre gefesselten Füße zu dem Regal zu schwenken. Mit den Fußspitzen erreichte sie die vordere Kante. Es gelang ihr, das Regal millimeterweise nach vorne zu drücken. Das Messer fiel nach unten, direkt vor ihre Füße. Nach einigen Minuten schaffte sie es, das scharfkantige Werkzeug näher an ihren Körper heranzuziehen. Endlich bekam sie die Klinge zu fassen. Was wäre, wenn sie jetzt kämen? Fieberhaft drehte sie mit den Fingern das Messer. Mit der Klinge könnte sie am Seil scheuern. Sie schnitt sich. Spürte das Blut aus der Wunde am rechten Ringfinger tropfen. Sie konnte kein Blut sehen, schon als Kind nicht. Es kostete sie Überwindung, weiter mit der Klinge an den Seilen zu sägen, die ihre Handgelenke umschlossen hielten. Die Wunde brannte. Julia nahm all ihren Mut zusammen und klemmte das Teppichmesser zwischen ihre Hände und das Seil. Sie drückte ihren Rücken gegen das Messer. Eine weitere halbe Stunde verging, endlich durchtrennte die Klinge die Stricke, die Julia schließlich abstreifte. So leise sie konnte, näherte sie sich dem Fenster. Sie zog den Rollladen etwas nach oben. Draußen war es dunkel. Das Fenster ließ sich problemlos öffnen. Sie kletterte hinaus, gierig sog sie die frische Luft ein. Julia vergewisserte sich, dass sie niemand sah. Sie rannte über den nur spärlich beleuchteten Parkplatz in den Schutz des nahen Waldrandes. Aber wohin sollte sie fliehen? Man würde sie verfolgen. Zu Fuß in den Wald – und sich flach auf den Boden legen, um auf den Tag zu warten, erschien ihr zu unsicher. Auch die Pawlowskaja kannte sicherlich solche Methoden des Ausharrens. Es war nicht auszuschließen, dass sie morgen bei Tageslicht den Wald nach ihr absuchen würden. Es war zu dunkel, um kilometerweit in den Wald zu laufen. Aber welche Alternativen hatte sie? Die Firmenhalle lag abseits aller Wohnbebauungen. Sie konnte an der Straße entlang versuchen, in den nächsten Ort zu gelangen, doch das Risiko, gerade dabei leicht aufgegriffen zu werden, erschien ihr zu groß. Sie stellte sich vor, was die Pawlowskaja mit ihr anstellen würde, geriete sie wieder in die Finger dieser Schnepfe. Sie musste einen Weg finden, möglichst schnell mit Menschen in Kontakt zu kommen, die sie mitnehmen konnten. Sie entschied sich dafür, parallel zur Straße im Wald zu fliehen, um Land zu gewinnen. Sie musste an der Straße bleiben. Nur so könnte sie am nächsten Morgen versuchen, Autos anzuhalten, Menschen zu finden, die ihr helfen konnten. Und wer wusste es schon, vielleicht hätte sie den nächsten Ort ja bis dahin längst erreicht. Einen Ort, in dem es hoffentlich irgendein Telefon gab. Das Risiko erschien ihr, je mehr sie darüber nachdachte, kalkulierbar. Gefahr drohte ihr eigentlich nur von dem Fluchtwagen der Christuskriegerinnen, dachte sie und beschloss, sich vor den nächtlichen Lichtkegeln sich nähernder Fahrzeuge zu verstecken.

In welche Lage hatte sie sich und auch Luca gebracht? Um ein Haar wären sie von diesen offenbar verrückt gewordenen Frauen getötet worden. Julia ließ die Ereignisse der letzten Stunden Revue passieren. Warum hatte sie nicht eher aufbegehrt? Hatte Verdacht geschöpft, als sie diese dumme Aktion am Domportal planten? Sie hätte abhauen sollen. Luca hatte ihretwillen viel riskiert, um sie zu erreichen. Und sie hatte sich auf die Seite dieser Kriminellen gestellt. Sie konnte immer noch nicht fassen, wie manipulierbar sie war. Ihre eh schon schweren Schritte verlangsamten sich weiter, bis sie sich schließlich ermüdet auf einen Baumstamm setzte und zu weinen begann.

»Ich bin ein schwaches, naives Kind«, brach es aus ihr heraus. »Ich habe kein Ziel im Leben.«

Die Stille des Waldes umgab sie und sie verbrachte Minuten in diesem Zustand der Verzweiflung. Dann wurde ihr kalt. Ich muss gehen, sagte sie sich. Weitergehen. Nicht still stehen. Nicht zurückblicken. Weiter, es muss weitergehen. Wem wäre geholfen, wenn ich mich aufgäbe? Sie merkte, dass ihr Wille, heil aus dieser verfahrenen Geschichte herauszukommen, das Schamgefühl für das, was sie falsch gemacht hatte, überstieg. Ihr fiel das Märchen von Rotkäppchen ein, und sie musste darüber lächeln, weil sie ja auch vom Weg abgekommen war und der Wolf sie gefressen hatte. Jetzt musste nur noch der Jäger kommen und sie aus dem Schlund dieses dunklen Waldgefängnisses herausholen. Sie sehnte sich nach Luca und seiner warmen, einfühlsamen Art, durch die sie sich geborgen fühlte. Wie blind sie doch gewesen war, als sie ihn in den letzten Monaten immer stärker aus den Augen verloren hatte! Aber war es nicht letztlich so, dass sie sich in keinster Weise von anderen Menschen unterschied, die einfach andere brauchten, um Lebenswärme zu spüren? Herzensschläge, die nicht in irgendwelchen Gruppen oder Sekten zu finden waren, auch wenn Gott, der allwissende Gott, diese Liebe geben sollte? Warum brauchen wir Krücken auf dem Weg zum Schöpfer? Und warum war es so schwer, sich einzugestehen, dass man ohne Freunde, wirklich bedeutungsvolle Freunde, eigentlich aufgeschmissen war? Julia gab zu, sich geirrt zu haben, als sie dachte, Maria Pawlowskaja könne ihr das geben, was Luca ihr nicht bieten konnte: die Totalität Gottes, zu dem sie sich einen Zugang erhoffte. Dabei ahnte sie, dass sie ein Leben lang eine Gottsuchende bleiben würde. Ob Luca sie nach all dem besser verstehen würde? Ob er sie überhaupt noch liebte? Wieder brach ein Schluchzen aus ihr hervor, gegen das sie sich nicht wehren konnte. Es durchschüttelte sie, sodass sie sich am liebsten auf den Boden gelegt hätte, um in den Mond zu starren und die Luft einzuatmen, die ihr wegblieb. Aber der Mond, ihr stummer Freund, der ihr in manchen Nächten so nah vorgekommen war, als ob er ihr sein Gesicht warm zuwenden wollte, schien nicht. Sie fühlte sich kalt und um Jahre gealtert. Aber sie durfte weitergehen, auch in dieser Finsternis, Luca entgegen. Ihr fiel ein Schiller-Zitat ein, das sie vor vielen Jahren auf einem Banner in Marbach gesehen hatte: *Wage du, zu irren und zu träumen.* Wie langweilig wäre ein Leben ohne Irrtümer! Wie abgeleckt wäre die Welt in einer sterilen Box des Perfektionismus. Nein, sie würde zu ihren Fehlern stehen. Es gab nichts Höheres als die Würde dessen, der hingefallen war und wieder aufsteht. Dessen, der verloren schien, aber wieder nach Hause geführt wird. Ihre Heimat lag bei Luca und sie nahm sich vor, ihn in Zukunft bei ihrer Gottessuche als das zu sehen, was er für sie sein sollte: ein Geschenk, sichtbares Zeichen der Liebe Gottes zu ihr.

Das Klingeln ihres Mobiltelefons riss Melanie Förster aus der Ruhe. Sie und Struve hatten sich ebenso wie Santos einige Minuten auf den Pritschen des Aufenthaltsraums im Nagolder Revier hingelegt, um die weiteren Ergebnisse der Fahndung abzuwarten.

»Wir haben da vielleicht was für Sie«, hörte sie einen Polizisten sagen. »Brennender Pkw mit Ludwigsburger Kennzeichen. Das Fahrzeug deckt sich mit den Beschreibungen des Wagens, nach dem wir fahnden.«

»Wo ist es?«

»Etwa eine halbe Stunde Fahrt.« Der Polizist beschrieb den Ort, ein abgelegener Steinbruch, in dem der Wagen aus etwa 30 Meter Höhe in den Abgrund gestürzt war.

Wenig später trafen Struve, Förster und Santos dort mit weiteren Ermittlern des Nagolder Reviers ein. Feuerwehrleute hatten den Brand gelöscht und sperrten das Gelände ab. Nur mit Mühe gelang es den Einsatzkräften, den besorgten Journalisten zurückzuhalten. Schließlich ließ ihn Struve in den Einsatzwagen bringen, damit er die Arbeiten nicht weiter behinderte.

»Viel ist ja nicht mehr übrig geblieben«, bemerkte Struve trocken, als er mit seiner Kollegin das Wrack betrachtete.

»Es ist völlig ausgebrannt – die Spurensicherung ist unterwegs. Wir müssen schauen, was da noch zu erkennen ist«, sagte der Polizist, der von meterhohen Flammen erzählte, die einem Jäger während der nächtlichen Pirsch aufgefallen waren.

»Das nennt man wohl Weidmannsglück«, kommentierte Struve und schob sich einen Kaugummi in den Mund.

»Da hat sich aber jemand schwer Mühe gegeben, seinen Wagen zu entsorgen.« Melanie Förster blickte ihren Kollegen fragend an.

Struve nahm den Ball auf: »Sehr viel Mühe. Das wäre bestimmt auch einfacher gegangen.«

»Denke mal, das Flammenmeer ist nicht ohne Grund entstanden. Etwas oder jemand musste verschwinden.«

»Klar. Unser junger Freund ist nicht umsonst so aufgeregt«, stellte Struve fest und ging mit seiner Kollegin zum Feuerwehrkommandanten.

»Der Brand ist mit Beschleunigern in Gang gesetzt worden«, berichtete der Feuerwehrmann. »Natürlich wäre es auch so möglich gewesen, dass ein Auto bei einem Sturz aus dieser Höhe Feuer fängt, aber da hat wohl jemand ganze Arbeit leisten wollen.«

»Was unsere These erhärtet«, meinte Melanie Förster. »Wir denken, dass dieser Jemand vor allem auch den Inhalt des Wagens unkenntlich machen wollte.«

»Gibt es Anzeichen, dass Menschen in dem Auto waren?« Struve hoffte, er könne mit guten Nachrichten auf Santos zugehen.

»Das werden erst Ihre Kollegen von der Spurensicherung exakt sagen können, aber ich halte es für wahrscheinlich.« Der Kommandant wirkte betreten. »Wissen Sie, mit der Zeit entwickelt sich bei Feuerwehrleuten ein Geruchsempfinden.«

»Verstehe.« Struve schluckte.

»Wie logisch ist es, die Geisel auf diese Weise samt Fluchtwagen zu beseitigen?« Melanie Förster war bemüht, die Ermittlungen zu versachlichen. »Ich denke, dass die

Frauen auf jeden Fall ein neues Fahrzeug bräuchten, aber wo sollten sie es mitten in der Nacht in dieser Gegend herbekommen?«, gab sie sich selbst eine Antwort.

»Diebstahl.« Struve dachte nach. »Oder ein vorbereiteter Fahrzeugwechsel.«

»Beides ist möglich. Wenn wir morgen keine Nachricht über einen gestohlenen Wagen bekommen, ist die andere Variante wahrscheinlicher.«

»Mich lässt die Frage nicht los, warum der Wagen auf diese spektakuläre Weise vernichtet wurde«, gab Struve zu bedenken. »So etwas kostet Zeit. Wer flieht, hat diese Zeit normalerweise nicht.«

»Wir wissen nicht, ob Julia in dem Wagen war. Aber es kann natürlich eine Erklärung dafür sein, warum alles in Flammen aufgehen musste.«

»Die reinigende Wirkung des Feuers – ein fast schon zynischer Gedanke, liebe Kollegin.« Struve merkte, dass ihre Schlussfolgerungen spekulativ waren. »Gehen wir doch mal davon aus, dass die Geisel als nützlich angesehen wird und noch lebt – so würde ich es übrigens auch unserem Journalisten kommunizieren«, betonte der Kommissar. »In diesem Fall wäre der Fahrzeugwechsel wahrscheinlicher als der Diebstahl. Und hatten wir nicht angenommen, dass die Frauen hier einen Unterschlupf haben, um nicht in das Netz der Straßensperren zu geraten? Ich denke, wir sollten in diese Richtung weiterdenken.«

Melanie Förster nickte. »Wir könnten bei Tag Befragungen in den Orten hier in der Gegend vornehmen lassen. So viele Käffer gibt es im Umkreis von 20, 30 Kilometern gar nicht.«

»Es ist trotzdem die Stecknadel im Heuhaufen, Melanie.« Man bräuchte noch mehr Informationen über den Frauenorden, über mögliche Hintermänner, die in einer solchen Situation Fluchthilfe leisten, bis zur Bereitstellung eines Wagens. »Ein Fall für Littmann – er soll diese Querbezüge eruieren.«

Melanie Förster informierte den Innendienstler.

Es war an der Zeit, mit Santos zu reden. Struve öffnete die Türe des Kleinbusses und nahm neben dem wütenden Wartenden Platz. Santos saß mit verschränkten Armen da und schwieg.

Auch Struve redete nicht. Er verharrte eine Weile so, bevor er sich zu seinem Nachbarn drehte. »Wir wissen noch nichts. Nur halten wir es nicht für logisch, dass die Entführer ihre Geisel umbringen.«

»Sie haben diese Weiber nicht erlebt.« Santos schüttelte den Kopf. »Die sind völlig gaga. Ich rechne mit dem Schlimmsten.«

»Kann ich verstehen, Herr Santos. Sie sind zu Recht sehr besorgt, aber Sie brauchen Schlaf. Ich würde Sie gerne nach Hause bringen lassen. Wäre das okay für Sie?«

»Ich muss Julia finden. Kapieren Sie das nicht?« Luca schlug wütend mit der Faust auf sein Knie und brach in Tränen aus.

»Jetzt beruhigen Sie sich doch – wir werden sie finden, da bin ich mir ganz sicher.« Struve legte ihm die Hand auf die Schulter und schwieg. So saßen sie eine Weile da. Der Journalist wischte sich die Tränen mit einem Papiertaschentuch ab und nickte dem Kommissar zu: »Es reicht, wenn Sie mich zu meinem Auto bringen, Herr Struve. Dann komme ich schon klar.«

»Der Morgen dämmert schon, und Sie machen auf mich einen ziemlich übernächtigten Eindruck. Sie können sich gerne ein Zimmer nehmen und sich erst einmal ausruhen – die Polizeidirektion hier hat ein Apartment für solche Fälle.«

Das Angebot kam ihm nicht ungelegen. Luca wollte unbedingt in der Nähe bleiben. »Eine Mütze Schlaf kann nicht schaden«, antwortete er. »Da nehm ich dankend an. Immer vorausgesetzt, Sie sperren mich nicht ein.«

»Das würde ich nur tun, wenn Gefahr im Verzug ist«, warf Struve ein. »Aber ich gehe davon aus, dass Sie sich vernünftig verhalten, nicht wahr?«

»Ja, davon können Sie ausgehen.« Luca erfuhr, dass am Stadtrand von Nagold in einem der Hochhäuser eine Wohnung der Polizei für ihn frei war. Er bestand jedoch darauf, dass er mit seinem Wagen dorthin fahren durfte.

Als Luca schließlich in der Wohnung war, überwältigte ihn der Schlaf.

Er legte sich hin, stellte den Wecker und machte die Augen zu. Unruhig wälzte er sich auf dem Sofa hin und her, das ungewisse Schicksal Julias arbeitete in ihm weiter. Wieder träumte er und wieder kreiste die alte Pawlowskaja über ihnen, während er und Julia als Schmetterlinge auf einer leuchtend gelben Löwenzahnblüte saßen und sich zulächelten. Dann stürzte der schwarze Schatten auf sie zu. Doch diesmal verfehlte die schwarze Krähe alias Pawlowskaja das Ziel und plumpste laut aufklatschend in einen nahen Brunnen. Als sich Luca umdrehte, war

Julia jedoch verschwunden. Er suchte sie überall, konnte sie aber nicht finden.

Ungeduldig wartete Peter Struve auf die Ergebnisse der Spurensicherung. Er saß in der Kantine des Nagolder Polizeireviers und schaute sich die Tagesausgabe des Schwarzwälder Kuriers an. Der nächtliche Fund war natürlich noch nicht im Blatt. »Wir müssen dafür sorgen, dass das nicht zu lange unter Verschluss bleibt«, bedeutete Struve seiner Kollegin, die das sofort an die Revierleitung weitergab.

»Ja, klar, wir brauchen Hinweise – denke, dass ich das bei der Polizeidirektion einfädeln kann«, versprach Melanie Förster am Telefon.

»Höchste Zeit, dass wir erfahren, was es mit dem Autowrack auf sich hat«, krittelte Struve und goss sich einen dünn gebrühten Kaffee aus dem Kantinenautomaten nach.

Ein Blick auf ihren E-Mail-Eingang verriet Melanie Förster, dass der Bericht vorlag. »Warte mal, Peter, ich hab da was bekommen.«

Struve, der immer noch kein Smartphone besaß, weil er nicht ständig mit dem Internet befasst sein wollte, merkte auf. »Und?«

»Sie haben uns den Bericht per PDF zukommen lassen.«

»Scheint hier alles schriftlich abzulaufen«, wunderte sich der Kommissar, »am Ende arbeiten nur noch Computer und Roboter, und wir mutieren dann auch noch zu faden Polizeiapparatschicks.«

»Grauenvolle Vorstellung«, stimmte Melanie Förster formhalber zu, während sie mit regungsloser Miene den Bericht las.

»Also?«

»Der Wagen war zwar ausgebrannt, doch fanden sich noch Knochenreste der Pawlowskaja und der Mowes, wie die DNA bestätigte.«

»Hm, ja, die haben den Wagen doch auch benutzt. Scheint mir nichts Ungewöhnliches, wenn da ein paar Haare rumlägen.«

»Peter, es handelt sich nicht um Haare, die haben den Schädel der Mowes gefunden.«

Struve entgleisten die Gesichtszüge. »Na, so was lässt man aber auch nicht im Gepäckraum liegen.«

»Du sagst es. Die Vermutung liegt nahe, dass es sich um den Teil einer Leiche handelt, die entsorgt werden musste.«

»Hm, ja. Und was ist von der Pawlowskaja gefunden worden?«

Melanie Förster konnte sich ein Grinsen nicht verkneifen. »Peter, du gefällst mir heute gar nicht. Kann es sein, dass der Messwein bei dir wieder durchschlägt?«

»Nein, meine Liebe. Bin bei vollem Bewusstsein.«

»Gut, also die Spurensicherung nimmt an, dass Maria Pawlowskaja, ebenfalls tot, in dem brennenden Wagen war.«

»Und wie kommen die darauf?«

»Sie haben Projektile gefunden, die noch von Gewebe umgeben waren. Computer können heute sehr viel herausfinden, wenn man sie richtig füttert.«

»Auch wieder die DNA?«, wollte Struve wissen.

»Ja, klar. Wir hatten sie, weil Kollegen in der Hütte Haare gefunden hatten, die eindeutig zuzuordnen waren.«

Peter Struve stand auf und trank einen Schluck Kaffee. Er verzog das Gesicht, als er den Becher absetzte, und blickte seine Kollegin entschlossen an.

»Kann auch Julia in dem Wagen gewesen sein?«

»Auszuschließen ist es nicht, aber wir haben nur zwei Projektile gefunden und es sieht so aus, als ob damit die beiden Christuskriegerinnen getötet worden wären.«

»Aber wer macht so etwas?« Struves Gesicht verfinsterte sich.

»Profis.« Melanie Förster erzählte von den verwendeten Geschossen, die laut vorläufigem ballistischem Bericht aus dem Lauf einer Ceska stammen mussten.

»Okay, Ceskas gibt es viele, aber die Kriegerinnen waren selbst bewaffnet. Da lässt man sich nicht einfach abknallen, Melanie.«

»Sehe ich auch so. Wahrscheinlich haben sich Täter und Opfer gekannt, und es ist unvermittelt passiert.«

»Gut, wir haben also einen Mister X, der vermutlich als Gastgeber fungierte, sich die beiden aber vom Leib halten wollte.«

»Zumal das Netz der Straßensperrungen stand.« Melanie Förster hob die Augenbrauen, nachdem sie noch einmal in den Bericht geschaut hatte.

»Was gibt's?« Struve merkte, dass noch weitere Fakten im Raum standen.

»Sie schreiben, dass am einzigen halbwegs brauchbaren Reifen frische Spuren von Kupfer hafteten.«

»Ach ja? Gibt es hier irgendwo Industrie?«

»Das nicht, Peter. Aber offenbar einige Betriebe, die damit handeln. Aufkauf von Resten, die bei Bauprojekten anfallen.«

»Okay. Das könnte uns weiterhelfen. Wir müssten mal prüfen, wo die liegen. Ich denke, wir haben ein überschaubares Gebiet.« Struve trank den restlichen Kaffee aus, der ihm jetzt schon besser schmeckte.

»Es könnten auch Baustellen mit Kupferleitungen sein, aber davon soll es hier derzeit keine geben, heißt es im Bericht.«

»Umso besser, Melanie. Wie viele Betriebe sind angegeben?«

»Drei – davon liegt einer ziemlich in der Nähe, die beiden anderen eher am Rande.«

»Schick dort zwei Wagen hin, die sollen das checken. Wir knöpfen uns den in der Nähe vor. Sag denen von der Spurensicherung Bescheid. Sollen mitkommen, damit wir einen Abgleich mit dem Kupfer und den Reifenspuren machen können.«

Eine Viertelstunde später standen Förster und Struve vor Kobljews Lagerhalle. Der Kommissar schaute sich um. Es war ein abgelegenes kleines Gewerbegebiet, bis zur nächsten Ortschaft waren es fast zehn Kilometer. Eine Handvoll Flachdach-Häuser wirkten schnell hingebaut und wenig einladend.

»Viel los ist hier ja nicht«, meinte Struve, als sie auf dem großflächigen Hauptparkplatz ausstiegen.

»Ist ja auch noch früh«, hielt ihm Melanie Förster entgegen. Sie deutete auf die Anzeige ihres Smartphones: 7.21 Uhr.

»Wann kommt die Spurensicherung?«, wollte Struve wissen.

»Wird noch dauern. Es hieß, die seien dünn besetzt. Krankheit, Urlaub …«

»Wir sollten Besold herholen. Probierst du's?«

»Der braucht aber auch 'ne Stunde bis hier raus.« Etwas unwillig nahm Melanie Förster ihr Mobiltelefon und bestellte den Kriminaltechniker.

»Kupfer am Reifen?« Besolds überraschte Stimme drang aus dem Handy bis zu Struve, der neben seiner Kollegin stand und überlegte, wie er auf diesem Gelände weiterkommen könnte. Ein Haus sah wie das andere aus, und die Aussicht, auf bloßen Verdacht über die Staatsanwaltschaft langwierig Durchsuchungsbefehle für die Firmengebäude zu erwirken, hob nicht gerade seine Tageslaune.

Wie sich herausstellte, gab es in dem Gebiet keinen Betrieb, der nur mit Kupfer handelte, wohl aber diese Firma, die Metalle veräußerte. In dem Gebäude schien sich niemand aufzuhalten.

»Die haben wohl gerade Auftragsflaute«, vermutete Melanie Förster.

»Möglich, aber trotzdem komisch. Es ist ein normaler Werktag und hier ist nichts los.«

»Diese Firma liegt abseits von allen anderen hier in diesem Gewerbegebiet«, stellte Struves Kollegin fest.

»Wenn du mich fragst: Die Sache stinkt. Wir sollten da rein und nachschauen – aber vorsichtig.«

Beide zogen ihre Dienstwaffen und gingen hinter ihrem Wagen in Deckung. Aus den Augenwinkeln registrierte

Struve zwei größere Hochregale mit Kupferpaletten, die mit Gittern gesichert waren und wie Käfige wirkten.

»Du von rechts, ich von links«, flüsterte er Melanie Förster zu. »Wir treffen uns an der Eingangstüre.« Er war nicht der Typ für Sturmangriffe, aber er ging solchen Einsätzen trotz seiner Ängste auch nicht aus dem Weg. Er versuchte sich vorzustellen, was sie hinter dieser Fassade erwarten könnte. Weit und breit war kein Fahrzeug zu sehen. Er rechnete nicht damit, dass sich ein Bewaffneter in dem Gebäude verschanzt haben könnte. Trotzdem glaubte er, an der richtigen Adresse zu sein.

»Los!«

Sie rannten beide auf die Häuserwand zu und pressten sich mit ihren Rücken gegen die Fassade. Wenig später standen sie vor der massiven Stahltüre. Struve fingerte an ihr herum, stocherte hektisch mit seinem Dietrich am Schloss herum, kam aber nicht weiter.

Ein Stupser von Melanie Förster unterbrach seine vergeblichen Versuche, die Türe zu öffnen. Sie hob die Augenbrauen und zeigte auf ein offenes Fenster ganz am Ende der Fabrikhalle. Sie duckten sich und schlichen sich langsam an. Wenn jemand ein Fenster von innen öffnete, musste er im Haus sein, dachte Struve. Er sah, dass an allen anderen Fenstern die Rollläden unten waren. Was ging hier vor?

Sie erreichten das Fenster. Struve wagte sich mit der Nasenspitze vor und lugte um die Ecke in den Raum hinein. Der war bis auf einige Regale und einen Schreibtisch mit Stuhl leer. Lediglich einige Seilteile lagen auf dem Boden und ein Stück Klebeband, an dem ein weißer Stofffetzen hing. Der Kommissar winkte seine Teampartnerin heran.

»Sichere du!«, wies er sie an und kletterte durch das Fenster. Wenig später stand er in dem Raum.

Er betrachtete die Stricke und das Klebeband. Die Stricke waren durchtrennt. Wie von einem Messer, aber von dem fehlte jede Spur. Sie hatten Julia hier gefangen gehalten, davon war Struve überzeugt. Das Fenster stand offen. War sie geflohen? Oder hatten die Entführer mit ihr durch das Fenster das Gebäude verlassen? Wenn ja, warum? Diese Gedanken durchflatterten sein Gehirn wie aufgeschreckte Enten. Was erwartete ihn hinter dieser Tür? Er drückte die Klinke herunter, aber auch hier kam er nicht weiter. Kurz entschlossen nahm er seine Walther. Drei Schüsse reichten und die Türe sprang auf. Melanie Förster war inzwischen ebenfalls eingestiegen und hatte sich hinter dem Schreibtisch in Position gebracht, um ihrem Kollegen Feuerschutz zu geben.

Wie sich wenig später herausstellte, drohte keine Gefahr. Struve und Förster standen in der Fabrikhalle und nachdem sie sich vergewissert hatten, dass sich niemand versteckt hatte, unterhielten sie sich über ihre Beobachtungen.

»Da vorne ist eine Blutspur, Peter.«

»Ja, und nicht zu knapp.«

»Was mag hier passiert sein – wir haben zwei Tote in dem Wagen und wir haben Julia, deren Schicksal ungewiss ist. Jetzt sehen wir eine Blutspur und müssen wohl oder übel die Ergebnisse von Besold abwarten.«

Struve schaute auf seine Armbanduhr. »Er wird frühestens in einer halben Stunde hier sein.«

»Lass uns doch mal schauen, was wir noch finden.« Melanie Förster ließ ihren Blick durch die fast leere Halle schweifen. »Nach Überproduktion sieht es hier nicht gerade aus.«

Auch Struve schaute sich um. »Hast du das da hinten gesehen? Glocken, überall Glocken!«

Melanie Förster nickte. »Ja. Muss es jetzt bei uns bimmeln?«

»Das Mordopfer hing an einer Glocke.«

»Aber an einer gefälschten, mein Lieber.«

»Stellt sich die Frage, wo die echte abgeblieben ist.«

Sie näherten sich der Sammlung. Struve erinnerte sich an die Beschreibung der Schillerglocke. Sie war mit 900 Kilo Gewicht nicht gerade klein. Und die Jahreszahl? Verdammt, war's 1859? Er stand mit Zahlen auf Kriegsfuß. Aber was war das da? Friedrich Schillers Porträt prangte auf einer der Glocken, die über allen anderen hing. Kein Zweifel, das musste die Schillerglocke sein.

»Wenn das Werk seinen Meister lobt, dann hoffentlich bald auch die Glocke ihren Entführer.« Struve liebte es, seine rudimentären Schiller-Kenntnisse aufblitzen zu lassen. Vielleicht würde er Kottsieper zum Geburtstag doch noch eine Strophe vortragen. Er fand so langsam Gefallen an dem Gedanken.

»Wir brauchen Gewissheit, ob das hier auch wirklich die echte Glocke ist«, wandte Melanie Förster ein.

»Stimmt. Ruf bitte Littmann an. Er soll den Stadtarchivar von Marbach, den Glockensachverständigen der evangelischen Landeskirche und den Vorsitzenden dieses Alexanderkirchenvereins anrufen. Mit vereinten Kräften werden sie es wohl schaffen.«

DER AUFSEHER

Es wird Zeit, dass ich mich wieder melde, meint mein Meister. Nun habe ich ja dank meiner theologischen Ausbildung genügend Einblicke, um mich gewissermaßen »in memento mori« auf mein Ableben vorzubereiten, aber das heißt noch lange nicht, dass ich mich damit abfinde. Sie begegnen hier nicht nur einem gebildeten, sondern auch einem enorm leidenschaftlichen Menschen. In dieser Woche habe ich erfahren, dass ein verehrter Amtsbruder abtritt, weil er noch etwas von diesem Leben erwartet. Tja, wenn sogar in Rom die lebensverkürzende Gefahr von Stress erkannt wird, möchte ich nicht hintanstehen. Sie dürfen sicher sein, hier setzt wahrer Glaube an. Erkenne deine Leidenschaften und mäßige dich: Du wirst in aller Bescheidenheit die süße Frucht eines ausgeglichenen und zufriedenen Lebens ernten. Nebenbei gefragt: Wie halten Sie's damit? Aber lassen wir das, ein Roman ist kein Chatroom. Nur in einem muss ich jetzt noch mein Wort erheben, und Sie werden es zu schätzen wissen, lieber Leser. Erlauben Sie mir nun, Ihnen gewisse Einblicke zu geben. Denn im bisherigen Verlauf dieser Erzählung haben Sie mich als zwar belesenen und durchaus lebenserfahrenen, aber vorwiegend ängstlichen Menschen kennengelernt. Es hat Sie vermutlich amüsiert, wie willig ich dem Saukerl von

Kobljew das Geld ausgehändigt habe, nachdem er mich in meiner Wohnung bedroht hat. Und wissen Sie was? Ich schäme mich selbst für mein feiges Verhalten. Ich wäre gerne so cool wie Bruce Willis. Pardon: mindestens so cool wie Willis. Aber in meinem Alter, da muss man mit den Kräften haushalten. Es sei denn, man wäre Superman und könnte sich schnell mal umziehen. Wünschen Sie sich das nicht auch manchmal? Zackbumm, ein anderer Mensch sein: stark, unabhängig, souverän und volle Pulle Durchsetzungskraft? Stattdessen immer diese Abhängigkeiten. Gleichstrom der Identität. Ewig Kompromisse, damit andere nicht rummaulen. Aber jetzt. Jetzt habe ich die Schnauze gestrichen voll. Ja, mit mir ist etwas passiert. Ich habe meinen Georg nämlich wirklich geliebt. Und wenn diese Ratte von Kobljew ihn in den Tod getrieben hat, werde ich der Letzte sein, der um des falschen Friedens willen oder eigener Vorteile wegen diese Schandtat ungesühnt ließe. Rache, ja Rache soll obwalten: Das Schwert Gottes schneidet tief. Unschuldiges Blut ist vergossen worden. Würde Georg noch leben, er wäre gleicher Meinung wie ich. Stolz sollst du vom Himmel auf mich schauen, der ich ungebeugt meinen Waffengurt um meine Lenden lege! Wie ich es anstellen werde, ist mir noch nicht klar. Ich muss den Autor dazu gewinnen, dass daraus auch wirklich etwas wird. Wie stünde ich da, wenn er die Handlung verflachen ließe und das dramatische Potenzial meiner verletzten Seele nicht nützen würde? Kobljew muss einen grauslichen Tod finden, damit die Nachwelt erfährt: ohne Gerechtigkeit keine Liebe.

KAPITEL 27: DIE SCHILLERGLOCKE KEHRT HEIM

Endlich erschien Werner Besold in der Fabrikhalle. Der hagere, hoch aufgeschossene Mann mit Nickelbrille und Stoppelhaarschnitt nahm zuerst Proben von der geronnenen Blutspur und füllte die Partikel in ein Reagenzglas, das sein Assistent sogleich beschriftete.

»Ich will Sie ja nicht stressen, Besold. Aber wir müssen schnell wissen, zu wem das Blut gehört.«

Struve schränkte den Kreis der möglichen Opfer ein: Sabine Mowes, Maria Pawlowskaja und Julia Zeisig.

»Das erleichtert meine Aufgabe«, antwortete der Techniker, der seinen Laptop herausholte und ein neues Gerät anschloss, auf das er ganz stolz war.

»Ich brauche nur einige Blutkrümel einzuscannen und schon haben wir den DNA-Code.« Die Software des Landeskriminalamtes sei mittlerweile so weit, dass sie die wichtigsten Codes von in einen Mordfall verwickelten Personen in einer Datenbank habe.

»Wir brauchen nur noch zu vergleichen, dann haben Sie schon Ihre Antwort, Struve.«

»Nur die Ruhe, mein Lieber. Geben Sie mir bitte kurz Bescheid, wenn Sie das Ergebnis haben.«

Der Kommissar schenkte seinem Kollegen ein Lächeln. Er verstand, warum Werner Besold mit seinen Computerkenntnissen die Spurensicherung in der Polizeidirektion in den vergangenen Jahren entscheidend nach vorne gebracht hatte. Es ging darum, den enormen Wirkungsgrad digitaler Intelligenz für die Verbrecherjagd zu nutzen. Jeder Mörder machte Fehler und genau diese kleinen menschlichen Unzulänglichkeiten musste man in einem feinmaschigen Netz aus Daten herausfischen. Struve hatte sich nie etwas auf seinen Spürsinn eingebildet, aber er war immer noch der Meinung, dass die Datenflut ohne kriminalistische Intuition wirkungslos bleiben musste.

»Der Geist formt die Materie«, brummelte Struve vor sich hin.

»Wie bitte?« Besold unterbrach für einen Moment seine Arbeit und blickte ihn an, als ob er begonnen hätte, einen Witz zu erzählen.

Der beim Selbstgespräch ertappte Struve überlegte, wie er sich aus der Affäre ziehen könnte.

»Alte Scholastikerweisheit. Im Mittelalter hatte man noch ein ganz anderes Zeitgefühl, lieber Kollege. Also, stressen Sie sich nicht und ruhen Sie in sich wie eine romanische Kirche.«

»Alles klar, Chef«, lachte Besold, der die theologischen Anwandlungen seines Gegenübers kannte, nicht aber die Bedeutung der aus seiner Sicht überheblich dahergeschwätzten Theorien aus einer anderen Welt.

Inzwischen hatte auch der Glockensachverständige Martin Möller den Weg in den Schwarzwald gefunden. Der wuchtige Endvierziger mit krausem grauem Haar, ebenso grauem Schnauzbart und dominanter Nerd-Brille stand mit Melanie Förster bei der Schillerglocke.

»Da ist ja das gute Stück«, trällerte Möller, der so extrem gut drauf war, dass Melanie Förster sich fragte, ob es bei Glockensachverständigen so etwas wie Wiedersehensfreude mit lange vermissten Lieblingsobjekten gab.

»Sie gefällt Ihnen, stimmt's?«

»Aber natürlich. Die Glocke ist ein Gedicht, Gnädigste.« Möller rezitierte die ersten Verse des *Liedes von der Glocke*. Er habe Schiller in der Schule verschlungen, natürlich auch alle Dramen gelesen, und er könne gar nicht verstehen, dass dem Dichter heutzutage so wenig Aufmerksamkeit entgegengebracht werde. Dabei gebe es doch Wortartisten, die den Dichtergeist mit viel Esprit rüberbrachten. Man müsse sich nur auf den Weg machen und mal eine Lesung besuchen. Und überhaupt – Schiller sei so zeitlos, dass es sich lohne, seine Stücke in die Jetztzeit weiterzutragen, dabei durchaus auch moderne Themen zu integrieren.

»Ich finde es toll, dass Sie sich so begeistern lassen«, zollte Melanie Förster Respekt. Sie bemerkte, dass der weniger schwungvolle Melancholiker Struve dazutrat. Höchste Zeit, das Thema zu wechseln und auf die Glocke zu sprechen zu kommen. Sie stellte die beiden einander vor und bat Möller um eine Einschätzung: »Warum also sind Sie sicher, dass es sich um das Original der Schillerglocke handelt?«

»Das ist ganz einfach: Sehen Sie den Schriftzug: Die Form und die Führung der Buchstaben sind ganz typisch für die damalige Zeit.«

»Das könnte man doch aber heute bestimmt leicht nachmachen«, hakte Struve ein. »Alles eine Frage der Software und der Gravurtechnik.«

»Im Prinzip haben Sie recht, aber jetzt kommt Faktor zwei ins Spiel«, antwortete Möller noch begeisterter als vorher.

Struve fand so viel gute Laune schon fast unheimlich, aber wenn er ehrlich war, genoss er es, einem Menschen zu begegnen, der in seiner Sache voll aufging.

»Wir haben die Glocke von allen Seiten fotografiert.« Möller zog einen Tabloid-Computer aus der Tasche und rief die Bilder auf. Es waren kleine Unebenheiten zu sehen, die von dem Bildbearbeiter rot markiert worden waren.

»Vergleichen Sie das mal mit der Glocke da«, schlug Möller vor. Struve und Förster erblickten in der Nähe des Wortes Concordia tatsächlich Abschabungen, wie sie auf dem Foto dokumentiert worden waren.

»Wir haben ja auch die falsche Glocke in der Alexanderkirche aufgenommen und da fehlen diese Spuren. Schauen Sie mal!« Möller fuhr mit dem Finger über den Bildschirm. Struve erkannte die Glocke. Beim Gedanken, dass er bei einer Verwechslung mit Roloff an ihr sein Ende hätte finden können, wurde ihm allerdings leicht schwindelig.

»Ich denke, Sie haben uns überzeugt. Oder, Melanie?«

»Oh ja!« Seine Kollegin nickte und auch Martin Möller zog ein zufriedenes Fazit: »Da werden sich die Marbacher aber freuen, wenn sie ihre Glocke wiederbekommen.«

Das Klingeln von Struves Handy unterbrach das Gespräch. Es war Littmann.

»Na, mein lieber Glockenfreund«, hob der langjährige Weggefährte mit altbekannter plumper Vertraulichkeit an.

Na, mein lieber kleiner Schleimer, dachte Struve, sagte aber: »Süßer die Glocken nie klingen, werter Littmann, als in der Zeit, in der Sie anrufen. Was haben Sie denn herausgefunden?«

»Details über diese Fabrikhalle, in der Sie gerade der Schillerglocke huldigen«, antwortete der Kollege.

»Na, dann bimmeln Sie mal los.«

»Die Halle steht schon seit Jahren leer, meinen Unternehmer aus der Nachbarschaft, die wohl selbst ein Auge drauf geworfen hatten, aber nie zum Zuge kamen.«

»Interessant. Das wird sie bestimmt mächtig wurmen. Erst schnappt ihnen Kobljew die Halle vor der Nase weg und dann legt er darin nur so eine Art Glockenfriedhof an.«

»Vom Glockenfriedhof war tatsächlich nichts bekannt. Scheint alles bei Nacht und Nebel angeliefert worden zu sein.«

»Krumme Dinger also.«

»Gehen wir mal davon aus, Herr Kollege«, bestätigte Littmann.

»Wer steht als Eigentümer im Grundbuch?«

»Der Notar nannte den Geschäftsführer der Firma Metall International, einen gewissen Sergej Kobljew.«

»Das klingt ja wirklich international«, bemerkte Struve. »Irgendwas über den Mann bekannt? Straftaten, Zivilprozesse, kleine Nebenverdienste?«

»Fehlanzeige. Der hat eine blütenreine Weste.«

»Haben Sie ihn schon erreicht?«

»Nein. Der Mann hat hier keinen eingetragenen Wohnsitz, es gibt keine Telefonnummern. Sieht so aus, als ob er nicht zu sprechen wäre.«

»Womöglich legt er darauf auch keinen gesteigerten Wert.« Struve lachte sarkastisch. Er war plötzlich überzeugt, dass die Spur über Kobljew führte.

»Wie machen wir weiter?«, fragte Littmann.

»Versuchen Sie, noch mehr rauszubekommen. Die Identität dürfte gefälscht sein, nehmen Sie Kontakt mit Interpol auf und checken Sie, ob was vorliegt. Alles Weitere dann später.« Struve legte auf.

Neben Struve stand Melanie Förster. Sie hatte Möller bei den Glocken gelassen, um dem Telefonat folgen zu können.

»Wir haben immer noch keine Informationen über Julia«, sagte sie. »Obwohl wir alle Reviere in der Umgebung informiert haben.«

»Ja, das beunruhigt mich auch. Mit jeder Stunde sinkt die Chance, dass sie diesen Wahnsinn überlebt hat.« Struve gestand sich ein, dass ihm die Ereignisse der letzten 24 Stunden zugesetzt hatten. Die Zahl der Toten wuchs, und er war sich nicht sicher, ob das Ende der Fahnenstange schon erreicht war. Wer immer auch dieser Kobljew war, mit ihm war nicht zu scherzen.

»Wie verfahren wir mit der Glocke?« Melanie Förster sprach einen Punkt an, der Struve auch schon beschäftigte.

»Ich weiß nicht, wie dieser Russe tickt. Aber wer Glocken in diesem Stil sammelt, hat irgendeinen Defekt, meinst du nicht auch?«

Melanie Förster konnte sich ein Grinsen nicht verkneifen. »Sammelst du nicht Schachpartien aus dem Russland der 50er-Jahre, Peter? Vielleicht solltet ihr beide einen Klub aufmachen.«

»Okay, jeder hat seine kleinen verborgenen Laster«, gab der Kommissar zu und lächelte. »Aber genau die kann man sich ja zunutze machen.«

»Aha, das klingt nach einem Plan.«

»Plan wäre übertrieben. Aber ich bin sehr dafür, die Glocke erst einmal an einen sicheren Ort zu bringen. Die Halle ist schwer zu bewachen, und ich möchte mir nicht vorwerfen lassen, ein einmaliges Kulturgut nicht ausreichend gesichert zu haben.«

»Und wohin lassen wir sie transportieren?«

»Ich kenne den Marbacher Revierleiter ganz gut. Wir können sie dort im Magazin bestimmt deponieren. Das lässt sich auf dem kleinen Dienstweg arrangieren, Melanie.«

»Keine Frage, die Glocke gehört nach Marbach.«

»Unbedingt, wir sollten aber sagen, dass er sie noch für die Dauer der Ermittlungen im Depot behalten soll.«

KAPITEL 28: WER IST KOBLJEW?

Das Summen des Weckers riss Luca Santos aus dem Schlaf. Es war nach Mittag, er hatte länger auf dem Sofa der Polizeiwohnung ausgehalten, als er beabsichtigt hatte. Benommen suchte er nach dem Telefon.

»Ja, wer ist da?«

»Ich bin's.«

Er erkannte sofort Julias Stimme. Ein wohliger Strom durchfuhr ihn, und er war schlagartig hellwach.

»Du lebst, bin ich froh!« Er verschluckte sich vor Aufregung, hustete und fragte mit belegter Stimme, wo sie stecke.

»Ich stehe in Bad Wildbad. Jemand hat mich mitgenommen. Kannst du mich holen kommen?«

»Ja, klar. Wird aber eine halbe Stunde dauern.«

»Ich setze mich in die Konditorei Bechtle, ist an der Wilhelmstraße hier. Gib es in dein Navi ein.«

»Okay. Dir geht es gut?«

»Ich hab Angst, Luca. Komm bitte schnell!«

»Verstehe. Magst du nicht zur Polizei gehen?«

»Nein, später! Ich möchte jetzt einfach meine Ruhe haben. Kannst du das verstehen?«

»Ja. Ich liebe dich.«

»Ich liebe dich auch.«

Sie verabschiedeten sich, und Luca stieg in seinen Wagen. Er war glücklich, dass sie lebte. Und sie hatte ihn angerufen und nicht die Polizei. Damit waren sie wieder zusammen. Wenn er sie jetzt abholte, würde er sie lange im Arm halten. Und dann würden sie nach Hause in ihre Wohnung nach Ludwigsburg fahren, und er würde kochen, sie würden sich alles erzählen, und am Ende würden sie Arm in Arm einschlafen, so wie früher, als alles gut war. Und überhaupt würde sich alles zum Guten wenden. Er hatte die Landstraße erreicht und verstärkte den Druck aufs Gaspedal.

Das Café zu finden, bereitete ihm keine Mühe. Er sah Julia an einem Tisch vor einer Tasse Tee sitzen. Sie schien zu frieren, er stürzte auf sie zu, nahm sie in den Arm und küsste sie vor allen Leuten, die Blicke waren ihm egal. Minutenlang hielten sie sich umklammert, Tränen rannen über ihre Wangen.

»Niemals mehr möchte ich dich verlieren, Julia.«

Luca streichelte ihren Rücken, während sie ihr Gesicht an seiner Brust barg.

»Luca, du hast so viel für mich getan – aber ich habe dich links liegen lassen. Verzeih mir.«

»Es ist alles gut«, flüsterte er und hob ihr Kinn, damit sie ihn anblickte. Er lächelte sie an und küsste ihre Augenlider. »Ich hab auch ziemlich für mich gelebt. Das wird jetzt anders.«

Julias Augen erstrahlten. Sie erwiderte das Lächeln und küsste ihn auf den Mund. Immer wieder suchten ihre Lippen die seinen. Er zog seine Jacke aus und hängte sie ihr über die Schultern, damit ihr warm würde.

»Ich sehe bestimmt unmöglich aus«, sagte sie und strich sich durchs Haar.

»Lass uns gehen.« Er bezahlte die Rechnung, und sie verließen das Café.

Während der Fahrt redeten sie kaum. Erst als sie in Ludwigsburg auf den Parkplatz der Friedenskirche einbogen, fing Julia an, von ihrer Gefangenschaft zu erzählen. Luca bemerkte, dass sie das Firmengebäude genau bezeichnen konnte. Informationen, die für die Ermittlungen der Polizei von großer Tragweite sein könnten. Doch er würde Struve und Förster erst später anrufen. Julia brauchte Ruhe, und die würde sie bei ihm finden.

Es dauerte etwa drei Stunden, bis Lucas Handy zum ersten Mal wieder klingelte. Julia hatte sich hingelegt, er las den Marbacher Kurier, um sich über die Arbeit der Kollegen zu informieren. Luca hätte gerne den Artikel über die Verkehrsberuhigung am Geburtshaus Schillers in der Niklastorstraße weitergelesen, als er den fordernden Ton des Mobiltelefons vernahm.

»Hier ist der Micha«, hörte er eine vertraute Stimme sagen. Micha, der Polizist, den er aufgrund einiger Artikel über Polizeieinsätze kannte und zu dem er mit der Zeit ein Vertrauensverhältnis aufgebaut hatte, das über das Maß rein dienstlicher Verpflichtung hinausging.

»Hi, alter Schwede, wie geht's dir?«

»Wie es Schweden so geht, wenn der Schnaps teuer und der Winter hart ist.«

Micha lachte dreckig, wie er es immer tat, wenn sie sich unterhielten. Luca mochte seine raubeinige Art, die sich wohlwollend von dem opportunistischen Gesäusel unterschied, das ihm sonst bei der Arbeit des Öfteren begegnete.

»Aber der Winter ist doch überstanden. Jetzt komm, rück raus mit der Sprache. Was gibt's bei dir Neues?«

»Ganz schön schräge Geschichten: Bei uns haben sie jetzt die Schillerglocke eingekellert. Hab schon den Alten gefragt, ob wir hier neuerdings auf Kirche machen, haha.« Das Lachen Michas ging in ein röchelndes Keuchen über. Der Freund hatte Probleme mit seiner Raucherlunge.

»Die Schillerglocke – ich dachte, die hängt in der Alexanderkirche.« Luca, der zwar vom Mord an dem Pfarrer gehört hatte, aber die Recherchen der Polizei seit der Mordnacht nicht kannte, zumal weder etwas über die Rolle Struves noch über die der gefälschten Glocke an die Öffentlichkeit gedrungen war, reagierte verwundert.

»Wenn die Schillerglocke woanders war und jetzt bei euch auftaucht, muss es eine Geschichte geben. Was weißt du?«

»Nicht besonders viel. Der Alte hüllt sich in Schweigen. Deshalb rufe ich dich ja an, dir erzählt er vielleicht mehr.«

»Wenn die Sache geheim ist, wird er auch eine Presseanfrage abwimmeln. Aber einen Versuch ist es natürlich wert.«

»Klar doch, du machst das schon. Viel Spaß! Wir hören voneinander.«

»Ja, bis bald – und danke für den Tipp!«

Luca bereitete sich einen Café con leche und überlegte, wie er mit der Information umgehen könnte. Er müsste sich heute so oder so bei Zorn in der Redaktion zurückmelden. Natürlich würde der verlangen, dass er sein Abenteuer bei den Christuskriegerinnen zu Papier brachte. Aber das wollte er nicht. Schon allein, um Julia zu schützen. Sollte er ihm von der Glocke erzählen? Dann würde jemand aus dem Team recherchieren. Aber was war, wenn es eine Verbindung zu Julia gab? Ihn beschlich ein unangenehmes Gefühl. Manchmal war es besser, solche Situationen auszusitzen. Hatte nicht Struve irgendetwas von der Schillerglocke erzählt, an der er fast gelandet wäre? Er hatte diese Nebenbemerkung für einen Schiller-Scherz gehalten, aber je mehr er darüber nachdachte, desto stärker rechnete er damit, dass die Glocke bei den Ermittlungen eine wichtige Rolle spielte. Das würde er herausfinden, aber dazu brauchte er Zeit. Er beschloss, Zorn anzurufen und ihn darum zu bitten, ihn für den Rest der Woche freizustellen, damit er sich um Julia kümmern konnte. Immerhin hatte sie die zweite Entführung innerhalb weniger Jahre erlebt. Es würde ihn nicht wundern, wenn sie traumatisiert wäre und professionelle psychologische Hilfe benötigte.

Luca erwischte seinen Chef, als dieser kurz davorstand, in die Mittagspause zu gehen. Gerade dann war der eh schon cholerische Redaktionsleiter besonders unleidlich. Aber der Jungredakteur hatte keine andere Wahl.

»Ah, Herr Santos. Wo stecken Sie denn? Wir brauchen Sie.«

»Tut mir leid. Die Sache mit den Christuskriegerinnen …«

»Ja, schön und gut. Alles Schnee von gestern. Wir haben erfahren, dass die Schillerglocke im Polizeirevier steht. Jemand hat die Anlieferung fotografiert und uns das Bild gemailt.«

»Ja, das ist interessant, aber meiner Freundin geht es nicht gut.«

»Ihrer Freundin, der Nonne? Ja, ich dachte, die wäre jetzt in diesen Orden eingetreten?«

Luca merkte, dass Zorn sich auf seine Kosten amüsierte. Am liebsten hätte er ihm eine in die Fresse gehauen.

»Das ist eine komplizierte Geschichte. Herr Zorn, ich möchte nicht lange um den heißen Brei herumreden: Ich muss den Rest der Woche frei haben, um mein Privatleben in Ordnung zu bringen. Meine Freundin muss die Sache mit dieser Sekte verdauen – und dazu braucht sie meine Hilfe.«

Zorn verstummte. Sekunden der Stille verstrichen.

»Okay, mein Junge. Wir haben zwar kaum noch Leute, aber wir geben Ihnen die Zeit. Nutzen Sie sie.«

Zorn und er einigten sich darauf, dass er erst am Montag wieder zum Dienst antreten musste. Es war Freitag, und Luca atmete erst einmal tief durch.

Den Nachmittag verbrachten Peter Struve und Melanie Förster damit, sich im Ort nach Sergej Kobljew und seiner Firma Metall International zu erkundigen. Niemand konnte ihnen jedoch Angaben machen. Es hieß, das Firmengebäude stünde schon lange leer und Metall International sei schon vor Jahren in die Insolvenz gegangen. Zwar stehe Sergej Kobljew im Grundbuch, doch sei der Mann niemals in Erscheinung getreten. Mit dem Dornröschenschlaf des Fabrikgebäudes habe man sich mittlerweile abgefunden, erzählte der Bürgermeister.

Die beiden Kommissare kehrten zur Halle zurück. Werner Besold hatte zwischenzeitlich die Analyse des Blutes abgeschlossen.

»Die DNA-Spur führt uns zu den beiden Christuskriegerinnen«, erklärte er ohne Umschweife.

»Und ist etwas von Julia hier erkennbar?«, fragte Melanie Förster mit besorgter Stimme. Sie hatte die Fahndung intensivieren lassen, doch fehlte von der jungen Frau immer noch jede Spur.

»Es ist zu früh, dazu etwas zu sagen. Uns fehlt noch Vergleichsmaterial. Ich habe mich bemüht, über Herrn Santos etwas aufzutreiben, er meldet sich aber nicht.«

»Seltsam«, merkte Peter Struve an. »Er müsste doch noch in der Dienstwohnung in Nagold sein.«

»Der Vogel wird ausgeflogen sein, wir haben es auch auf dem Festnetzanschluss probiert.« Besold klang verärgert, er wäre gerne schneller vorangekommen. Schließlich wollte er an diesem Tag noch den Hühnerstall ausmisten, den er in Häfnerhaslach im Nebenerwerb bewirtschaftete. Die Nachfrage nach Geflügelfleisch aus der Region war sprunghaft gestiegen, nachdem nicht gekennzeichnetes Pferdehackfleisch in Fertiggerichten aufgetaucht war. Sicherlich würde er seinen Betrieb bald erweitern müssen. Wie er das mit seiner aufreibenden Arbeit bei der Polizei vereinbaren sollte, war ihm ein Rätsel. Aber er hatte sich zum Ziel gesetzt, in die Bereiche zu investieren, die der Gesellschaft ein besseres Leben ermöglichten. Und in letzter Zeit fühlte er sich als Bio-Bauer einfach wohler als in der Tretmühle Mordkommission.

Mit der Erklärung wollte sich Struve nicht zufriedengeben. »Santos untergetaucht – da stimmt irgendetwas nicht. Vielleicht ist Julia von hier geflohen und hat sich bei ihm gemeldet. Die durchtrennten Stricke deuten darauf hin«, kombinierte er.

»Wenn sie sich selbst befreit hat, ergibt auch das offene Fenster einen Sinn«, schlussfolgerte seine Kollegin.

»Gehen wir die Sache mal hypothetisch miteinander durch«, schlug Struve vor. »Die Frauen sind auf der Flucht gewesen und haben bei Kobljew ein Versteck gefunden. Sie kommen in die Halle, sperren Julia im Nebenzimmer ein und warten auf ihren Gastgeber.«

Melanie Förster nahm den Ball auf: »Kobljew kommt und macht kurzen Prozess mit den beiden. Stellt sich die Frage, warum er nicht auch Julia beseitigt hat.«

»Sie war im Nebenraum. Gehen wir davon aus, dass er nichts von ihr wusste. Kobljew zieht die Leichen in Richtung Ausgang, steckt sie in den Wagen und fährt sie in die nahe Schlucht, wo er sein Feuerchen macht.«

»Er bemerkt Julia gar nicht, und die haut ab.«

»Aber dann müsste sie schon längst wieder aufgetaucht sein. Es ist immerhin später Nachmittag. Entweder Kobljew hat sie doch mitgenommen oder sie ist bei Santos oder sonst irgendjemandem.«

»Der Santos meldet sich nicht – das ist die konkreteste Spur.« Peter Struve zog seinen Autoschlüssel aus der Tasche und hielt ihn seiner Kollegin vor die Nase. »Fährst du?«

»Schlaumichel! Wohin denn?«

»Das klären wir unterwegs mit Littmann. Wir brauchen die Adresse von Santos. Hatte er nicht erwähnt, dass er mit seiner Julia zusammenlebt? Das muss in der Nähe von Marbach sein.«

»Leonberger Straße 17 in Ludwigsburg«, funkte Besold dazwischen, der die Adresse schon gegoogelt hatte.

»Na also, ab in die Heimat«, freute sich Struve, der anordnete, die Halle rund um die Uhr zu bewachen. »Falls Kobljew seine Glockensammlung betrachten will, sollten wir ihm aufmachen.«

Struve fragte sich, wie viel Kobljew überhaupt von ihren Ermittlungen wusste. Klar, er hatte sich der Frauen entledigt, weil die Polizei hinter ihnen her war und er fürchten musste, verraten zu werden. Dass sie seine Halle finden würden, konnte er nicht voraussehen. Aber instinktiv erahnen. Vermutlich würde Kobljew untertauchen. Ob sein Name stimmte, würde sich herausstellen. Profis arbeiteten mit Handschuhen, deshalb rechnete er nicht ernsthaft damit, dass man in der Halle Spuren von ihm finden würde. Das erschwerte die Aufgabe. Struve konnte es drehen und wenden, wie er wollte: Kobljew blieb ihm ein Rätsel. Dabei hatte er auch auf die wichtigste Frage noch keine plausible Antwort: Was mochte Kobljew mit dem Mord an dem Pfarrer zu tun haben? Die Schillerglocke bei ihm, das konnte kein Zufall sein. Angenommen, die Haushälterin hatte die Wahrheit gesagt und Roloff hatte die Glocke wegen der Erpressung durch Sabine Mowes verkauft, dann lag der Verdacht nahe, dass Kobljew mit den Christuskriegerinnen gemeinsame Sache gemacht hatte. Die Erpressung diente als Vorwand, damit Kobljew an Roloff rankam. Der Glockendeal brachte erst mal einen materiellen Gegenwert für einen Auftragsmord. Als Mowes dann den Kopf des Kinderschänders forderte, konnte sie immer argumentieren, sie hätte schließlich den Austausch der Glocken eingefädelt. Aber reichte das, um einen Killer aus der Reserve zu locken und ihn für seinen Aufwand zu entschädigen? Struve stellte sich angewidert vor, wie Kobljew den Körper des betäubten Pfarrers im Glockenturm hochhievte und ihm den Strang umlegte.

Im Wagen erzählte Struve seiner Kollegin von seinen Vermutungen. Zu seiner Überraschung stellte der Kommissar fest, dass Melanie Förster ebenfalls in diese Richtung gedacht hatte.

»Kobljew hat dich im Krankenhaus besucht, da bin ich mir sicher.«

»Hab mich noch gar nicht bei ihm bedankt.«

»Verstehe, du hast noch eine Rechnung mit ihm offen.«

Struve lächelte. »Du bringst mich ja auf ganz unchristliche Gedanken, Frau Förster.«

»Auge um Auge, Zahn um Zahn – steht es nicht so in der Bibel?«

»Da steht auch: Schwerter werden zu Pflugscharen, so wie französische Geschützbronze zum Schiller-Denkmal geworden ist.«

»Aha, da kennt sich aber jemand mit Schiller bestens aus«, bemerkte Melanie Förster mit süffisantem Lächeln.

»Kann sein, dass mein Vergleich etwas hinkt«, räumte Struve selbstkritisch ein. »Die richtige Art der Aussöhnung war's vielleicht nicht.«

KAPITEL 29: EIN NEUER AUFTRAG

Nachdem er den Wagen mit den beiden Frauen in Flammen hatte aufgehen lassen, machte sich Sergej Kobljew wieder auf den Weg nach Baden-Baden. Er fühlte sich jetzt besser. Sicherer, da die beiden Mitwisserinnen nicht mehr lebten. Über kurz oder lang hätte er sie so oder so loswerden müssen. Kobljew hasste Abhängigkeiten.

Sein Telefon klingelte, er nahm ab.

»Hast du schon mitbekommen, was mit deiner Glocke passiert ist?«

Kobljew erkannte die Stimme.

»Was willst du noch? Habe ich dir nicht gesagt, ich will nichts mehr von dir hören und sehen?«

»Das wäre doch sehr schade, zumal ich wieder eine kleine Aufgabe mit großen Verdienstmöglichkeiten für dich hätte.«

»Was ist nun mit der Glocke?«

»Sie scheint nicht mehr bei dir zu sein. In der Internetausgabe des Marbacher Kuriers wird berichtet, die gestohlene Schillerglocke sei wiedergefunden worden. Sie werde schon morgen wieder im Glockenturm installiert.«

»Verdammt! Wie ist das möglich?«

»Keine Ahnung. Da sie in deiner Sammlung war, muss sie dort jemand gefunden haben. Im Internet-Artikel ist von einem Hehler zu lesen, der im Schwarzwald mit den Glocken handelt. Daraufhin habe ich mich erkundigt.«

Kobljew fluchte leise. Wie waren sie ihm auf die Schliche gekommen? Er musste untertauchen. Möglich, dass er alles stehen und liegen lassen musste, was er hatte. Für einen solchen Fall hatte er sich ein Depot auf einem Schweizer Nummernkonto angelegt, er war also nicht ganz mittellos.

»Was für einen Auftrag hast du noch?«, fragte der Russe.

»Ich brauche die Glocke.«

Kobljew lachte trocken auf. »Die Glocke, die Glocke – die Polente ist hinter mir her. Da denkst du an dieses verfluchte Bimmelding!«

»Du weißt, was an der Glocke hängt. Und die Bullen werden nicht damit rechnen, dass wir zuschlagen. Im Artikel ist zu lesen, dass die Glocke schon über Nacht in der Kirche abgestellt sein wird, damit die Montage in aller Früh erfolgen kann.«

»Wie kannst du mich für so naiv halten, eine tonnenschwere Glocke klauen zu wollen, wenn kurz zuvor jemand in der Kirche ermordet worden ist und die Polente sie deshalb bestimmt bewacht? Das ist doch ein Himmelfahrtskommando!« Kobljew redete sich in Rage.

»Die Polizei wird gar nicht da sein. Die Behörden haben aus Kostengründen darauf bestanden, dass die Kirchengemeinde ein privates Sicherheitsunternehmen beauftragt, das die Glocke bewachen soll.«

»Schwarze Sheriffs? Aber die drehen auch ihre Runden.«

»Genau das ist deine Chance. In der Zeit, in der sie hinüber zum Deutschen Literaturarchiv wechseln, um dort die Schillerhöhe abzulaufen, schlägst du zu.«

Kobljew dachte nach. Der Plan konnte funktionieren, wenn die Voraussetzungen stimmten. Sein Partner würde sicherlich einen Lieferwagen und einen hydraulischen Heber besorgen können. Am wichtigsten war ein Schlüssel von der Kirche. Was aber, wenn es eine Falle war? Konnte er ihm trauen?

»Warum bist du so scharf auf die Glocke?«

»Ich habe dir doch schon gesagt, dass unter der Oberfläche eine Goldschicht ist. Leider hast du die Glocke bisher noch nicht rausgerückt, aber du kannst eh nichts damit anfangen, weil du nicht die Daten hast, mit denen das Gold freigelegt werden kann.«

»Ich habe Freunde in Russland, die so etwas fertigbringen.«

»Vielleicht schaffen sie es, aber bestimmt behalten sie es für sich. Bei mir hast du dein Geld und gehst kein Risiko ein.«

Kobljew wägte ab. Schon allein der Transport und die Unterbringung der Glocke stellten ein nicht unerhebliches Risiko dar. Aber auch, die Glocke erneut zu erbeuten, schien ihm gefährlich. »Und der Wachdienst? Woher weißt du, wie er arbeitet?«

»Als einer der Auftraggeber habe ich gewisse Einblicke.«

»Warum sollte ich für dich die Kohlen aus dem Feuer holen?«

»Weil eine Menge für dich drin ist. Habe ich dich nicht immer gut bezahlt?«

»Du hast beim letzten Mal nicht geliefert.«

»Du weißt, dass das nicht meine Schuld war. Und du hast dein Geld bekommen.«

Kobljew wartete ab. Er brauchte Kapital, wenn er in

einem anderen Land noch einmal von vorne anfangen musste. Und danach sah es aus. »Wie viel?«

»200 000 Euro.«

»Ist nicht dein Ernst.«

»Doch. Du findest 50 000 Euro als Anzahlung bar in einem schwarzen Koffer, der in einem Schließfach des Literaturmuseums der Moderne hinterlegt ist. Gib den Code »Fluxus 4711« an der Pforte an, dann erhältst du den Schlüssel.«

Schweiß rann Kobljew über Nacken und Rücken. Er wusste, er riskierte viel. Andererseits waren sein Auftraggeber und er wie siamesische Zwillinge. Der eine brauchte den anderen. Entweder sie würden das Problem miteinander lösen oder sie würden beide hochgehen. Hatte er überhaupt eine Wahl?

»Okay. Nenn die Zeiten für die Geldübergabe und den Einsatz! Dann kann es losgehen.«

»Du gehst bis 18 Uhr ins Museum. Die Glocke holst du um Mitternacht aus der Kirche. Ein kleiner Lastwagen steht, getarnt als Baufahrzeug, in der Nähe, der Schlüssel steckt. Die Glocke steht relativ weit vorne, du wirst keine Mühe haben, sie rauszufahren und aufzuladen. Viel Glück!«

»Wie bekomme ich den Rest der Kohle?« Kobljew machte deutlich, dass er das Geld am selben Abend haben musste. Bargeld war real. Er liebte es. Scheine in der Brieftasche wogen nicht viel, verliehen ihm aber Gewicht.

»Du fährst zum Übergabepunkt – da bekommst du es.«

»Aber nicht wieder am Ebnisee! Es muss in der Nähe

von Marbach sein, damit wir die Karren wechseln können und ich schnell wegkomme.« Die Logistik eines Einsatzes musste stimmen. Zum Glück kannte er sich in dieser Gegend schon etwas aus.

»Lässt sich arrangieren. Es gibt einen Parkplatz zur Ausflugshütte am Steinheimer Kaisersberg am Autobahnzubringer zwischen Großbottwar und Backnang. Dort treffen wir uns, so um 1 Uhr.«

»Okay. Ich sag dir nur: Wenn du mich aufs Kreuz legen willst, mach ich dich kalt!«

»Dazu wirst du keinen Grund haben. Und ich rate auch dir: Mach keine Dummheiten! Du würdest daran keine Freude haben.«

KAPITEL 30: DAS GESTÄNDNIS DES GLOCKENSACHVERSTÄNDIGEN

Als Peter Struve und Melanie Förster die vermisste Julia in der Wohnung von Luca Santos fanden, freuten sie sich mehr, als sie zeigen konnten.

»Mensch, Santos, warum haben Sie sich nicht gemeldet? Sie haben uns ganz schön Kummer gemacht!«, hielt Struve ihm vor.

»Sorry, es ging nicht anders. Julia war total durch den Wind.« Der junge Journalist hatte den beiden Ermittlern leise die Schlafzimmertüre geöffnet. Seine Freundin schlief tief und fest.

»Schön und gut, aber als Profi in Sachen Kommunikation sollten Sie sich für einen Anruf nicht zu schade sein«, tadelte Struve weiter, als sie wieder im Wohnzimmer standen, wo dem Kommissar überbordende Regale mit zahllosen Filmen auffielen. Das große Videothekensterben schlägt hier keine Löcher, dachte Struve. Der Mann hatte vorgesorgt.

»Nun sei mal nicht ganz so streng, Peter«, beschwichtigte ihn seine Kollegin Melanie Förster. »In der Liebe und im Krieg gibt's keine Regeln – und Herr Santos hatte uns ja schließlich auf die Gefährlichkeit der Christuskriegerinnen hingewiesen. Da waren wir ja wohl nicht ganz auf Zack, oder?«

Struve mochte es nicht, wenn seine 20 Jahre jüngere Kollegin so schulmeisterlich auftrumpfte. Aber sie hatte natürlich recht. »Gott, ja. Wir hatten andere Sorgen. Aber jetzt sieht es doch so aus, als ob die Christuskriegerinnen den Mord an dem Pfarrer auf dem Gewissen haben.«

»Schade, dass sie uns dazu selbst nichts mehr erzählen können«, bedauerte Santos.

»Aber es scheint noch einen Mann im Hintergrund zu geben.« Melanie Förster brachte den Journalisten auf den neuesten Stand und erzählte ihm von Kobljew und dem Glockenfund.

»Schon schräg, dass die Glocke bei Kobljew war, der ausgerechnet die Christuskriegerinnen kannte.« Santos versuchte, sich darauf einen Reim zu machen, tappte aber wie Struve und Förster zunächst im Dunkeln.

»Aber eigentlich liegt doch die Erklärung auf der Hand«, gab Struve zu verstehen. »Die Mowes hat den Roloff erpresst. Der versetzt die Glocke – und Mowes hat als Christuskriegerin womöglich den Roloff darauf gebracht, dass er mit der Glocke einen Wert hat, den er zu Bargeld machen kann.«

»Wenn dem so wäre«, so Melanie Förster, »dann hätten die Frauen in Kobljew den kongenialen Partner, der das nötige Kleingeld für den Kauf der Schillerglocke beisteuern könnte.«

»Kobljew hat garantiert Kontakte nach Russland, und dort sitzt das Kapital in bestimmten Kreisen zuweilen recht locker.« Struve nahm sich einen Kaugummi, bot den anderen auch einen an, die aber dankend ablehnten. Das Kauen beförderte seine Gedanken, er trug immer ein Päckchen mit sich. »Wie sieht es aus mit Ihrer Lebensgefährtin, Herr Santos?«

»Was soll schon sein? Sie schläft immer noch. Kommen Sie doch in einer Stunde wieder. Bis dahin dürfte sie einen einigermaßen klaren Kopf haben.«

»In einer Stunde kann viel passieren«, hob Struve an, »Sie werden mir ja jetzt nicht ausbüxen wollen?«

»Nein – da besteht keine Gefahr, Sie haben mein Wort darauf!«, betonte der junge Journalist.

»Also gut, ich denke, wir sollten sowieso mal was essen. In der Nähe des Bahnhofs ist doch diese Markthalle mit den Burgern und den Billardtischen. Wie wär's mit einer kleinen Partie, Frau Kollegin?«

Melanie Förster fand den Vorschlag nicht schlecht. Sie waren jetzt schon lange auf Achse, es war nach 23 Uhr, ihr Magen rebellierte, und in der großräumigen Spielhalle hatten sie sich bereits früher hin und wieder ein Feierabendmatch geliefert.

Die Kugeln liefen nicht gut für Peter Struve.

»Der Fall beschäftigt dich voll und ganz«, bemerkte Melanie Förster, der es offenbar leichter fiel abzuschalten.

Plötzlich dröhnte *Hells Bells* aus dem Smartphone von Melanie Förster. Sie nahm ab, es war Littmann, sie stellte den Lautsprecher an, damit Struve in der fast menschenleeren Halle mithören konnte.

»Frau Förster, es gibt Nachrichten aus Marbach.«

»Wann gibt es mal keine News aus der Schillerstadt?«, fragte die Kommissarin und rollte mit den Augen.

Littmann lachte dämlich, er liebte es, seine Zuhörer mit kleinen Rätseln auf die Folter zu spannen. »Der Marbacher Kurier ist irgendwie an die Info gekommen, dass wir die Glocke ins Revier gebracht haben. Steht ja schon im Internet. Jetzt haben nacheinander der Bürgermeister, der evangelische Dekan und – man höre – sogar der katholische Bischof angerufen, dass wir die Glocke schnellstmöglich wieder aufhängen sollen. Der alte Kottsieper ist sofort eingeknickt, jetzt steht das Teil wieder drüben und soll morgen im Turm installiert werden. Mit Schiller ist in Marbach eben nicht zu spaßen!«

»Wie viel von unseren Ermittlungen ist durchgesickert?«, fragte Melanie Förster.

Littmann räusperte sich. »In dem Artikel wird erzählt, dass die Glocke wohl entführt worden sei – und dass der

Pfarrer offenbar an einer Fälschung erhängt worden sei. Mehr haben die noch nicht herausgefunden.«

»Gut, damit können wir leben«, sagte Struve, dessen Laune sich besserte. »Vielleicht hat es ja auch etwas Gutes, dass das Wiederauftauchen der Glocke bekannt wird.«

»Wie können wir weitermachen, Peter?«, fragte Melanie Förster.

»Die Fahndung nach Mister X läuft. Dummerweise haben wir keinerlei Anhaltspunkte, wie Herr Kobljew aussieht.«

Struve merkte, dass er unruhig wurde und das Billardspiel nicht mehr genießen konnte. Auch Melanie Förster hatte genug. Sie beschlossen, wieder zu Santos zu fahren.

Der Journalist öffnete ihnen nur widerwillig die Tür. Struve kam ohne Umschweife auf den Artikel zu sprechen.

»Haben Sie etwas mit der Geschichte zu tun?«

»Nein.« Mehr wollte Luca Santos nicht preisgeben, zumal er gewohnt war, seine Informanten durch Verschwiegenheit zu schützen.

»Könnte Ihre Freundin diesen Killer Kobljew gesehen oder zumindest gehört haben?«, fragte Struve, als Santos sie hineinließ.

»Sie war die ganze Zeit in dem Raum mit den geschlossenen Rollläden, hat sie erzählt. Einen Mann hat sie nicht erwähnt – aber fragen Sie sie am besten selbst.«

Wie auf Kommando stand Julia in der Tür. Sie war durch das erneute Erscheinen der beiden Beamten wach geworden und hatte den letzten Teil des Gesprächs mitgehört. »So sieht man sich wieder«, sagte sie und begrüßte die beiden alten Bekannten, mit denen sie bereits beim Mord im Deutschen Literaturarchiv auf der Schillerhöhe vor fünf Jahren zu tun gehabt hatte. Nein, sie habe nichts gesehen, bestätigte sie. Weder habe sie einen Gesprächsfetzen aufgeschnappt noch das Ploppen schallgedämpfter Schüsse gehört, antwortete sie, als Struve danach fragte. »Ich war wie betäubt und hatte so viel Angst, dass ich aufhören wollte zu atmen.«

Nachdem Julia von ihrer Flucht erzählt hatte, verließen Struve und Förster das Haus und gingen zum Wagen.

Dünner Nieselregen setzte ein, sodass sie schnell ins Auto flüchteten. Der Kommissar packte einen Schokoriegel aus, brach ihn in zwei Teile und bot seiner Kollegin die etwas größere Hälfte an.

»Was meinst du – ist Kobljew unser Mann?« Struve zerknäulte die Verpackung und steckte sie in die Mittelkonsole, in der bereits einige bunte Papierfetzen lagen.

»Schwer zu sagen. Das Motiv liegt bei den Frauen. Die Mowes könnte sich gerächt haben. Aber ob sie den Kobljew brauchten, um Roloff an die Glocke zu hängen? Möglich wär's.«

»Es wird schwer, überhaupt noch etwas zu erfahren.« Aufgebracht biss Struve in den länglichen Riegel.

»Kobljew ist bisher noch nicht auffällig geworden. Wir haben null in der Datei.« Melanie Förster knabberte am Riegel weiter. »Sag mal, wie alt ist der eigentlich?«

»Kobljew? Keine Ahnung.«

»Nein, der Riegel – der schmeckt irgendwie komisch.«

Struve fingerte die Verpackung wieder aus der Mittelkonsole und schaute auf das Verfallsdatum. »Oh!«

Er gab seiner Kollegin grinsend den restlichen Riegel und warf den Motor an.

»Wohin fahren wir?« Melanie Förster beförderte angewidert die ekelige Schokolade, eingewickelt in ein Papiertaschentuch, in das Handschuhfach und blickte ihren Kollegen fragend an.

»Wenn wir schon keine Spur haben, sollten wir uns wenigstens mal die echte Schillerglocke anschauen, oder was meinst du?«

Der Sound von *Hells Bells* und Melanie Försters zwangsläufiger Griff zum Mobiltelefon unterbrachen das Gespräch.

»Aha – okay, wir kommen.«

Die Kommissarin legte auf und schien merklich besser gelaunt als zuvor. »Jetzt mal keine alten Kamellen und Glocken, es sieht so aus, als ob wieder Bewegung in den Fall kommt.«

»Erzähl!«

»Mach ich, aber wir sollten keine Zeit verlieren. Wir müssen nach Marbach.«

Wenig später standen sie vor der Alexanderkirche. Littmann und ein Mann, der sich ihnen als Rolf Oberthür vorstellte, standen schon auf dem kleinen Vorplatz.

»Herr Oberthür möchte bei uns eine kleine Beichte ablegen«, witzelte Littmann in der ihm eigenen Art.

Struve kapierte. »Na, dann wollen wir mal sehen, ob wir Ihnen Absolution erteilen können.«

Oberthür, ein etwa 65 Jahre alter kleiner, untersetzter Mann mit korrekt gescheiteltem grauem Haar und einem unauffälligen grauen Cordanzug blickte schüchtern drein und reichte seinen Gesprächspartnern zögerlich die Hand.

»Es tut mir alles sehr leid, ich glaube, ich habe zu lange geschwiegen.«

»Was möchten Sie uns denn erzählen? Vielleicht ist es ja noch nicht zu spät«, erwiderte Melanie Förster freundlich.

»Es geht um die Schillerglocke«, sagte der Mann, »ich bin nämlich pensionierter Glockensachverständiger und war auch für die Glocken in Marbach verantwortlich.«

»Aber das klingt doch nach einem netten Job. Da sind sie rumgekommen und haben viel von den Städten hier im Ländle gesehen.« Struve bemühte sich um einen Zugang zu dem Mann.

»Ja, schon. Aber sehen Sie: Ich hätte es niemals so geschehen lassen dürfen. Ich meine: Es ist doch Wahnsinn, dass hier so lange eine Fälschung hing.«

»Sie wussten davon?« Struve blickte ihn ernst an.

»Ja, um Himmels willen! Man hatte mich gebeten, es nicht bekannt zu machen, sondern zu schweigen. Es sollte geheim bleiben.«

»Aha, wer wollte denn, dass Sie es nicht an die große Glocke hängen?«

»Herr Roloff. Aber die Bitte kam auch vom Bischof direkt. Das hat mich ein bisschen gewundert. Er hat mich persönlich angerufen und mich auf meine Schweigepflicht hingewiesen. Er sagte, ich stehe im kirchlichen Dienst und müsse den Dienstweg einhalten.«

»Aber den verlassen Sie jetzt. Warum, Herr Oberthür?«

»Ich kann nicht anders. Ich bin ein ehrlicher Mensch, und als ich den Artikel im Kurier las, wusste ich, dass jetzt der Zeitpunkt gekommen ist auszupacken.«

Struve dachte nach. Er erkannte, dass Oberthür von verschiedenen Seiten unter Druck gesetzt worden war. »Welchen Eindruck hatten Sie – warum sollte die Sache geheim bleiben?«

»Ich habe keine Ahnung. Normalerweise sollte man einen Diebstahl anzeigen, habe ich mir gedacht, aber Herr Roloff fungierte auch als Vorsitzender des Vereins zur Erhaltung der Alexanderkirche, da habe ich angenommen, er arbeite vielleicht schon im Geheimen mit der Polizei zusammen. Und als der Bischof mich dann anrief, hab ich das nur als Dienstanweisung aufgefasst. Nachdem der Sekretär des Bischofs die Aktion in die Hand nahm, ging ich davon aus, dass alles in Ordnung gehen würde.«

»Sie waren bei der katholischen Kirche angestellt, untersuchten aber auch Glocken in evangelischen Kirchen?«, wandte Melanie Förster ein.

»Ja, da gibt es inzwischen ökumenische Absprachen. Ich war immer katholisch, habe dann aber den Auftrag für alle Kirchen in Württemberg bekommen.«

»Sie hingen sehr an Ihrem Job?«

»Ja. Sonst hätte ich wahrscheinlich nicht diese Dummheit begangen.«

»Gut, wir werden sehen, ob Sie jetzt überhaupt noch belangt werden können. Sie haben sich ja freiwillig gemeldet«, beruhigte ihn Struve.

Sie betraten die Kirche und betrachteten die Schillerglocke, die auf einer Palette abgestellt war. Neben ihr auf einer anderen Palette stand die falsche Glocke, die bereits vom Turm genommen worden war.

»Die soll heute noch abtransportiert werden«, erklärte Littmann. »Wäre ja ein bisschen peinlich, wenn sie morgen noch bei der offiziellen Wiedereinsetzung hier herumstünde.« Der Innendienstler konnte sich ein Kichern nicht verkneifen. Struve wünschte sich die Sonne wieder herbei, damit der lästige Kollege in seinem Büro den üblichen Schutz vor UV-Strahlen suchen musste.

»Eigentlich ein täuschend echtes Plagiat«, befand Melanie Förster. »Wo bekommt man so etwas her?«

Oberthür gestand, dass er Hans-Peter Roloff beraten und sogar den Sekretär des Bischofs zum Glockenguss begleitet hatte. Die Verzierungen hatte er bei einem Spezialisten in Frankreich vornehmen lassen. »Wir erzählten ihm, dass wir ein Plagiat für eine andere Kirche bräuchten, ließen ihn aber in Unkenntnis für welches Gotteshaus.«

»Ha, Sie waren ja richtig kreativ«, staunte Struve. »Ich muss sagen, Sie werden mir langsam etwas unheimlich, Herr Oberthür.«

Der Sachverständige errötete. »Es war schon alles sehr grenzwertig. Auch als wir die Glocke abhingen, haben wir die Öffentlichkeit getäuscht und leichte Schäden an der Aufhängung angegeben.«

Sie unterhielten sich noch eine Weile, dann verabschiedeten sich die Polizisten von Oberthür.

»Das sieht ja ganz nach einer gemeinsamen Aktion von Bischof und Roloff aus«, sagte Melanie Förster.

»Kaum zu glauben, dass der Oberhirte solch einen Schwindel durchgehen lässt. Und dann noch diese Aktion in Frankreich, da wird ja richtige kriminelle Energie frei«, bemerkte Littmann.

»Stimmt, da ist irgendetwas faul«, fand Struve. »Roloff, der mutmaßliche Kinderschänder, wird nicht nur gedeckt, sondern auch noch unterstützt. Wir sollten uns langsam fragen, warum.«

Melanie Förster erinnerte sich an das Gespräch mit Renate Dorsch, der Haushälterin. Als sie mit Kottsieper bei ihr war, wirkte sie noch sehr geschockt und gehemmt. Sie schlug vor, noch einmal zu der Frau zu fahren. »Wir wissen jetzt mehr, vielleicht kann sie uns sagen, warum der Bischof die Hand drauf hielt.«

Wenig später klingelten sie an der Türe. Niemand öffnete. Struve sah Licht unter dem Türspalt und hörte Stimmen, die aus einem Fernseher stammen konnten.

»Frau Dorsch?« Ein ungutes Gefühl beschlich den Kommissar. Er zog seine Dienstwaffe und öffnete mit einer Scheckkarte vorsichtig die Wohnungstüre. Ein süßlicher Geruch lag in der Luft und wirkte beklemmend. Mit einer Kopfbewegung wies Struve seine Kollegin an, ihm von der anderen Seite der Türe Deckung zu geben. Er duckte sich und tastete sich im Entengang zentimeterweise vorwärts.

Mit dem Fuß stieß er die Türe zum Wohnzimmer auf. Sein fassungsloser Blick fiel auf Renate Dorsch, deren Körper leblos von der Decke herabbaumelte. Die Schlinge einer blauen Wäscheleine, die an einem Haken befestigt war, hatte sich um ihren Hals zugezogen. Blau war auch die Farbe ihrer Gesichtshaut. Wie lange mochte sie schon dort hängen? Peter Struve hob seine Walther mit beiden Armen, rief laut in den taghellen Raum hinein und zielte in verschiedene Richtungen.

»Hier ist niemand, Melanie, du kannst kommen – aber erschrick nicht!«

Ein Abschiedsbrief gab Aufschluss über den Freitod. Renate Dorsch wollte ihrem Geliebten folgen. Sie gab an, eine Welt zu verlassen, die ihr und Hans-Peter nur Bitternis gebracht hatte. Die Pfarrhaushälterin erhob schwere Vorwürfe gegen den Bischof, der mit kirchlichen Steuermitteln im Wertpapierhandel Waffengeschäfte unterstützt habe. »Ich kann nicht damit leben, dass wir davon wussten und uns mit diesem Wissen schützten. Alles, was sich in den letzten Tagen ereignete, hat uns mit der vollen Wucht dessen getroffen, was eines Tages über uns hereinbrechen musste. Auch wenn ich Gottes Schöpfung und seine Kinder liebe, ziehe ich es vor, im Licht der Vollendung zu sein, um mit meinem über alles geliebten Hans-Peter von dort in diese Welt hineinzuwirken, denn unter Liebenden in der Obhut des uns Liebenden wird alles eins, wird alles gut.«

Nichts sprach gegen einen Selbstmord. Struve und Förster leiteten die weiteren polizeilichen Schritte ein und gingen ins leere Pfarrbüro, um sich zu besprechen.

»Sieht so aus, als ob der Bischof dicker mit drinhängt, als wir dachten«, meinte der Kommissar.

»Dieser Wertpapierhandel für Waffengeschäfte passt irgendwie gar nicht zu Arnold Grosinius«, hielt Melanie Förster Struve entgegen.

Frauen und faszinierende Männer, dachte der Kommissar und sah Überzeugungsarbeit auf sich zukommen. Es war doch immer wieder das Gleiche mit Blendern und Geblendeten: Die Nüchternheit, das klare Denken gingen verloren. Grosinius war eben nicht nur der tolle Theologe, sondern zudem auch der, der mit seiner Macht nicht klarkam und das Konto überzog.

»Melanie, wir können nicht die Augen davor verschließen, dass Bischof und Pfarrer sich gegenseitig deckten und die Schillerglocke dafür benutzten, das Erpressungsgeld zu erwirtschaften.«

»Das Ganze ist doch mehr als unwahrscheinlich. Wenn Grosinius Roloff gedeckt hat, dann aus purem Verantwortungsbewusstsein gegenüber dem Pfarrer und um seine Kirche zu schützen.«

»Konsequenter wäre es gewesen, Roloff zu entlassen, statt ihn mit Geld für seine Erpresserin zu versorgen – aber nein, man scheut den Skandal!« Struve redete sich in Rage.

»Wie auch immer: Wir brauchen Beweise. Ich glaube nicht, dass der Bischof Roloff aufgehängt hat.«

»Ich auch nicht, denn das hat er Kobljew überlassen.«

»Du denkst, er beauftragte einen Killer? Aber das ist doch absurd!«

»Warum nicht? Die Sache mit der Glocke konnte jederzeit auffliegen. Da ist es sicherer, dem Spuk ein Ende zu bereiten.«

»Dann hätte Grosinius Roloff auch sofort umbringen lassen können – ohne ihm zuvor noch zu helfen, die Glocke zu versetzen.«

»Stimmt. Aber manchmal betreten Leute verschlungene Pfade, bevor sie merken, was sie eigentlich wollen.«

Melanie Förster war nicht zu überzeugen. Sie glaubte eher, dass die Christuskriegerinnen den Mord an Roloff verübt hatten. »Die Mowes hatte ein Motiv, und die beiden anderen haben mit ihr das Ding gewuppt. Ein Bischof kann es sich nicht leisten, Meuchelmörder aufs eigene Personal anzusetzen.«

KAPITEL 31: UNERFREULICHE BEGEGNUNG IM LITERATURARCHIV

Kobljew tat sich schwer, die massive Türe des Literaturmuseums der Moderne zu öffnen. Erleichtert stellte er fest, dass sich die Türe letztlich automatisch bewegte. Er hatte sich vergewissert, dass er unbeobachtet war und nichts Verdächtiges bemerkt. Die Frau an der Theke übergab ihm den Schlüssel. Und als er den Koffer herauszog, ihn leicht öffnete und die Geldscheine sah, schien ihm das Ganze schon zu glattzugehen. Er schnappte sich den Koffer und strebte dem Ausgang entgegen, als ihn plötzlich ein junger Mann ansprach.

»Sind Sie nicht Professor Quastenburger, der berühmte Heinrich-Böll-Spezialist?«

»Nein, hau ab!«, knurrte Kobljew und schob den schlaksigen gelockten Mittzwanziger im feinen Zwirn unwirsch zur Seite.

»Na, hören Sie mal, ich habe Sie respektvoll angesprochen! Das ist kein Grund, so unhöflich zu sein!«, beschwerte sich der Ignorierte.

»Leck mich!«, rief Kobljew und versuchte vergeblich, die große Türe zu öffnen, um aus dem Gebäude zu kommen.

»Haben Sie das gehört?«, empörte sich der Jüngling, der die Aufsichtsperson anschaute wie ein Sohn, der von seiner Mutter die Schlichtung eines Bruderzwistes erwartete. »So redet der nicht mit mir, schließlich war ich superfreundlich zu dem!«

Kobljew fingerte immer noch an der Türe herum. Er wusste nicht, dass ein Schalter links die Automatik in Gang setzte und geriet in Panik.

»Hey, ich verlange eine Entschuldigung!«, schimpfte der junge Mann und fasste ihn an der Schulter.

»Zum letzten Mal, zieh Leine!«, herrschte Kobljew ihn an, wirbelte herum und traf den Mann mit dem schweren Lederkoffer wuchtig an der Stirn, sodass dieser zurücktaumelte und auf den Allerwertesten fiel.

»Verdammtes Affentheater!«, murmelte Kobljew, er fand endlich den Schalter und lief mit dem Koffer zu seinem Wagen, den er auf dem Parkplatz vor dem Schiller-

National-Museum abgestellt hatte. Er startete den Motor, sah noch im Rückspiegel, wie der junge Mann wild gestikulierend hinter ihm herlief und bog ab, um irgendwo ein ruhiges Plätzchen zu finden. Im Erdmannhäuser Gewerbegebiet wurde er fündig. In einer Nebenstraße legte er schließlich ein kleines Nickerchen ein.

DER AUFSEHER

Ich muss sagen, die Nachrichten aus Marbach beginnen mich ein wenig nervös zu machen. Zum Glück erfahre ich als Zwangsmoderator dieses Krimis einiges über die Zusammenhänge. Und ich muss sagen, ich hätte gerne verhindert, dass diese Dorsch auspackt. Dass sie sich umbringt, ist ja ganz okay. Verzeihen Sie, aber ich denke gerade weniger seelsorgerisch als viel mehr dramaturgisch. Natürlich wird mich dieser Wadenbeißer Struve bald besuchen und mich ausquetschen. Gut, diese Wertpapieranlagen für die Waffengeschäfte hätte ich nicht unbedingt machen müssen, aber die Kirchensteuermittel konnten wir ja schlecht von der Inflation auffressen lassen. Dass ich dabei auf die Idee gekommen bin, einen kleinen Teil auf die Seite zu legen, um von Zeit zu Zeit meine Black-Jack-Ambitionen in französischen Spielcasinos finanzieren zu können, mögen Sie mir verzeihen. Wie heißt es so schön bei Schiller: ›Der Mann muss hinaus ins feindliche Leben.‹ Wie soll ich über Spielsüchte Bescheid wissen, wenn ich nicht selbst in diese Unterwelt hinabsteige? Oh ja, ich weiß, was Sie denken. Aber ich bin über Ihre Zweifel erhaben. Ein Bischof ist kein

Klosterbruder, und – ohne mich selbst loben zu wollen – mich als Meister dieses Spiels zu bezeichnen, wäre auf keinen Fall untertrieben. Aber ich möchte Sie nicht weiter auf die Folter spannen. Viel zu lange schon tappen diese Ermittler im Dunkeln und strapazieren Ihre Geduld. Dieser Fall schreit nach Aufklärung, und nachdem immer mehr Mitwisser unfreiwillig aus dem Geschehen ausgeschieden sind, ist es an der Zeit, Ihnen einige Hinweise zu geben, damit Sie den Ausgang des Stückes nicht missinterpretieren. Sehen Sie, der Autor hat mich als »Aufseher« bezeichnet und sich dabei, warum auch immer, auf den altgriechischen »Episkopos«, also Bischof, bezogen. Ich soll mit Ihnen reden, damit Sie bei Laune gehalten werden und Bescheid wissen. Die Wahrheit ist aber: Nichts wissen Sie! Sie sind genauso irrend wie all die anderen Menschen auf der Welt. Bestimmt ahnen Sie, dass ich ein großer Freund der sokratischen Geisteshaltung bin: ›Ich weiß, dass ich nichts weiß.‹ Und trotzdem bleibt uns nichts anderes übrig, als der Forderung ›Erkenne dich selbst‹ zu folgen. Ich zumindest habe mich erkannt: zu fein, um selbst Hand anzulegen. Zu unbegabt, um jemanden um die Ecke zu bringen. Zu tolpatschig, um auf diesem Gebiet Meriten zu sammeln. Ich habe genug damit zu tun, mit meinen feinen Händchen die Seiten der theologischen Klassiker umzublättern. Das andere, nun ja, kann man kaufen, wenn Sie mich verstehen. Sie sehen, ich lege schon jetzt die Karten auf den Tisch. Ich habe gehört, das soll sich strafmildernd auswirken. Vielleicht könnten Sie vor Gericht für mich aussagen? Ach so, ich vergaß: Sie wollen nicht mit hineingezogen werden. Wenn das so ist, sollten Sie einfach weiterlesen. Entschuldigen Sie bitte!

KAPITEL 32: DIE GLOCKE IST WIEDER AUF ABWEGEN

Mit Blaulicht und Martinshorn rasten Peter Struve und Melanie Förster über die Bundesstraße 27 in Richtung Stuttgart. Sie passierten gerade die Tankstelle am südlichen Ende von Ludwigsburg, als das Handy des Kommissars klingelte.

»Hallo, Littmann, was gibt's?«

»Werter Struve, habe gehört, Sie wollen beim Bischof eine Audienz, aber Sie werden ihn nicht antreffen.«

»Wo treibt er sich denn rum?«

»Seine Sekretärin sagte mir, er hätte sich für zwei Tage zur Rekreation abgemeldet. Normalerweise gehe er dann immer in irgendein Kloster.«

»Hat er denn gesagt, in welchem er diesmal betet?«

»Nein, hat er nicht. Das sei ganz schön außergewöhnlich, hat die Sekretärin gemeint.«

»Die Sache stinkt doch. Lassen Sie sich die möglichen Klöster geben und haken Sie nach. Wenn das nichts bringt:

Finden Sie Fahrzeugtyp und Kennzeichen seines Autos raus und setzen Sie den Mann auf die Fahndungsliste.«

»Okay, aber sollten wir das nicht erst mit dem Chef besprechen?«

»Kottsieper leckt doch daheim immer noch seine Wunden. Stören Sie ihn nicht, besorgen Sie den Haftbefehl, ich nehm's auf meine Kappe!«

»Sie sind ja ein richtiger Bluthund, Struve! Also gut ...«

Melanie Förster hatte inzwischen angehalten. Sie befanden sich auf der Höhe von Kornwestheim, das Tageslicht war der Dunkelheit des Abends gewichen.

»Wo machen wir weiter, Peter?«

»Frag mich was Leichteres.«

Melanie Förster schwieg. Sie konnte immer noch nicht verstehen, dass Struve den freundlichen Bischof aufs Korn nahm.

Struve bemerkte ihre Zurückhaltung. »Der Bischof ist unsere konkreteste Spur. Wie es aussieht, könnte er Roloff und dessen sexuellen Missbrauch in einer Zeit gedeckt haben, in der die Kirchenleitung eigentlich auf Aufklärung und Opferbeistand gesetzt hat.«

»Das ist möglich, aber diese Linie hat die Kirche ja erst sehr spät verfolgt, und die Versuche von Sabine Mowes, Gerechtigkeit zu bekommen, lagen weit zurück. Ich bleibe dabei: Die Christuskriegerinnen waren es.«

»Okay, du könntest ja recht haben, vieles spricht dafür. Aber lass uns eine andere Möglichkeit in Betracht ziehen.« Struve öffnete das Fenster, damit frische Luft in den Wagen strömte.

»Der Bischof steht jedenfalls nicht auf der Liste der

Mesnerin.« Melanie Förster konnte sich diese Spitze nicht verkneifen.

»Die Christuskriegerinnen aber auch nicht. Wir müssen davon ausgehen, dass der oder die Mörder erst später dazustießen.«

»Und dann meinst du, der Bischof kam und hat es gerichtet, Peter?«

»Nein, wie schon gesagt, Kobljew, und zwar in seinem Auftrag.« Struve tippelte mit den Fingern seiner rechten Hand auf dem Armaturenbrett herum.

»Okay. Möglich. Immerhin kannten die Christuskriegerinnen Kobljew. Und dann war's auch nicht so schwer, den mittelgewichtigen Roloff auf den Kirchturm zu hieven.«

»Sie könnten den Mord gemeinsam verübt haben. Davon gehe ich aus.«

Melanie Förster schüttelte den Kopf. »Aber dann müsste der Bischof ja auch die Christuskriegerinnen als Mitwisserinnen einkalkuliert haben. Einem solchen Risiko setzt sich ein Auftraggeber nicht aus, Peter.«

»Ja, das ist der springende Punkt. Wir müssen damit rechnen, dass die Christuskriegerinnen ohne bischöflichen Segen agiert haben.«

»Sag ich doch! Kobljew kam erst später ins Spiel. Der hat die Christuskriegerinnen um die Ecke gebracht, weil sie ihn einfach nervten. Ob er in der Kirche dabei war, frage ich mich auch. Natürlich hat er versucht, im Krankenhaus bei dir nachzuarbeiten. Das spricht wiederum dafür, dass er auch in der Kirche mitgemischt hat.« Die Kommissarin kramte einen Notizblock aus der Handtasche und versuchte, die Überlegungen in eine Skizze zu fassen.

Struve dachte weiter laut nach: »Der Killer tötet die Mitwisserinnen oder Mittäterinnen. Fragt sich nur, warum. Kobljew hatte diese Glocke, er war im Krankenhaus. Das deutet darauf hin, dass er irgendwie tief mit drinsteckt.«

»Roloff hat ihm oder einem Dritten die Glocke verscherbelt«, stimmte die Kollegin zu.

»Klar, er brauchte Geld, um sich die Erpresserin vom Hals zu halten.«

»Das könnte Sabine Mowes gewesen sein.«

»Egal wer, Melanie, die Glocke war für Roloff eine Möglichkeit, an Geld zu kommen. Und offenbar machte er mit dem Bischof da auch gemeinsame Sache, das geht jedenfalls aus der Aussage des Glockensachverständigen hervor.«

»Schätze mal, Roloff und der Grosinius haben sich miteinander arrangiert. Die eine Krähe hackt der anderen kein Auge aus.«

»›Gefährlich ist's, den Leu zu wecken‹ heißt es doch in Schillers *Lied von der Glocke*, wenn ich mich nicht täusche.« Struve erinnerte sich mit Grausen an die mühevollen Stunden, als er als Quartaner das Gedicht in weiten Teilen auswendig lernen musste. Davon konnte er zehren, wenn es galt, Kottsiepers Geburtstag mit Schillerzitaten zu zelebrieren.

Wieder klingelte Struves Handy.

»Und, wo steckt unser Bischof?«

»Nicht auf g2«, witzelte Littmann, der gelegentlich eine Fernpartie Schach mit Struve spielte, um die langweiligen Bürostunden zu überbrücken.

»Sie Scherzbold, wir brauchen langsam Butter bei die Fische. Also!«

»Für einen Fischkopp legen Sie ein erstaunliches Maß an Ungeduld an den Tag, lieber Kollege«, erwiderte Littmann. »Aber irgendwie pressiert es auch gerade wirklich: In Marbach ist diese Schillerglocke heute wieder aus der Kirche gestohlen worden.«

»Was?« Struve blickte entgeistert seine Kollegin an. »Die Glocke ist verschwunden? Aber war sie nicht bewacht?«

»Ein privater Sicherheitsdienst war beauftragt. Aber weil am Nachmittag irgendein rabiater Besucher im Literaturmuseum für Ärger gesorgt hatte, sind die schwarzen Sheriffs wohl länger da oben geblieben und haben dann dort ausgiebig die Aussicht von der Plattform genossen.«

»Unglaublich. Wo waren unsere Leute?«

»Die waren ganz froh, dass es den Security-Dienst gab und meinten, das würde ausreichen.«

»Sauladen!«, schimpfte Struve. »Wenn ich das gewusst hätte, wäre ich höchstpersönlich in der Kirche geblieben.«

»Um nachher wieder im Krankenhaus zu landen«, witzelte Littmann und kicherte mit einem krachenden Räuspern in Struves Ohrmuschel.

»Mensch, Littmann, jetzt ist nicht die Zeit für dumme Sprüche. Wir fahren sofort nach Marbach.« Genervt beendete Struve das Gespräch.

Melanie Förster wendete und bretterte mit Vollgas, Sirene und Blaulicht über die Stuttgarter Straße, ohne sich um die Rotlichter der Ampeln zu scheren.

Wenige Minuten später standen die beiden Ermittler in der Alexanderkirche und blickten auf die Palette, auf der nur noch die gefälschte Glocke stand. Die andere Palette war spurlos verschwunden. Wo rohe Kräfte sinnlos walten, dachte Struve, der sich eingestehen musste, die Bedeutung des Klangkörpers unterschätzt zu haben. Die Dreistigkeit, mit der sich der Täter die echte Schillerglocke unter den Nagel gerissen hatte, düpierte die Polizei. Schweigend hörte sich der Kommissar das Lamento des zuständigen evangelischen Pfarrers an. Auch der Bürgermeister war gekommen und hielt mit seiner Kritik nicht hinter dem Berg. Struve gab zu, dass die Glocke eine bessere Bewachung verdient gehabt hätte. Natürlich hätte er auf den Revierleiter verweisen können, aber Kollegen in die Pfanne zu hauen, war nicht sein Ding.

Müde und kraftlos fühlte sich Struve, es waren diese Situationen, in denen er sein Alter spürte. In der Nacht, wenn er sich konzentrieren sollte, ging es nicht mehr so flott wie früher. Er war froh, dass Melanie ihm die Kleinarbeit in der Kirche abnahm. Wie sich herausstellte, hatte der Täter das Schloss der Türe aufgeschossen. Er musste einen Schalldämpfer benutzt haben. Die Projektile deuteten auf eine Ceska hin. Vermutlich würde der Ballistiker bestätigen, was Struve sowieso schon dachte: Der Mörder war zurückgekommen.

»Was auch immer er an der Glocke findet, es muss mehr sein als ihr schöner Klang und das Schiller-Image«, vermutete Struve und blickte fragend seine Kollegin an, als sie beide allein in der Kirche standen.

»Es ist mir ein Rätsel, wie der Kerl die Glocke weggeschafft hat.« Melanie Förster zuckte mit den Schultern.

»Es gibt Fahrzeuge mit kleinen Hebekränen, und er könnte einen hydraulischen Heber benutzt haben«, antwortete Struve, der anordnete, noch in dieser Nacht entsprechende Fahrzeuge in einem Umkreis von 200 Kilometern zu kontrollieren.

KAPITEL 33: ALARMIERENDER BEFUND AUF EINEM WANDERPARKPLATZ

Tatsächlich hatte Sergej Kobljew den Auftrag ausgeführt. Die mondlose, dunkle Nacht erleichterte seinen Job. Im nahen Friedhof hatte er ausgeharrt und die Mitarbeiter des Sicherheitsdienstes beobachtet. Als sie weggingen, machte er sich an die Arbeit, fuhr mit dem Lastwagen vor, schoss die Türe auf, manövrierte den kleinen Gabelstapler aus dem Wagen und hob die Palette mit der richtigen Glocke empor. Er hatte es sich schwerer vorgestellt, besser hätte es nicht laufen können. Jetzt fuhr er mit der

Glocke über den Autobahnzubringer in Richtung Backnang. Irgendwo musste dieser Parkplatz zur Kaisersberghütte sein, auf dem sie sich zur Übergabe treffen wollten.

Da entdeckte er das Schild für den Wanderparkplatz und bog ab. Ein monströser Lastwagen stand einsam dort. Könnte sein, dass hier ein Brummifahrer ein Nickerchen eingelegt hat, dachte er. War er hier überhaupt richtig, oder sollte er den nächsten Parkplatz ansteuern? Kobljew schaute auf sein Handy. Genau 1 Uhr. In der pechschwarzen Nacht erkannte er aber auch rein gar nichts. Er stieg aus, da raschelte es im Gebüsch. Ein Tier? Kobljews Nackenhaare sträubten sich. Mit Wildschweinen, wie sie in letzter Zeit vermehrt überall auftraten, war nicht zu spaßen. Er hatte sich einige Schritte vom Auto entfernt. Die Ceska in der Hand, näherte er sich dem Lastwagen, der ein bulgarisches Kennzeichen trug. Misstrauisch schaute sich der Killer um. Hier war nichts los, er würde weiterfahren. Wenig später saß er wieder am Steuer. Er wollte gerade starten, als er den kalten Lauf einer Pistole im Nacken spürte. Jemand hatte sich also in den Wagen geschlichen, während er dumm auf dem Parkplatz herumlief. Und dieser Jemand sagte nichts. Der Jemand hatte auch nichts zu fragen, denn Kobljews Sicht der Dinge interessierte nicht. Die Glocke war da, und damit hatte Sergej Iwanowitsch Kobljews letztes Stündlein geschlagen. Eine Begnadigung im Dostojewskischen Sinne wäre schön gewesen, aber ließ sich offenbar nicht bewerkstelligen. Er sah, wie sein Lebensfilm im Zeitraffer vor ihm ablief, nur so ganz glauben konnte er es nicht. Er fühlte sich wie in einem Güterzug, über den der Lokführer die Kontrolle verloren hatte und der mit Vollgas auf einen Prellbock zuraste. Er hörte ein kurzes Plopp, dann krachte der Geisterzug auf das Lenkrad des Lastwagens, an dessem Steuer er saß.

Müde sank Peter Struve gegen 2.30 Uhr ins Bett seiner Wohnung im 13. Stock des Ludwigsburger Marstall-Centers. Er brauchte jetzt einfach einige Stunden Schlaf, um wieder zu Kräften zu kommen. Die Schillerglocke war weg, und er spürte, dass der Fall noch keineswegs gelöst war. Kobljew oder wie immer auch der Mann hieß, der für das Verschwinden der Glocke verantwortlich war, trieb sich sonst wo rum und vom Aufenthaltsort dieses Bischofs hatte er bis jetzt nichts gehört. Mit Melanie hatte er vereinbart, um 9 Uhr im Stuttgarter Polizeipräsidium die Arbeit wieder aufzunehmen, aber schon um 6 Uhr riss ihn ein Anruf aus dem Tiefschlaf.

»Ja, hier Struve«, krächzte er benommen in den Hörer.

»Littmann hier, mein Bester.«

»Wer auch sonst?« Struve rieb sich die Augen.

»Es gibt Neuigkeiten.« Die Stimme seines Kollegen klang so feierlich, dass möglicherweise sogar gute Nachrichten zu erwarten waren.

»Schießen Sie los.«

»Der Bischof ist in keinem der Klöster, er ist auch nicht erreichbar, was sogar von seiner Sekretärin inzwischen als besorgniserregend angesehen wird.«

»Okay. Was macht die Fahndung?«

»Wir arbeiten mit Hochdruck daran. Ich denke, wir können tagsüber mehr erreichen.«

»Klar. Informieren Sie auch die Flughäfen, die Bahnpolizei und die Grenzbezirke.« Das Ganze roch nach Flucht. Struve fühlte sich in seinem Verdacht bestätigt.

»Wir haben noch eine weitere wichtige Meldung: Ein Mann ist erschossen auf dem Wanderparkplatz der Kaisersberghütte bei Steinheim-Kleinbottwar aufgefunden worden. Wir gehen davon aus, dass es der gesuchte Sergej Kobljew ist.«

»Wie sicher ist das?« Struve konnte es kaum glauben. Diese Glocke brachte offenbar kein Glück.

»Die DNA stimmt mit den Hauptspuren im Büro dieser Metallfirma im Schwarzwald überein.«

Littmann informierte ihn über die Details des Mordes. »Frau Förster holt Sie in einer Viertelstunde ab.«

Benommen stieg Struve in die Kleidung des Vortags. Er wusch sein Gesicht, kämmte sich notdürftig und verließ missmutig das Haus. Melanie Förster brachte Butterbrezeln und Kaffee im Pappbecher mit. Struves Tagesbarometer kletterte etwas nach oben.

Auf dem Wanderparkplatz markierten rot-weiße Absperrbänder den Tatort. Besolds Team von der Spurensicherung war schon am Werk.

Struve und Förster betrachteten die Leiche, die aus dem Wagen geholt worden war und unter einem weißen Tuch lag.

»Satansbrut, die haben ihm keine Chance gelassen: Genickschuss aus nächster Nähe«, kommentierte der hagere Nickelbrillenträger die Lage.

»Sagen Sie mal, Besold, wie sieht's mit Fahrzeugspuren aus? Irgendwas Frisches hier?«

»Breite Profile dort am Rand, höchstens einen Tag alt. Könnten aber auch von einem Sattelschlepper sein, der zwischendurch hier stand.«

»Ansonsten nichts?«

»Wir haben hier sonst keine weiteren markanten Reifenspuren, wenn Sie das meinen, Chef.«

»Und was ist mit diesem kleinen Brummi da? Ist ja nicht gerade ein Schlitten für einen Typen wie Kobljew.«

»Kommt auf den Verwendungszweck an: Da muss die Glocke drin gewesen sein.«

Struve warf einen Blick auf die Ladefläche. »Die Schleifspur spricht Bände. Jemand hat das Teil mitgenommen.«

»Viel Freude wird derjenige aber nicht daran haben.« Besold hielt ein Gerät in der Hand, das wie ein Smartphone aussah und fortwährend rot aufleuchtete.

»Was ist das?«, fragte der perplexe Struve. »Das sieht ja aus, als ob sich Ihr Handy gleich selbst vernichtet.«

»Ihre Vermutung geht schon in die richtige Richtung«, antwortete Besold mit ernster Miene. »Das Gerät ist erst seit wenigen Wochen auf dem Markt, wir erproben es für das Landeskriminalamt. Es zeigt die Strahlenbelastung an und meldet Überschreitungen des Grenzwertes.«

»Wie bitte?«, Struve konnte es kaum fassen. »Das bedeutet, die Glocke ist verstrahlt?«

»Zumindest ist der Gehalt an Gammastrahlen einigermaßen hoch.«

Melanie Förster wurde kreidebleich. »Radioaktivität? Und die Spuren sind in dem Fahrzeug da, hier auf dem Parkplatz und bei Ihnen und mir?«

»Ich verstehe Ihre Bedenken, Frau Förster, aber die Radioaktivität ist aktuell nicht so hoch, dass wir uns hier Sorgen machen müssten. Aber im Fahrzeug liegen einige Späne, die uns Kummer bereiten. Wir haben die Schleifspuren der Glocke und die Späne, von denen offensichtlich Strahlung ausgeht.«

Besold, der wie seine Männer einen Strahlenschutzanzug trug, empfahl den beiden Kollegen, hinter die Absperrbänder zurückzutreten, was sie dann auch schnell taten.

»Das mit der Glocke kapier ich nicht, Herr Besold«, sagte die Kommissarin. »Wieso ist die auf einmal radioaktiv verseucht? Kann das auch etwas anderes sein, was hier auf dem Parkplatz vielleicht umgeschlagen wurde?«

»Das haben wir uns auch gefragt, Frau Förster. Zwei Mitarbeiter sind unterwegs nach Marbach zur Alexanderkirche und nach Nagold zur Firmenhalle von Kobljew.«

»Verstehe. Wie genau können die Messergebnisse sein, damit man einen sicheren Vergleich hat?« Melanie Förster runzelte die Stirn. Sie dachte vor allem an die Strahlenschäden in der Alexanderkirche, die aufgrund ihrer sehenswerten Inneneinrichtung Besucherscharen aus nah und fern anzog.

»Wir können die Komponenten der Strahlung genau bestimmen. Ich rechne aber damit, dass die Kirche weniger betroffen sein wird, da die Glocke dort nur kurzzeitig gelagert war.«

Immer noch konsterniert, beobachtete Peter Struve die Bergungsarbeiten. »Da wird die Glocke zur Hyäne«, murmelte er. »Das kann nicht im Sinne des Erfinders sein.«

»Wer könnte ein Interesse haben, eine verstrahlte Glocke zu stehlen?« Melanie Förster zückte ihren Notizblock. Der Fall hatte eine neue Wendung genommen. Die Mitschrift gab ihr zumindest einen kleinen Anflug von Sicherheit.

»Ich nehme an, jemand hat mit der Glocke etwas vor«, vermutete Struve.

»Ein Bombenattentat? Aber das wäre zu auffällig!« Werner Besold winkte ab.

»Stimmt. Aber die Radioaktivität zwingt uns zu schnellem Handeln.« Struve schaute auf die Uhr. »Melanie, informiere das Präsidium. Die müssen eine Sonderkommission gründen und weitflächig fahnden. Der Mord wird sich nach Mitternacht ereignet haben, also sind bis jetzt etwa sechs Stunden vergangen. Der Lastwagen hat demnach schon mindestens 500 Kilometer zurückgelegt.«

DER AUFSEHER

Ich bin's wieder, Krimifans! Der Autor hetzt mich also durch den Schlussspurt. Fühle mich geehrt. Offenbar bin ich die klassische Schurkenfigur, die moralisch noch verwerflicher ist als Kobljew, dieser Nichtsnutz. Ob mich ein besonders grausames Schicksal ereilt? Ich bin gespannt, denn mein Erfinder behält sich alle Varianten vor. Realistisch gesehen, stehen meine Chancen schlecht. Die Zeiten, in denen man in der Pariser Notre Dame Kirchenasyl beantragen konnte, sind definitiv vorbei. Aber so schlecht stehen meine Chancen trotzdem nicht, mit heiler Haut davonzukommen. Die 500 Kilometer Vorsprung sind ein Pfund, mit dem ich wuchern kann. Ziehen Sie mal mit Zirkel und Lineal einen Kreis um Stuttgart! Aber natürlich habe ich schon vorher alles in die Wege geleitet, um außer Landes zu fliehen. Das Team, das die Schillerglocke holte, hatte ich angemietet. Jetzt fragen Sie, wer sich den Stress antut, eine verstrahlte Glocke herumzufahren. Geheimdienste! Im Nahen Osten waren sie ganz scharf auf das Material. Sie wissen ja, gewisse Länder haben da Nachholbedarf. Finanziell eine lohnenswerte Sache. Überhaupt hat mich Geld immer angezogen. Ich hab schon im Priesterseminar diese sentimentalen Waschlappen nie verstanden, die aus Idealismus Kleriker wurden. Das Evangelium predigen, wie Jesus für eine bessere Welt eintreten. Ich sage Ihnen, sogar sozialistisch beeinflusstes Pack hat sich da im Theologiestudium herumgetrieben. Träumer! Als ich in Lateinamerika war, habe ich mir das alles angeschaut, Sie wissen ja: Theologie der Befreiung, Basisgemeinden, um den Armen zu helfen – aber um ehrlich zu sein: Es war nicht mein Ding, in verwanzten Schlafsäcken zu übernachten und ständig die armen Slumbewohner vor Augen haben zu müssen. Vielmehr erwies es sich für mich als Vorteil, gleich in die richtige Verbindung eingetreten zu sein – so hatte ich in der Kurie meine Fürsprecher. Karriereförderlich war außerdem, dass die Päpste bei uns ihre integren Leute einsetzten. Den Schwärmern gehört doch die Richtung gewiesen. Sie wissen ja, die Ökonomie hat Vorrang, gerade in diesen globalisierten Zeiten. Wir brauchen vernünftige, praktikable Lösungen. Die Kirche ist ein milliardenschweres Unternehmen. Die Steuern fließen, aber sie fließen nicht mehr so üppig, wo wir doch unsere Gebäude unterhalten und das Personal entlohnen müssen. Und was passiert? Die Leute werden aufmüpfig. Als ich im Oberschwäbischen aufwuchs, da hat man noch an den lieben Gott geglaubt und nicht gleich alles hinterfragt. Ach, was erzähle ich Ihnen! Bald wird es nicht mehr mein Problem sein. Da Sie diese Zeilen von mir lesen, sitze ich im Flieger. Strahlend blauer Himmel. Wenn Engel reisen, hahaha … Sie fragen mich, warum ich als überzeugter Christ meinen Job als Bischof hinschmeiße? Ach, das ist eine lange Geschichte. Ehrlich gesagt, die Sache mit Roloff hätte mich über kurz oder lang über die Klinge springen lassen, da bin ich mir sicher. Und man kann diese sexuellen Missbrauchsfälle heutzutage ja gar nicht mehr vertuschen. Ich wäre wohl auch mit meinen kleinen Aktiengeschäften in der Waffenbranche aufgeflogen. Dabei bin ich nur ein kleiner Fisch. Fragen Sie mal in Rom nach – da kursieren ganz andere Beträge. Aber die lassen ja nichts raus. Vatileaks, sage ich da nur. Kurzum, wir können den Laden sowieso über kurz oder lang hinschmeißen, wenn das alles rauskommt. Nur gut, dass ich mir rechtzeitig ein kleines Vermögen aufgebaut habe. Le troisième age, die Rente, ich finde, ich habe mir das verdient. Eine kleine Finca im chilenischen Weinanbaugebiet. Es gäbe Schlechteres. Also, in diesem Sinne, machen Sie's gut! Und schauen Sie doch mal gelegentlich bei mir vorbei! Dann trinken wir ein Viertele auf unser aller Wohl. Ach, übrigens, bevor ich mich endgültig von Ihnen verabschiede: Es tut mir aufrichtig leid um die Schillerglocke, aber wie soll ich sagen: ›Auch die Jahre einer Glocke fliehen dahin pfeilgeschwind.‹ Ich musste einfach das Plutonium bei der Behandlung der Glocke in Frankreich einarbeiten lassen. Es war nicht leicht, das radioaktive Material zu besorgen, fast unmöglich – wenn nicht manche Geheimdienste ihre Mitarbeiter so schlecht bezahlen würden. Georg regelte das mit ihnen, er sorgte auch dafür, dass das Plutonium abgeliefert und zwischengelagert wurde. Aber ich brauchte auch einen zweiten Boten, jemand, der die verstrahlte Glocke abholte und aufbewahrte.

Dieser Einfaltspinsel von Kobljew wusste von all dem natürlich nichts, er war gierig auf die Glocke. Ich erkannte, dass ich ihn bei seiner Leidenschaft packen konnte, dass sie bei ihm sicher stand und dass dieser »unbekannte« Aufenthaltsort, von dem ich per Sender an Kobljews Wagen wusste, mir eine starke Verhandlungsposition gegenüber den Zulieferern sicherte. Ich will mich nicht loben, aber es gehörte zu meinem Plan, sie mit der Glocke zu narren und meine Spuren so zu verwischen, es war die perfekte Tarnung. Und, naja, ich beschäftigte Kobljew ein bisschen, damit er die Sache mit Roloff für mich klärt. Mir war ja klar, dass ich mir die Glocke zum richtigen Zeitpunkt wieder zurückholen würde und ich nur ein bisschen auf Zeit zu spielen bräuchte. Dummerweise kamen mir diese dämlichen Puten der Christuskriegerinnen dazwischen. Dabei lief die Erpressungsgeschichte mit ihnen und der Glocke zunächst ganz gut an. Leider kam ich zu spät dahinter, dass die Mowes diejenige war, die uns wegen ihres Sohnes verklagt hatte. Wenn alle so cool gewesen wären wie die Pawlowskaja, hätte ich mir nicht so viele Sorgen machen müssen. Was da genau in der Kirche lief, hat mir Kobljew nie erzählt, aber so wie ich vermute, hätte ich ein gutes Recht gehabt, ihm sein Honorar zu streichen. Ich kann es zwar nicht beweisen, aber ich gehe davon aus, dass es diese fanatisierten Christusemanzen waren, die seinen Job erledigten. Ich vermute: Dieser Verbrecher ging in die Kirche, er sah, wie die Frauen den betäubten Roloff hochhievten, und er verdrückte sich in den Beichtstuhl, um das Weitere zu beobachten. Glauben Sie mir, ich hätte den Beichtstuhl in dieser evangelischen Kirche nie beantragt, wenn ich gewusst hätte, wie ihn dieser zweitklassige Killer entweiht. Aber vielleicht tue ich ihm auch Unrecht und es lief anders: Ob er den Frauen geholfen hat, Roloff in den Glockenstuhl zu hieven, oder ob er feige im Versteck hocken blieb, entzieht sich meiner Kenntnis.

KAPITEL 34: GESTRANDETER TRANSPORT AM BODENSEE

Peter Struve hasste Helikopter. Sämtliche Flugangst-Therapien waren fehlgeschlagen. Aber jetzt führte kein Weg an diesem Transportmittel vorbei. Mit zusammengekniffenen Augen blickte er auf die Landschaft des Bodensees und des Hochrheins bei Radolfzell hinab.

»Wie ist die Lage am Sattelschlepper?«, fragte Struve über den Bordfunk.

»Unsere Kampfeinheit hat die Kontrolle, es gab zwei Tote, keine Verluste oder Verletzten auf unserer Seite«, informierte die Stimme des Einsatzleiters.

»Gut, wir sind in zwei Minuten bei euch.« Struve schaute zu Melanie Förster, die angesichts dieser Nachricht erleichtert wirkte.

»Hast du die Jodtablette genommen, Peter?«

»Nee – die Tabletten nutzen bei Plutonium nix, habe ich erfahren. Aber die haben Strahlenschutzanzüge für uns.«

Der Helikopter setzte zur Landung an. Wenig später standen die beiden Ermittler vor dem dickwandigen gepanzerten Behälter, in dem die Glocke aufbewahrt wurde.

»Sieht ein bisschen nach Castor aus«, fand Struve. »Weiß man etwas über die Männer, die die Glocke transportiert haben?«

»Beide scheinen aus dem Morgenland zu stammen.

Wir haben den Bundesnachrichtendienst informiert. Mal sehen, was die Kartei ausspuckt.« Der Einsatzleiter Diethof Burladinger war der Typ Polizist, wie ihn Struve in den Führungsakademien vermutete. Silbergraues Haar, gepflegte Erscheinung, durchtrainierter Körper, dezente Brille im Designerlook. Ein Mann, der zupacken konnte und gewohnt war, sich klar und verständlich auszudrücken, ohne Feldwebel-Allüren an den Tag zu legen. Ein Mann, mit dem man kann, dachte Struve.

»Wie kam es zu der Schießerei?«, fragte Struve.

»Kommissar Zufall. Unsere Leute patrouillierten, hier ist ja Zollgrenzbezirk, und die Grenze bei Gottmadingen ist ein beliebter Übergang in die Schweiz, da er oft nicht besetzt ist. Der Lastwagen hatte eine Reifenpanne, wir wollten eigentlich nur helfen, aber weil Ihre Fahndung bekannt war, näherten sich unsere Leute vorsichtig, und als sie sahen, dass die Verbrecher hektisch reagierten, haben sie sofort Verstärkung angefordert.«

»Wie ist es mit der Strahlung?«

»Der Behälter scheint dicht zu sein, es dringt nichts durch.«

»Gut. Vermutlich gibt es noch keine Erklärung dafür, wie die Glocke kontaminiert worden ist.« Struve hatte mit Besold zwischenzeitlich einige Hypothesen besprochen. Für am wahrscheinlichsten hielt der Techniker die Unterbringung von Plutonium in einem Hohlraum am obersten Teil der Glocke. Aus welcher Quelle das Material stammte, müsste noch zu klären sein.

»Auf uns wartet noch viel Arbeit«, konstatierte Burladinger.

»Das Auge des Gesetzes wacht«, murmelte Struve – und dachte an den Bischof, der sicherlich bald irgendwo in der weiten Welt landen würde, wenn er so clever gewesen war, sich in einen Flieger zu setzen. Grosinius hatte kalte Füße bekommen und war abgehauen. Wie er das wohl der Öffentlichkeit verkaufen würde? Amtsniederlegung aus persönlichen Gründen, um sich dem Gebet und der Stille in klösterlicher Abgeschiedenheit hinzugeben. So würde er es formulieren.

KAPITEL 35: RAPPORT BEIM POLIZEICHEF

Mit gemischten Gefühlen klopfte Peter Struve am nächsten Morgen an die Türe seines Chefs Hans Kottsieper, der ihn mit geschientem Arm und ernstem Blick empfing. Struve hatte bereits gehört, dass der Vorgesetzte wenig begeistert von seinen Ermittlungen aus dem Krankenstand heraus war. Jetzt musste es Kottsieper wohl darum gehen, die Schießerei an der Schweizer Grenze so an seine Vorgesetzten zu verkaufen, dass er selbst mit reiner Weste dastand. Aber Struve hatte sich nichts vorzuwerfen.

»Schön, dass Sie meiner Anordnung Folge leisten, Herr Struve.«

Struve stutzte. Meinte er sein Erscheinen hier, nachdem ihn der Polizeipräsident gestern Abend per SMS davon unterrichtete, dass er um 9 Uhr morgens zu erscheinen habe? Er würde einfach abwarten, was Kottsieper von ihm wollte.

»Natürlich komme ich, wenn Sie mich rufen«, antwortete der Kommissar ruhig, konnte sich aber ein Nachbohren nicht verkneifen: »Warum sollte ich auch nicht?«

»Na eigentlich hatte ich Sie mit dem Fall ja nicht betraut.«

Struve kannte diese nachträglichen Bedenken seines Chefs. »Stimmt. Aber Frau Förster und ich sind in der Sache gut vorwärtsgekommen. Man könnte sogar sagen, wir haben den Fall gelöst.«

»Hmm … darüber möchte ich mit Ihnen reden.« Der Polizeichef wirkte seltsam reserviert.

»Ist etwas nicht in Ordnung?«, wollte Struve wissen. Er kannte Kottsieper seit vielen Jahren. Wenn er so herumdruckste, konnte man davon ausgehen, dass er von einem, der mehr zu sagen hatte als er, unter Druck gesetzt worden war.

»Nein, nein – es ist alles bestens. Oder sagen wir: Sie und Frau Förster haben gute Arbeit geleistet, aber es gibt natürlich immer noch etwas zu verbessern.«

»Zu verbessern?« Struve hätte sein Gegenüber am liebsten gepackt und durchgeschüttelt. »Hängt es damit zusammen, dass ich noch krank geschrieben war, als ich in die Ermittlungen einstieg? Das können Sie mir doch nicht übelnehmen, Herr Kottsieper.«

»Nein – das natürlich nicht, Struve«, antwortete Kottsieper. »Sehen Sie, der Einsatz an der Grenze – der hat uns eine Menge Ärger beschert.«

»Ärger? Aber wir haben doch verhindert, dass radioaktives Material in die Hände verbrecherischer Kreise gerät!«, protestierte Struve.

»Möglich«, kommentierte Kottsieper. Womit eine längere Phase des Schweigens begann. Struve mochte eigentlich Gesprächspausen, weil sie ihm die Gelegenheit gaben, seine Gedanken neu zu sortieren, aber diesmal rief das reservierte Verhalten seines Vorgesetzen bei ihm Unsicherheit hervor.

»Zweifeln Sie etwa daran, dass das Plutonium in der Glocke von unserem Freund, dem Bischof, auf den Weg geschickt wurde?«

»Solange wir dafür keine Beweise haben, ist die Hypothese nicht haltbar, das sollten Sie wissen, Herr Struve.« Kottsieper lehnte sich zurück und blickte den Kommissar prüfend an.

»Lassen Sie uns vielleicht den Mordfall Roloff in seinen Zusammenhängen rekapitulieren – dann sehen wir klarer«, antwortete der Kommissar.

»Gerne.« Kottsieper nahm eine Lutschpastille aus einer kleinen Metallbox. Als er Struve welche anbot, schüttelte dieser dankend den Kopf. Er mochte die scharfen Dinger nicht, die in seinem Rachen wie ein Lokalanästhetikum wirkten.

»Wir wissen, dass Pfarrer Hans-Peter Roloff die Glocke verscherbelt hat. Sein Motiv: Er brauchte Geld, weil er die Erpresserin bedienen musste, deren Sohn er sexuell misshandelt hatte. Das war Sabine Mowes alias Carola Viel.«

»Okay – soweit waren wir aber schon vorher«, monierte Kottsieper.

»Richtig, aber jetzt geht es ja weiter: Abnehmer der Glocke ist ein gewisser Sergej Kobljew. Ein Auftragskiller, der die Christuskriegerin Pawlowskaja kannte, die wiederum mit Kobljew eine gemeinsame militärische Vergangenheit in Tschetschenien hatte, wie wir inzwischen vom Bundesnachrichtendienst erfahren haben.«

»Alles schön und gut – aber das bringt uns in der Frage nicht weiter, warum der Bischof die Glocke mit Plutonium gefüllt haben könnte. Sehen Sie, mein lieber Struve, die Leute aus dem Innenministerium machen Druck. Die wollen Fakten – und keine Spinnereien.«

»Schon klar«, antwortete Struve. »Vielleicht erinnern sie sich an diesen eingeschüchterten Glockensachverständigen Oberthür – er müsste in der Akte, die Sie da auf dem Tisch liegen haben, zu finden sein. Oberthür gesteht, dass er den Glockentausch in der Alexanderkirche auf Druck des Bischofs gedeckt hat.« Struve beobachtete ein überraschtes Funkeln in den Augen seines Gegenübers.

Ob Kottsieper die Tragweite der Glockenmanipulation in Frankreich begriff?

»Na ja, mein lieber Struve. Die haben da doch nur das Imitat so verziert, dass es nicht als Fälschung erkennbar ist, oder?«

»Es wäre schön, wenn es so wäre«, konterte der Kommissar. »Vordergründig hat der Bischof dem Pfarrer geholfen, die Fälschung in Frankreich vorzunehmen – aber er hat weitergedacht. Er hat das Plutonium einarbeiten lassen, Kobljew später die Glocke zugeschanzt, damit der in seiner Lagerhalle womöglich eine ordentliche Ladung Strahlung abbekam – zwischenzeitlich sollte Kobljew noch Roloff umbringen, damit der endlich in Sachen kirchlicher Wertpapierhandel mit Waffengeschäften Ruhe gab.«

»Ich muss sagen, dass mir das alles ganz schön weit hergeholt erscheint, mein lieber Struve«, gab Kottsieper zu bedenken. »Ich hab im Kommunionunterricht in meiner oberbergischen Heimat immer gelernt, dass Kirche da ist, um Gottes Frieden in die Welt zu bringen. Dass ein katholischer Würdenträger ein derartiges kriminelles Netz unterhalten soll, will mir nicht in den Sinn.«

»Nennen Sie mir einen Grund, warum der Bischof, der übrigens das Weite gesucht hat, nicht die Fäden in der Hand gehabt haben soll. Das Plutonium in der Glocke ist leider Fakt. Fragen Sie Besold, der erklärt es Ihnen: Im oberen Innenteil ist eine dünne Tarnschicht, darunter Blei, um die Strahlung abzuschwächen und darunter das Plutonium – es wäre spannend gewesen, die Glocke zu hören, wenn sie oben im Kirchturm wieder erklungen wäre.«

»Ich weiß: das mit der Radioaktivität, es steht ja alles im Bericht. Das ist aber auch das Einzige, was ich Ihnen durchgehen lasse«, sagte Kottsieper mit gereiztem Unterton. »Aber es kann auch alles anders sein – und Kobljew ist unser Waffen- und Plutoniumschieber. Wir wissen jedenfalls nicht, wie er zu seinen Mördern stand und was er mit ihnen vor diesem Treffen auf dem Steinheimer Wanderparkplatz ausgemacht hatte. Das kann auch ein ganz normaler Waffenmafia-Mord gewesen sein. Kobljew macht sein Ding, übernimmt sich und wird kaltgemacht. Ich bleib dabei: Warum sollte sich ein kirchlicher Würdenträger mit solchen Schiebereien die Finger schmutzig machen?«

»Sie wollen den Bischof partout draußen haben.« Struves Stirn legte sich in Falten.

Kottsieper lächelte. Er wusste, dass diese Unterredung auch ein Kräftemessen war. Struve musste schon noch was anbringen, um ihn zu überzeugen. All die Jahre war ihm schon dieses spekulative Kombinieren seines Mitarbeiters auf die Nerven gegangen. Klar, er hatte so manchen schwierigen Fall damit gelöst. Kottsieper tat das als Glückstreffer ab.

Der Kommissar atmete tief durch. Vielleicht zählte es zu seinen Schwächen, dass er dann sauer wurde, wenn er fürchtete, nicht ernst genommen zu werden. Mit jeder Sekunde spürte der Kommissar mehr Wut in sich aufsteigen.

»Jetzt erzähle ich Ihnen mal etwas, mein Bester.« Struve richtete sich im Sessel auf.

Der Polizeipräsident war so familiäre Töne von seinem Untergebenen nicht gewohnt und blickte verwundert auf. »Na, dann bin ich aber sehr gespannt.«

»Roloff wird froh gewesen sein, eine gefälschte Glocke zu haben. Er war noch mal so froh, dass der Bischof ihn deckte und er die Erpresserin bedienen konnte. Das hat ihn mit seinem Feind zusammengebracht.«

»Grosinius als Glockenkomplize – der noch dazu in Kauf nimmt, dass sich ein Pfarrer erpressen lässt? Das kann ich mir schwer vorstellen, mein lieber Struve.«

»Und doch ist es der Schlüssel, um zu verstehen, warum Grosinius Roloff abservierte. Er hat ihm den Glockentausch ermöglicht, um ihn in Sicherheit zu wiegen. Und dann sollte Kobljew für ihn die Sache in der Kirche erledigen. Als die Sache dann nach dem Eintreffen der Glocke in Marbach an Fahrt gewann, wurde es Zeit für ihn, klar Schiff zu machen und zu verschwinden.«

»Beweise, ich brauche Beweise, Herr Kommissar. Wir reden hier über Tote, die uns nie erklären werden, warum sie etwas so und nicht anders getan haben.«

»Verstehen Sie denn nicht, dass der Bischof die Zeit zwischen Glockenfälschung und der Rückgabe des Plagiats an Roloff nutzte, um im Original das Plutonium einbauen zu lassen – und dass dann erst Roloff Kobljew die Glocke verkaufte?«

»Mir ist schon klar, dass daran ihre ganze Theorie hängt, mein Lieber. Aber vielleicht fehlt mir da der rechte Glaube.« Kottsieper blickte aus dem Fenster in den trüben Stuttgarter Himmel. So schwiegen sie eine Weile, und dem Polizeichef war klar, wenn er Struve das mitteilen wollte, was er sich vor dem Gespräch vorgenommen hatte, musste es jetzt sein.

»Struve, ich möchte, dass Sie niemandem etwas von der Schießerei an der Grenze erzählen.«

Struve blickte ihn verständnislos an. »Was soll die Geheimniskrämerei?«

Kottsieper schüttelte ruhig den Kopf. »Vorgabe des

Innenministers. Er will die Sache mit dem Plutonium nicht in der Öffentlichkeit haben.«

Struve konnte sich ein hämisches Lachen nicht verkneifen. »Hab ich's mir doch gedacht. Und ich dachte immer, die Zeit der Maulkörbe und Bananenstauden sei vorbei!«

»Wir können es uns nicht leisten, die Leute zu erschrecken«, argumentierte der Polizeipräsident. »Gehen Sie pilgern, Struve, und denken sie darüber nach. Was bringt es uns, die Sache an die große Glocke zu hängen?«

Struve kochte jetzt vor Wut. Er ging auf seinen Vorgesetzten zu und als er nur noch wenige Zentimeter von ihm entfernt stand, zog er langsam seine Dienstmarke aus der Jackentasche. Er hob sie hoch, hielt sie Kottsieper vors Gesicht und sagte: »Diese Marke trage ich seit 30 Jahren – mir ist noch nie die Idee gekommen, sie abzugeben. Aber jetzt tue ich es.«

So standen sie sich eine Weile wortlos gegenüber. Struves Gesicht hatte sich gerötet. Es schien, als ob Kottsiepers Wangen umgekehrt dramatisch an Farbe verloren. Der Polizeipräsident rang nach Worten, um die Kluft, die sich zwischen beiden aufgetan hatte, zu überbrücken.

»Warten Sie, Struve, so habe ich es doch nicht gemeint!« Kottsieper hob entschuldigend die Hände. »Sehen Sie, wir müssen einfach noch warten, bevor wir an die Öffentlichkeit gehen. Manche Dinge brauchen Zeit. Was würde es der Sache dienen, wenn wir rausgingen und alle Karten auf den Tisch lägen?«

»Zeit? Sehen Sie, Herr Kottsieper. Ich verstehe nicht, auf was wir noch warten sollten? In irgendeinem Atomkraftwerk gibt es Leute, die gegen Bezahlung Plutonium auf den internationalen Schwarzmarkt bringen. Ein dringend tatverdächtiger Bischof geistert durch die Weltgeschichte, ohne dass wir seinen Aufenthaltsort und seine weiteren Pläne kennen. Haben wir Zeit? Ich fürchte nicht.«

Kaum hatte Struve seinen Satz vollendet, klingelte Kottsiepers Telefon. Der Polizeipräsident blickte aufs Display und erkannte die Nummer von Melanie Förster. »Verzeihung, es ist Ihre Kollegin.«

»Melanie? Aber die ist doch …«

»Moment – ich stelle auf laut. Der Empfang ist schlecht, sprechen Sie, Frau Förster. Herr Struve ist auch hier.«

»Ich bin in Cattenom, die Kollegen hier in Frankreich haben einen Hinweis bekommen, dass es im Atomkraftwerk eine undichte Stelle gebe.«

»Eine Leckage? Ich dachte immer, Sie arbeiten für das Kriminaldezernat und nicht für die Umweltabteilung«, sagte Kottsieper und grinste selbstzufrieden über seinen mittelmäßigen Witz.

»Wir reden über eine ganze Abteilung, die hier mit Mitarbeitern eines Geheimdienstes ein kleines Abkommen hatte«, erklärte die Kommissarin ernst. Im Hintergrund war Stimmengewirr zu hören.

»Wie kommen Sie überhaupt dazu, sich dort herumzutreiben, Frau Förster?« Kottsiepers Stimmlage war in unverhohlenen Ärger umgeschlagen.

»Interpol. Wir wurden dazugerufen. Sorry, Peter, es musste schnell gehen, Helikopter und ab. Die französischen Kollegen haben hier den Laden erst mal dichtgemacht und alle Verdächtigen festgenommen.«

»Aber das ist ja …« Kottsiepers Gesichtsfarbe wechselte zwischen blassweiß und tiefrot.

»Grandios«, ergänzte ein Struve, dessen Laune sich schlagartig besserte. »Genau da müssen wir weitermachen, Melanie«, rief er, schnappte sich seine Dienstmarke und verließ das Präsidium.

»Warten Sie, Struve«, rief der entsetzte Polizeipräsident hinter ihm her. Struve hörte den Hall seiner Stimme, setzte sich in seinen Wagen, legte eine CD ein und sang: »Momentan ist richtig, momentan ist gut, nichts ist wirklich wichtig, nach der Ebbe kommt die Flut.«

KAPITEL 36: ENTSPANNTES DASEIN IN CHILE

Etwa zwei Wochen später hatte sich das Verhältnis der meisten Akteure zur Glocke merklich entspannt. Bischof Arnold Grosinius saß auf der Terrasse seiner Finca im Maipu-Tal bei Santiago und blickte bei einem Gläschen Carmenère zufrieden in den Sonnenuntergang. Hier also hatten die Chilenen 1818 die Spanier besiegt und ihre Unabhängigkeit erkämpft. Auch er fühlte sich frei, ein neues Leben zu beginnen. So wie es in diesem Land keine Rebläuse gab, so würde er hier ohne das Ungeziefer aus Deutschland unbeschwert seinen Lebensabend verbringen und sich mit dem ertragreichen Weinbau in der Spitzenregion locker über Wasser halten. Gewiss, die deutsche Botschaft kannte seinen Aufenthaltsort, aber Chile und vor allem der Vatikan standen hinter ihm. Die überaus peinlichen Bankengeschäfte der Kurie entpuppten sich für ihn als bestmögliche Deckung. Wenn er seinen Mund hielt und keine Details ausplauderte, war ihm der diplomatische Schutz aus Rom bis zum Lebensende gewiss. Dafür hatte er dank seiner Kontakte zur Kurie vorgesorgt, außerdem waren die Chilenen in diesen Dingen zuverlässig wie ein Schweizer Uhrwerk. Natürlich hatte er sich darüber geärgert, dass der Transport des Plutoniums schiefgegangen war, aber dafür konnte ja er nichts. Das hatten diese Stümper des Geheimdienstes vermasselt, die ihm bereits das Plutonium besorgt hatten und sich endgültig eine goldene Nase verdienen wollten.

Wie er in der Zeitung gelesen hatte, war Strahlung entwichen. Am Ende waren die noch so blöde gewesen, das Plutonium noch während des Transports aus der Glocke holen zu wollen. Aber das war nicht sein Problem. Er hatte sich nichts vorzuwerfen, denn er hatte sich an seinen Teil der Abmachung gehalten. Wie er sich auch von Anfang an darüber im Klaren war, dass er seine radioaktive Wertanlage notfalls opfern musste, um Kobljew loszuwerden und sich an ihm zu rächen. Es war klar, dass er den heißen Stoff irgendwann brauchen würde, falls der Killer ihm querkam. Sich auf diese Geheimdienstler ein zweites Mal einzulassen, war freilich nicht ohne. Sie hätten singen können, wenn sie es über die Grenze geschafft hätten. Aber er musste das Risiko eingehen. Außerdem rechnete er damit, dass der Fall den Behörden zu heiß war und sie den Plutonium-Transport und die Verstrickungen der kriminellen Geheimdienstmitarbeiter vertuschen würden. Grosinius lehnte sich zufrieden zurück. Zwar spekulierten jetzt die Medien aufgrund anonymer Hinweise über einen möglichen Zusammenhang zwischen seiner plötzlichen Amtsniederlegung und dem spektakulären Geschehen an der deutsch-schweizerischen Grenze, doch fehlten Beweise. Und die Kurie deckte ihn mit einer offiziellen Erklärung, er habe aus gesundheitlichen Gründen das Amt in jüngere Hände legen wollen. Die Staatsanwälte gingen offenbar davon aus, dass sich eine kriminelle Bande aus der Kaukasus-Region durch den Plutonium-Transport bereichern und die Glocke als Tarnung benutzen wollte. Der Tod Roloffs sei die Folge seiner Verflechtungen in den dubiosen Handel gewesen, hieß es in den Berichten. Auf jeden Fall genoss Grosinius hier in Chile Immunität. Der Bischof lächelte verschmitzt und prostete sich selbst zu. Das Leben frei von Pflichten bot ihm Zeit für Lektüre, Kontemplation und lange Spaziergänge. Die Finca hatte er sich gekauft, nachdem er als zuständiger Kardinal für die Kurie mit der Abwicklung der geheimen Börsengeschäfte beauftragt worden war. Schon immer hatte ihn der Aktienhandel fasziniert, und da er bereits als junger Mann sein Theologiestudium mit seinem Riecher für die richtigen Tageskurssprünge finanziert hatte, schien es ihm nur konsequent, seine Fähigkeiten auch für seinen obersten Dienstherrn einzusetzen. Es war ja für die gute Sache.

KAPITEL 37: POLIZEIESSEN IN DER MARBACHER GLOCKE

Versöhnt mit den Glocken hatte sich auch Hans Kottsieper. Der Polizeipräsident haderte zwar noch mit den schmerzhaften Begleiterscheinungen seiner Arm- und Beinverletzungen, aber was waren diese Beschwerden schon, verglichen mit der Anerkennung, die er und seine Abteilung für die Wiedererlangung der Glocke und den Plutoniumfund bekamen?

»Ich darf Ihnen allen meinen tiefen Respekt für das Geleistete zollen«, erklärte der Innenminister Hubertus Kleienbach, als er Kottsiepers Mitarbeiter bei dessen Geburtstagsfeier in der Marbacher *Glocke* begrüßte. Kleienbach bezeichnete es als glückliche Fügung, dass eine neue Schillerglocke in einigen Monaten wieder in der Alexanderkirche aufgehängt werden könne. »Wie Sie bestimmt aus den Medien entnommen haben, ist die alte Schillerglocke im atomaren Zwischenlager bei Neckarwestheim deponiert, das Plagiat eingeschmolzen worden.« Kleienbach vermied es, auf die Begleitumstände dieser nicht ganz einfachen Lösung einzugehen. Die verstrahlte Glocke überhaupt unbemerkt von der Öffentlichkeit quer durch das Land in das Lager des Kernkraftwerkes zu transportieren, glich einem Ritt auf der politischen Rasierklinge. Kleienbachs Stuhl wackelte, nachdem bekannt geworden war, dass der Ministerpräsident und er die Sache auf eigene Verantwortung durchgezogen hatten. Die Radioaktivität der beim Transport beschädigten Glocke hatte das Maß des Zulässigen um ein Vielfaches überschritten – wohin mit ihr, ohne dass noch mehr Menschen in Kontakt mit ihrer zerstörerischen Kraft gerieten? Kleienbach schickte den Katastrophenschutz los. Er erwähnte in seiner Anordnung zwar die Radioaktivität, aber nicht deren genaue Stärke. Im Untersuchungsausschuss rechtfertigte er sich damit, er habe keine Panik schüren wollen. Immerhin hatten die Verantwortlichen des Katastrophenschutzes von sich aus die höchsten Sicherheitsmaßnahmen ergriffen, sodass wahrscheinlich niemand mehr verstrahlt wurde. Doch obwohl seit dem Vorfall schon einige Wochen vergangen waren, gärte die Kritik an seinem Verhalten immer noch im parlamentarischen Untersuchungsausschuss, und es war nicht klar, ob Kleienbach zu halten war, zumal der Ministerpräsident Anstalten machte, mit einem Bauernopfer seinen eigenen Kopf aus der Schlinge zu ziehen.

Von all dem war bei dem Treffen in der Marbacher *Glocke* nicht die Rede. Der Überbringer der guten Nachricht wurde mit Beifall überschüttet, denn die Kunde von der neuen Glocke kam natürlich bei der Geburtstagsgesellschaft, die hauptsächlich aus hochdekorierten Polizisten und Untergebenen Kottsiepers bestand, hervorragend an. Kleienbach hätte fast vergessen, den Spender zu nennen. Kein anderer als der Boxweltmeister Vasili Klatschunow hatte sich bereit erklärt, mit einer zweiten Spende aus Moskau erneut für eine Schillerglocke in Marbach zu sorgen. Im Namen der Freiheit, so hatte er in seinem Schreiben an die Stadtväter formuliert, wolle er mit einer neuen Glocke ein Zeichen setzen und an die geistige Kraft des Dichters erinnern. Kleienbach ersparte der Geburtstagsgesellschaft, die näheren Umstände der spektakulären Glockenspende zu erklären. Sollte sich die Öffentlichkeit über das Für und Wider dieser Geste den Kopf zerbrechen. Heute Abend wollte er feiern – und seinem alten Kumpel Kottsieper unbeschwerte Stunden bescheren.

Keine fünf Minuten nach Kleienbachs Rede gab es *Schiller con Carne*, wobei das mexikanische Hackfleischgericht in tiefen Tellern serviert wurde, auf denen Zitate aus dem *Lied von der Glocke* zu lesen waren.

Womit wir auch beim Auftritt der Kollegen im weiteren Verlauf des Abends angelangt wären. Peter Struve, dem eine viermonatige Sabbatzeit für eine Pilgerreise nach Santiago de Compostela zugesagt worden war, zierte sich zwar etwas, aber nach zwei Gläsern Schillerwein war er der Erste, der seine Strophe vortrug:

»Fest gemauert in der Erden
Steht die Form, aus Lehm gebrannt.
Heute muss die Glocke werden,
Frisch, Gesellen, seid zur Hand.
Von der Stirne heiß
Rinnen muss der Schweiß,
Soll das Werk den Meister loben,
Doch der Segen kommt von oben.«

ENDE

DANK

Ich danke allen, die mit ehrlicher und konstruktiver Kritik an dem Roman mitgewirkt haben, besonders Monika Lesny-Ruoff, Iris Voltmann, Martina Fück, Stefan Gernert, Thomas Demuth, Oliver Lange, Michael Zell und Kollegen der Polizei in Nordrhein-Westfalen sowie meiner Lektorin Claudia Senghaas.

Weitere Krimis finden Sie auf den folgenden Seiten und im Internet:
www.gmeiner-verlag.de

Oliver von Schaewen
Schillerhöhe
978-3-89977-802-1

»Unterhaltsamer Krimi mit viel Marbacher Lokalkolorit.« *Siegener Zeitung*

Ein brisanter Fall für den Stuttgarter Kriminalkommissar Peter Struve. Der gebürtige Westfale – ein feinfühliger Einzelgänger, der sich mit Humor durch die Midlife-Crisis schleppt – wird mit einem Mord im Keller des Deutschen Literaturarchivs in Marbach konfrontiert.

Das Opfer ist Dietmar Scharf, Ehemann der ehemaligen DDR-Erfolgsautorin Erika Scharf, die am Abend zuvor im Marbacher Schlosskeller gelesen hatte. Struve steht vor einem Rätsel: Warum wurde Scharf mit Pfeilen aus einer Armbrust-Schussanlage getötet? Was soll der Apfel neben der Leiche? Und welche Rolle spielt diese offensichtliche Anspielung auf den Tyrannenmord in Schillers »Wilhelm Tell«?

GMEINER

Wir machen's spannend

Thomas Erle
Blutkapelle
978-3-8392-1592-0

Goethe in Baden

Eine tote Stadtführerin auf dem Grab von Goethes Schwester, kurz darauf ein Anschlag auf den beliebten Stadtarchivar! Und was verbirgt sich hinter den geheimnisvollen Hinweisen auf ein bisher unbekanntes Manuskript des Dichterfürsten?

Für Lothar Kaltenbach, Weinhändler und Musiker, ist die Ruhe in seiner Heimatstadt vor den Toren Freiburgs empfindlich gestört. Eine erste Spur führt in ein Kloster, das es eigentlich nicht mehr gibt. Doch Kaltenbach ahnt nicht, dass er längst beobachtet wird …

Bernd Leix
Blutspecht
978-3-8392-1604-0

»Kriminalhauptkommissar Oskar Lindt wird mit seinem Team erneut in den Nordschwarzwald beordert.«

Herbst 2013, wenige Monate vor Einrichtung des Nationalparks Schwarzwald: Die Widerstände gegen das Naturschutz-Großprojekt der grün-roten Landesregierung werden geringer. Doch nicht alle geben auf: Organisation Blutspecht will den Park um jeden Preis verhindern. Niemand soll sich getrauen, beim Nationalpark zu arbeiten. Niemand, der dort mitmacht, soll sich sicher fühlen. Ohne Personal kein Park! Ebenso einfach wie genial. Eine blutige Spur zieht sich durch den Schwarzwald.

Silke Porath
Hermingunde ermittelt in Balingen
978-3-8392-1585-2

»Aufgepasst Balingens Kriminelle – der alte Adel weiß, was Verbrecher verdienen. Silke Poraths Kommissarin steht ihre Frau.«

Kommissarin Hermingunde Klythemnestra von Tollern-Achteck lebt auf großem Fuß. Sie hat Schuhgröße 43 und besitzt damit die ideale Ausrüstung, um Verbrechern in den Hintern zu treten. Diese Aufgabe erfüllt sie mit großer Genugtuung, und genau aus diesem Grund wird die Vorzeige-Polizistin in ihrer Heimat Balingen gefürchtet. Jeden noch so gerissenen Gesetzesbrecher überführt sie mühelos. In diesem Band nimmt sie es gleich mit 30 mehr oder weniger Kriminellen auf. Rätseln Sie mit!

Unser Lesermagazin

2 x jährlich das Neueste aus der Gmeiner-Bibliothek

24 x 35 cm, 40 S., farbig; inkl. Büchermagazin »nicht nur« für Frauen und HistoJournal

Das KrimiJournal erhalten Sie in Ihrer Buchhandlung oder unter www.gmeiner-verlag.de

GmeinerNewsletter

Neues aus der Welt der Gmeiner-Romane

Haben Sie schon unsere GmeinerNewsletter abonniert?

Monatlich erhalten Sie per E-Mail aktuelle Informationen aus der Welt der Krimis, der historischen Romane und der Frauenromane: Buchtipps, Berichte über Autoren und ihre Arbeit, Veranstaltungshinweise, neue Literaturseiten im Internet und interessante Neuigkeiten.

Die Anmeldung zu den GmeinerNewslettern ist ganz einfach. Direkt auf der Homepage des Gmeiner-Verlags (www.gmeiner-verlag.de) finden Sie das entsprechende Anmeldeformular.

Ihre Meinung ist gefragt!

Mitmachen und gewinnen

Wir möchten Ihnen mit unseren Romanen immer beste Unterhaltung bieten. Sie können uns dabei unterstützen, indem Sie uns Ihre Meinung zu den Gmeiner-Romanen sagen! Senden Sie eine E-Mail an gewinnspiel@gmeiner-verlag.de und teilen Sie uns mit, welches Buch Sie gelesen haben und wie es Ihnen gefallen hat. Alle Einsendungen nehmen automatisch am großen Jahresgewinnspiel mit attraktiven Buchpreisen teil.

GMEINER

Wir machen's spannend

SL